读客悬疑文库

认准读客读悬疑,本本都是大师级。

红房间

江户川乱步诡计篇

[日]江户川乱步 著
竺家荣 马梦瑶 译

河南文艺出版社
·郑州·

图书在版编目（CIP）数据

红房间：江户川乱步诡计篇/（日）江户川乱步著；竺家荣，马梦瑶译. — 郑州：河南文艺出版社，2023.5（2025.1 重印）
（读客悬疑文库）
ISBN 978-7-5559-1521-8

Ⅰ.①红… Ⅱ.①江… ②竺… ③马… Ⅲ.①推理小说–小说集–日本–现代 Ⅳ.① I313.45

中国国家版本馆 CIP 数据核字 (2023) 第 058985 号

红房间：江户川乱步诡计篇

著　　者　[日]江户川乱步
译　　者　竺家荣　马梦瑶
责任编辑　孙晓璟
责任校对　李亚楠
特约编辑　宋　琰　齐海霞
策　　划　读客文化 021-33608320
版　　权　读客文化
封面设计　朱雪荣
内文插画　朱雪荣
出版发行　河南文艺出版社
印　　刷　三河市中晟雅豪印务有限公司
开　　本　889mm × 1270mm 1/32
印　　张　11
字　　数　219 千
版　　次　2023 年 5 月第 1 版　2025 年 1 月第 10 次印刷
定　　价　52.00 元

如有印刷、装订质量问题，请致电 010-87681002（免费更换，邮寄到付）
版权所有，侵权必究

天真无邪的小孩子玩的玻璃珠被当作可怕的杀人工具——这种强烈的反差别具魅力。

——江户川乱步

目录

001　红房间

027　猜疑

055　断崖

075　湖畔亭谜案

173　鬼

225　二废人

241　二钱铜币

269　盗难

287　一张收据

309　乱步谈诡计
　　　超越诡计 | 奇特的构思 |《诡计类别集成》目录 | 或然率犯罪

339　江户川乱步大事记

红房间

江户川乱步诡计篇

为寻求刺激而聚到一起的七个貌似正经的男人——我也是其中一员——在特意为此准备的"红房间"里，仰靠在套着深红色天鹅绒的舒适扶手椅上，焦急地等待着今晚的主讲人会讲个什么诡异的故事。

七个人围坐在一张同样铺着深红色天鹅绒的大圆桌四周，桌子上放着一座有着古雅雕刻的烛台，三支粗蜡烛插在烛台上，顶端的火苗微微晃动。

整个房间里，从屋顶到地板都悬垂着褶皱密集的猩红色绸缎幕布，连窗户和大门也不例外。浪漫的烛光中，我们七个人的硕大影子投射在宛如刚从静脉流出的血液般暗红色的垂幕上。影子随着摇曳的烛光，像几只巨大的昆虫在绸缎幕布的褶皱处忽伸忽缩地爬行着。

每次进入这个房间，我都会产生坐在一只巨大生物的心脏里的错觉。我甚至能够感受到，那个心脏在以与其相称的缓慢速度扑通扑通地跳动着。

每个人都不说话。我透过烛光，漠然地看着坐在对面的几个人脸上笼罩的红黑色影子。我发觉那几张脸竟然都像能面一般毫无表情，一动不动。

终于到时间了，今天讲故事的人是新加入俱乐部的T。他坐在

插画师：朱雪荣

椅子上，直勾勾地盯着蜡烛的火苗，开始讲起了下面这个故事。由于烛光投射形成的阴影，他的下颚看上去就像骸骨，每次说话时都颤颤巍巍，凄凉地张合着。我望着他，感觉像在看一个怪异的人偶正被人操纵。

※

虽然我认为自己的精神是正常的，别人也都是这样看我，但我还是说不清自己到底是不是真的正常。也许我就是个疯子，即使不到那个地步，大概也算是个精神病患者。总之，对我来说，这个世界无聊透顶。我觉得活着是一件无聊得让人受不了的事。

虽然我曾经也有过和普通人一样沉迷于各种享乐的时期，但是没有一样东西能稍微抚慰一下我与生俱来的无聊感，反而让我觉得这个世界再也没有什么有趣的东西了。太没意思了，留给我的只有失望。结果，我变得什么事都懒得做了。如果有人对我说，什么什么游戏很有意思，肯定会让你上瘾的，我也不会立刻兴奋起来说"啊！还有这么好玩的东西，赶快去玩玩吧"，而是先在脑子里想象它怎样有趣，可是想了半天后，得出的结论总是"也没什么好玩的"，就这样嗤之以鼻。

于是，在一段时间里，我是名副其实的什么都不做，每天除了吃饭就是睡觉。我只是进行各种幻想，然后一个个地否定掉："这个也无聊，那个也没意思。"我觉得活着比死还痛苦，然而在别人眼里，我过的是令人羡慕的安逸生活。

若是我每天都要为面包去奔波，或许还不致如此。即使不得不干体力活，至少有件事情可做，也算幸福。或者我是个超级大富翁，那就更好了。那样的话，我肯定能够凭借金钱之力，沉迷于历史上那些暴君做过的穷奢极欲或血腥的游戏，以及其他各式各样的乐趣中，当然这也是实现不了的愿望。如此一来，我只能像童话中的懒汉一样，生不如死地活下去，一天一天地打发着游手好闲的无聊日子。

我这么一说，大家肯定会觉得："没错，没错。不过，要说对这个世界厌倦透顶嘛，我们可绝不输给你。所以，我们才会组成这个俱乐部，想办法寻求刺激呀。你不也是因为觉得无聊至极才加入我们的吗？所以，即使你不说自己有多无聊，我们也心知肚明。"确实是这样，我根本没有必要唠唠叨叨地诉说自己有多么无聊。不过，正因为我知道你们很清楚无聊是什么玩意儿，才下决心今晚来到这里，给你们讲述我与众不同的经历。

我经常出入楼下的西餐厅，自然和这里的老板熟识，不仅很早以前就经常听他说起这个"红房间"俱乐部的事，还再三被怂恿加入。尽管如此，我这个本该求之不得的无聊之人，直到现在才加入。这么说可能有点儿辩解之嫌吧，那是因为我无聊得与大家无法相提并论——我已经无聊到无以复加的地步了。

什么犯罪和侦探游戏啦，降灵术以及其他各种心灵方面的实验啦，参观监狱、疯人院、解剖学教室啦，对于这些还多少有点儿兴趣的你们是幸福的。即使我听到你们打算去偷看执行死刑，我也一点儿不觉得惊讶。之所以这么说，是因为老板提到这个俱乐部时，我不仅对其他平常的刺激厌倦了，还发现了一种极其有趣的游戏——虽说有点儿恐怖，不过对于我来说，它也可以说是一种游戏——并且沉迷其中了。

这个所谓的游戏就是——杀人。突然这么说出来，大家可能会吓一大跳。是真的杀人。而且从我发现这个游戏到现在，仅仅为了解闷，这个游戏已经夺去了将近一百个成人和孩子的性命了。你们可能会以为，我现在已经幡然悔悟，是来忏悔这可怕的罪恶的。你们想错了，我一点儿也没有悔悟，也没有因为自己犯罪而害怕。不仅如此，啊，真是太不像话了！我最近甚至对杀人这种血腥的刺激也厌倦了。现在我迷上了服用违禁药品。但是，这玩意儿毕竟不是一般的东西，就连我这样绝望的人，对生命也有所留恋，所以一直忍耐到今天。可是，现在既然连杀人都厌倦了，那么除了去自杀，我还能追求什么刺激呢？过不了多久，我可能就会被违禁药品夺去生命。一想到此，我就想趁着还能条理清晰地说话，把自己做过的事情倾诉给什么人听一听。那么，这个"红房间"里的各位，不是最适合的人选吗？

因此，我申请加入俱乐部，并不是想成为各位的伙伴，只是想让各位听一听我的可怕经历。幸运的是，按规定，新加入的会员必须在第一个晚上说点儿什么符合俱乐部宗旨的故事，因此，我得以抓住完成我的愿望的机会。

那是大约三年以前的事情了。那时候,就像我刚才说的那样,我已经彻底厌倦了各种刺激,觉得活着毫无意趣,就像一只无聊的动物,无所事事地苦熬着每一天。那年的春天,虽说是春天,天气却还很冷,可能是二月底三月初的一天晚上,我碰到了一件奇怪的事。实际上,这件事成了后来我杀死近一百人的动机。

那天,我不记得在哪里玩了很久,大概是夜里一点吧,我当时可能有点儿醉。虽然夜里很冷,我却没有坐车,而是晃晃悠悠地往家走。只要再拐过一条街,走一百米左右就到我家了。我不经意地拐过那个街角,迎面有个男人慌慌张张地向我这边疾步而来,和我撞了个满怀。我吃了一惊,对方好像更吃惊,呆呆地站着。当他借着昏暗的路灯看清我之后,马上问道:"这附近有没有医生?"我一问才知道,这个男的是个汽车司机,说是刚才把一个老人——老人这么晚了还在街上游荡,多半是个流浪者——撞倒了,伤得很重。我往旁边一看,果然在两三百米远的地方停着一辆汽车,车旁边好像躺着个人,轻轻呻吟着。警察岗离这儿很远,负伤者又很痛苦,所以司机决定先寻找医生。看来一定是这么回事。

因为我家就在附近,对于这一带我很熟悉,所以马上告诉了他医院的地址:

"从这儿向左走两百米左右,在路的左侧有一家亮着红灯的建筑物,就是 M 医院。你去敲门,把大夫喊起来就是了。"

于是,司机在助手的帮助下,马上把负伤者送到 M 医院去了。我一直看着他们的身影消失在夜幕之中。就算遇上这种事,我也没觉得有什么意思,所以回到家里后——我是个独身者——我不是醉了吗,躺倒在用人给我铺好的床铺里,就立刻睡着了。

其实这也不是什么大不了的事情。如果我把这件事忘掉的话,就没有后来的事了。然而,第二天醒过来后,我还记得昨天夜里发生的这件事,而且闲极无聊地开始想知道那个受伤的人现在怎么样了。突然,我想到一件奇怪的事。

"啊,我犯了一个大错。"

我大吃一惊,虽说我当时喝醉了,但神志绝对是清醒的。我吃惊的是,自己为什么要让他们把那个受伤的人送到 M 医院去呢?

"从这儿向左走两百米左右,在路的左侧有一家亮着红灯的建筑物,就是 M 医院……"

我还记得自己是这么说的,可是当时为什么不说"从这儿向右走一百米,有一家叫 K 的外科医院"呢?

我告诉他们的 M 医院是一家有名的无良医院,而且能不能做外科手术都令人怀疑。可是就在与 M 医院相反的方向,比 M 医院还近一些的地方,就有一所设备齐全的 K 外科医院。我当然很清楚这个情况,既然如此,为什么要让他去 M 医院呢?我到现在也不清楚自己当时的心理状态是怎么回事,也许是一时没想起来吧。

我有点儿担心起来,就让用人去打听了一下附近有什么传闻,结果听说那个伤者死在了 M 医院的诊察室。一般来说,医院都不愿意接收那种因车祸受伤的人,何况是半夜一点的时候,也是情有可原。可是据说当时不管汽车司机怎么敲门，M医院推三阻四地就是不给开门。想必是拖了很长时间，当他们终于把伤者抬进去时，已经太迟了。不过，如果M医院的医生告诉他们"我不是这个专科的医生，你把他送到附近的K外科医院去吧"，那个受伤的人或许还有救。真是太不像话了。大概是他想自己来处理这个严重的伤者，然而失败了。据传言，医生当时很慌张，胡乱折腾了伤者很长时间。

听了这些，我竟然生了某种匪夷所思的心情。

在这个案子里，到底是谁杀死了那个可怜的老人呢？不用说，汽车司机和M医院的医生都各有其责任，而且如果依据法律的话，恐怕会针对司机的过失进行处罚；可事实上，责任最大的难道不是我吗？如果那时候我不是告诉他去M医院，而是去K外科医院的话，那个伤者也许就能得到有效的救治。司机只是把他撞伤，并没有杀死他；M医院的医生因为医术拙劣才失败，所以也不该受到责备，即使他有必要对此负责，追根究底也是因为我推荐了不适合的M医院造成的。也就是说，救老人还是杀老人取决于我当时如何指路。虽然看上去让老人受伤的是司机，但真正杀死老人的不是我吗？

这是从偶然过失的角度来看，但如果不是过失，而是故意想置人于死地，又该如何判断呢？不言而喻，我不就是犯了杀人罪吗？然而，在法律上即使惩罚了司机，但对于我这个真正的杀人犯恐怕连怀疑都不会吧！为什么这么说呢？因为大家都知道我和这个死了的老人一点儿关系都没有。就算受到怀疑，只要回答我忘了有其他的外科医院，不就没事了吗？这完全是我内心怎么想的问题。

各位以前有没有想到过这种杀人方法呢？我是经过这次车祸才注意到了这个问题。试想一下，这个世界是多么险恶啊！天知道什么时候，一个像我这样的人，只要毫无理由地故意告诉人家去找错误的医生，就能将这条本来可以救回来的生命无端毁掉。

下面这件事，就是后来我进行试验并成功了的。假设一个乡下老太婆想横穿电车轨道，此时不仅有电车，还有汽车、自行车、马车、人力车等都在马路上交织往来，那个老太婆的脑子肯定很混乱。假设在她迈出一只脚的瞬间，有一辆电车或其他什么车风驰电掣地驶来，离她只有两三百米。此时，她并没有注意到电车开过来，继续横穿过去的话，其实也不会有什么事。可是，倘若有人大喊一声"老婆婆，危险！"，她必然会突然慌了神，会犹豫是向后退还是继续往前。而如果那辆电车因为距离太近，刹不住车，这句话就足以让她受重伤，甚至要了她的性命。我刚才也说过，我曾经就用这种方法顺利地杀死了一个乡下人。（说到这儿，T稍微停顿了一下，阴森森地笑了。）

在这种危急关头喊"危险"的我显然是杀人犯。可是有谁会怀疑我呢？有谁会想到，有人只是为了好玩，而把一个和自己无冤无仇、素昧平生的人杀掉呢？对于喊出"危险"这句话，无论怎么解释也只会被认为是出于好意。从表面上看，我只会得到死者的感谢，绝对没有被怨恨的道理。各位想想看，这是一种多么完美无缺的杀人方法啊！

　　世人都愚蠢地坚信干坏事一定会触犯法律，受到应有的惩罚。任何人都想象不到，这个国家的法律也许会放过杀人者。可是事实又是怎么样的呢？从我刚才说的那两个例子类推，不是可以想到很多让人丝毫不必担心会触犯法律的杀人方法吗？当我意识到这个问题的时候，与其说我为这个世界的可怕而战栗，不如说我为造物主给我们留出的这种犯罪余地感到无比的快乐。我由衷地为这个发现而狂喜。这难道不是一件天大的好事吗？只要按照这个方法去做，就如同活在大正时代，唯独我一个人可以那样随意行事。

　　于是，我想到利用这种杀人方法来填补生不如死的空虚。这种绝对不会触犯法律的杀人方法，纵然是夏洛克·福尔摩斯都无法看破呀。啊，这是多么完美的兴奋剂啊！从那以后，这三年间，我一直沉迷于这种杀人乐趣之中，从前的空虚感也不再出现了。各位不要笑，我对自己发了誓，不夺取一百个人的命就决不终止这种杀人行径。

　　直到大约三个月前，我正好杀死了九十九个人。这时候的我，对杀人也完全厌倦了。这个回头再说。那么我是怎么杀死这九十九个人的呢？不用说，我对这九十九个人没有一点儿仇恨，只不过是对这个无人知晓的杀人方法及其结果感兴趣才这么干，所以我从来不重复使用同一种方法。因为杀了一个人以后，琢磨下次用什么新的方法杀人本身也是一种乐趣。

　　不过，今晚我没有时间把我实行的九十九种杀人方法一一介绍。而且今晚我来这儿，也不是为了坦白花样翻新的杀人方法。我为了摆脱空虚而不惜犯下这种惨无人道的罪恶，到头来，就连干这种邪恶之事我也厌倦了。接下来，我想毁灭自己。今天来只是想告诉各位我这种不正常的心态，听一听大家的看法。因此，关于杀人方法，我只打算讲两三个实例。

在我发现这种方法后不久，发生了这么一件事情。在我家附近有一个盲人按摩师，他是残疾人中常见的那种相当固执的人。别人出于好意提醒他时，他总是反着理解，认为是别人欺负自己看不见才这样捉弄，总故意做出相反的举动。总之，他的个性不是一般的固执。

有一天，我走在大街上，迎面碰到那个固执的按摩师走过来。他傲慢地把手杖扛在肩上，一边哼着歌一边优哉游哉地走着。正好那条街昨天开始修下水道，在马路一侧挖了很深的沟。但他因为是个盲人，看不到"禁止通行"的告示牌，所以完全不知情地在沟边悠然散步。

看到这个情景，我突然想到了一个妙招。我喊了一声按摩师的名字："喂，N君！"

因为经常请他给我按摩，彼此都很熟悉，所以我大声喝道，故意带了点儿开玩笑的口气："喂，危险啊！靠左边走，靠左边走啊。"我知道只要这么一说，照他平日的个性，肯定会认为我是在跟他开玩笑，会故意往右边而不往左边走。果然不出所料，他用斥责的口吻说："嘿嘿……净跟我说笑！"然后，马上向相反的右边迈了两三步,结果一只脚踏进下水道工程的壕沟中,转眼间掉到三米多深的沟底。我装作特别吃惊的样子,跑到沟边往下面看,心想:不知有没有成功。

好像是碰巧撞到了致命部位,我看见他软绵绵地躺在沟底,一动也不动。大概被壕沟边沿凸出的石头尖划破了吧,从他偏分的头上流淌出黑红色的血,舌头好像被咬断了,嘴和鼻子也在淌血。他脸色苍白,连呻吟的力气都没有了。

就这样,这个按摩师即使已奄奄一息,居然还活了一个星期,但最终还是断了气。我的计划大功告成。有谁会怀疑我呢?我平时照顾他的生意,常常叫他按摩,绝对不可能对他怀有构成杀人动机的仇恨。再说,我是想让他避开右边的沟,才喊"靠左走,靠左走",因此只会有人承认我的好意,绝不会想到我那提醒的话语中竟然隐藏着可怕的杀机。

啊,这是多么可怕又有趣的游戏啊!于是在最初那段时间,当我想出绝妙的诡计时,简直可与艺术家创作成功的狂喜相匹敌。加上实行诡计时的紧张感、达成目的时的满足感,以及看着那些被杀死的男男女女竟然不知杀人者就在眼前,看着他们鲜血淋漓、垂死挣扎的痛苦样子,这感觉不知让我多么狂喜呢。

还有这样一件事。那是夏日的一天,天气阴沉,我在郊外一座所谓的文化村里闲逛,那里散落着十多家西洋馆。正当我从最气派的水泥建筑后面走过时,突然注意到一个奇怪的东西,那是一只飞快地掠过我鼻尖的麻雀。它在从西洋馆屋顶拉到地上的粗铁丝上停了一下之后，突然像被弹回来似的掉下去死了。

我很好奇怎么会这样，仔细一看才知道，那条铁丝原来接在西洋馆屋顶的避雷针上。铁丝上有绝缘线，但是那只麻雀停的地方的绝缘线不知怎么剥落了。我虽然对电不在行，但记得好像在哪里听到过，由于空中放电作用，避雷针的针尖上会有强电流通过。啊，就是这个原理吧。因为我第一次碰到这种事，觉得很稀奇，就站着看了那根粗铁丝好久。

就在这时，从西洋馆一侧走出一群好像在玩打仗游戏的孩子，叽叽喳喳地嚷嚷着。其中有个六七岁的小男孩，其他孩子都快步往前走，只有他一个人落在后头。我想看看他要做什么，只见他站到刚才说的避雷针前面高出一点儿的地方，掀开衣裤开始撒尿。我突然又想到一个妙计。中学时代，我曾学过水是电的导体，现在这个孩子站在高处，把尿撒到铁丝绝缘线剥落的地方是件轻而易举的事。因为尿里有水，所以也是导体。

于是，我对那个孩子这样喊道：

"喂，小孩，你对着那根铁丝撒尿试试，看看能不能够得到。"

那个孩子说："这有什么难的，你看着！"

说完，孩子立刻扭转身体，对准铁丝裸露的部分尿起来。就在尿液即将碰到铁丝的时候，孩子砰的一声跳舞似的跳起来，啪的一下子倒在地上。你们说恐怖不恐怖？后来听说，避雷针上有那么强的电流非常罕见。就这样，我生来第一次看到了人被电死的样子。

这种情况下，我当然也不用担心会受到什么怀疑，只需对抱着孩子的尸体痛哭的母亲说句安慰的话，然后就能离开那里了。

还有件事也发生在一个夏天。我一直想把一个朋友当作牺牲品——虽然这么说，但绝不是对他有什么仇恨——因为他和我是交往多年的亲密好友。但是，越是这样的好朋友，我反而越有种异常的渴望，想一边微笑着一边一言不发地将他瞬间变成死尸。我曾经和那个朋友一起去日本房州一座偏僻的小渔村避暑。海边只有当地村里的古铜色皮肤的小孩子在玩水。至于城里来的游客，除了我们俩以外，只有几个美院学生模样的人，而且也不下海，只是拿着素描本在海边来回转悠。

那里并不像在有名的海滨浴场里那样，随处可见曼妙的都市少女，旅店像东京的小客栈那样简陋，饭食除了生鱼片以外都很难吃，不合我的口味，是个相当冷清且不方便的地方。可是，那个朋友正好和我相反，喜欢在偏僻的地方感受孤独的生活，而我也有我的打算，一直急于寻找干掉他的机会，所以我们才能在这样的小渔村里静静地逗留几天。

有一天，我把那个朋友带到离海岸渔村很远的一处悬崖边。

"这地方跳水最棒了。"我这么说着，率先脱了衣服。

朋友也会一些游泳的本领，所以一边说着"嗯，这里不错"，一边也把衣服脱了。

我站在断崖边，将两手直直地伸向上方，大声喊着"一、二、三"，猛地一跳，在空中画出一道漂亮的弧线，头朝下栽进了海里。

当身体扑通一声接触水面时，我用胸和腹部呼吸，轻轻切入水中，只下潜了两三尺，就像飞鱼一般从前方探出水面，这是跳水的诀窍。我从很小的时候就擅长游泳，这种跳水简直不在话下。然后，我从距离岸边三十米左右的海面上露出头，一边踩着水，一边用一只手抹掉脸上的水，对着朋友喊道："喂！你跳一个！"

朋友也没有多想，说了声"好啊"，便以和我同样的姿势，朝着我刚才跳下去的地方猛地跳了下来。

他溅起巨大水花，落入海水里，却再也没有出来……

我早已预计到会这样。其实，在离海面两米左右的地方有一块大石头，我事先就探知了它的位置。我知道，以朋友的水性，如果在这里跳水，他肯定会潜到两米以下的深处。就是说，我算定了他会碰到石头而怂恿他跳水。大家可能也知道，跳水技术越好的人，潜水的深度就越浅。由于我对此已是轻车熟路，所以能够在碰到海底岩石之前巧妙地浮上水面。而我的朋友在跳水方面还是个新手，肯定会笔直地栽进海底，头重重地撞到岩石上。

不出所料，等了很久，他像死金枪鱼似的轻飘飘地浮出海面，随着波浪漂动。不用说，他已经死了。

我抱着他游上岸后，赶紧跑回渔村，向旅店的人报告。于是，那些没有出海的渔民都赶来救治我的朋友。可是，因为脑部受到很重的撞击，他已经没有希望被救活了。仔细一看，他的头顶上裂开了一条将近二十厘米的口子，里面翻出白色的肉，头部下面还有一大片凝固的黑红血迹。

前后我仅接受过两次警方的讯问。不管怎么说，事情发生在没人看到的地方，受到讯问也是理所应当的。然而他们知道我们的朋友关系。我们从没发生过口角，而且当时的情形是，我和他都不知道海底有岩石，幸亏我水性好才逃过一劫，他则不幸地碰上了这种事。很快，我的嫌疑就消除了，警察们反而安慰我说："失去了好朋友，很可怜啊！"

这样一个个的事例讲下去就没完了。举这几个例子，我想大家可能对绝不会触犯法律的杀人方法有了一定的了解。我差不多都是这样做的。有时，我混在看杂技的人群中，突然做出怪怪的姿势——在这里说都有点儿不好意思——来吸引在高空走钢丝的女艺人的注意力，使她从空中坠落；有时，我对在火灾现场为寻找孩子而陷入半疯狂状态的母亲说"你听，他好像在哭呢"等，暗示她的孩子睡在房间里，让她冲进大火中被烧死；有时，在正要投河自杀的女孩子身后，突然尖叫一声"别跳！"，让本来可能打算放弃自杀的姑娘受到惊吓而跳进水中……

这类的事例太多，讲下去就没完没了，现在夜也深了，加上大家对这种残酷的故事已经不想再听下去了，所以，最后就让我讲一个与刚才那些略有不同的故事作为结束吧。

各位可能会觉得我每次只杀一个人，其实不是这样的。不然的话，我怎么能在不到三年的时间里，利用这种不触犯法律的方法杀死九十九个人呢？其中杀人最多的一次是……对了，是去年春天的事了。我想大家在当年的报纸上肯定也看到过，中央线的列车翻车事故死伤了很多人吧，就是那一次。

其实，我采用了一种非常简单的方法，只是寻找实施这个方案的地点费了我不少功夫。不过，从一开始我就选定了中央线沿线。之所以选这里，一方面是因为中央线会穿过最有利于实施计划的山中，另一方面是因为中央线的翻车事件是最多的。选择这里的好处就是，人们会想"唉，又翻车了"，反而不会引人注目。

尽管如此，为找一处符合标准的地方，我也是煞费了一番苦心。到最后决定利用M站附近的悬崖，足足花了我一周的时间。在M站里有一家小小的温泉酒店，我住进那里。在泡温泉的间隙，我常常到附近闲逛，这是为了让别人觉得我是长期逗留、进行温泉疗养的旅客。为此，我不得不白白地多住了十多天。终于估摸着时间差不多了，有一天，我又像平时那样沿着山路散步。

我登上距离酒店两千米左右的小山崖，在那里一直等到黄昏降临。火车线路会在山崖下方拐一个弯，而线路的另一边是深邃陡峭的山谷，隐约可以看到谷底有条小河静静地流淌着。

不久，到了预计的时间。虽然四周没有一个人，我却故意做出被绊倒的样子，把事先找好的大石头踢了下去。这块石头正处于只要轻轻一踢，就能滚落到铁轨上的位置。我本来打算如果一次踢不到位，就多踢几次，可是往下一看，那块石头正好落在一根铁轨上面。

再过半个小时就会有一辆下行列车经过，到那时天就完全黑了，而且石头所在的位置正好是弯道后面，司机不可能提前注意到。我确认了石头的落点之后，就飞快地返回M站。因为有一段山路，所以我用了半个小时以上才到。我跑进站长室，慌慌张张地喊道："不好了！我是来这里温泉疗养的客人，刚才我去挨着铁路的悬崖上散步，就在要爬上一个山坡的时候，不小心把一块石头踢落到了山崖下的铁轨上。要是有火车经过那里，肯定会脱轨，搞不好会翻下山谷。我想下去把石头拿开，但因为不熟悉地形，找了很久，怎么也找不到下去的路。所以，我想与其在那里磨磨蹭蹭，不如跑到这里来报警。请问，能不能请你们尽快把石头拿掉呢？"

站长听了以后大吃一惊：

"那可糟糕了！现在下行列车刚刚通过。如果正点的话，应该已经通过那里了……"

这正是我所希望的。就在我们这样对话时，九死一生的列车长从事故现场赶来了，报告列车翻车，死伤人数不详。人们乱成一团。

我被带到 M 站附近的警察局待了一个晚上。不过，这是我经过周密思考做的事，自然不会有什么闪失。我虽然被警察狠狠地训斥了一番，但没有到受处罚的程度。

后来听别人说，即使我当时的行为触犯了《刑法》第一百二十条，也只是处以五百日元以下的罚款。就这样，我只用了一块小石头，就不受到任何惩罚成功地夺取了……嗯，没错，是十七个人，十七个人的生命。

各位，我就是这样一个夺取了九十九条人命的人。我非但没有一点儿悔悟，反而对这种血腥的刺激都厌倦了。接下来，我只想牺牲自己的生命。各位好像对我这种残忍至极的行为皱起了眉头？不错，这肯定是一般人难以想象的、罪大恶极的行径。但是，我希望大家能够多少理解一下我为了摆脱巨大的空虚感，不惜犯下深重罪孽的心情。像我这样的人，除了干坏事以外，再也找不到其他有意义的事了。各位，请你们判断一下吧，我是不是个疯子？是不是那种被叫作杀人狂的人呢？

※

今夜的发言者就这样说完了自己极其骇人听闻的经历。他的眼白有些充血，大而混浊的眼睛挨个儿扫视了我们这些听众一遍。然而，没有一个人开口回答他的问题，或是谴责其行为。只有七张面孔被一闪一闪的恐怖烛光映得通红，一动不动地浮现在黑暗中。

突然，门附近的垂帘外面出现了一丝光亮。定睛一看，那个发出银光的东西慢慢变大了。那是一个银色的圆形物体，犹如满月破云而出，慢慢地从红色垂帘之间显露出其全貌。我第一反应就知道那是女招待双手端着的给我们送饮料的银盘。可是，这间"红房间"的气氛让我们不自觉地把万物都看成虚幻的。这个普通的银盘，让我们幻想到了《莎乐美》的舞剧里，从古井中，一个人突然捧出盛有刚被砍下来的头颅的银盘那样的情景。甚至让人觉得，当那个银盘从垂帘间整个出现后，像青龙刀一样宽的闪闪发光的大砍刀会紧跟着出现。

没想到，从垂帘间走出来的不是厚嘴唇的半裸体奴隶，而是刚才那个漂亮的女招待。她很快活地在我们七个男人之间转来转去地分发起饮料来，仿佛一股世俗的风吹进了这个与世隔绝般的虚幻的屋子里，让人觉得很不协调。她周身飘荡着楼下西餐馆的豪华歌舞、狂醉、年轻的女子无意义的尖叫声。

"瞧着，我开枪了！"

突然，T用和刚才说话声音没有丝毫不同的冷静口吻说道，然后将右手伸进口袋里，掏出一个闪闪发光的东西，猛地对准了那个女招待。

我们的惊叫声、砰的一声枪响和女招待发出的惊叫声几乎同时响起。

所有人都从位子上站了起来，简直太幸运了，被枪击的女招待毫发无损，只是呆呆地站在被子弹打碎了的饮料盘面前。

"哈哈哈哈……"T发出狂人般的笑声，"这是个玩具，这是个玩具。哈哈哈哈……花子上了一个大当，哈哈哈哈……"

这么说，还在T右手中冒着白烟的枪不过是一把玩具枪吗？

"啊，吓死我了……这个，真的是玩具？"

这个女招待好像以前就和T很熟似的，脸上还没有血色，一边这么说一边向T走过去。

"什么玩具啊，借给我看看吧。哎呀，和真的一模一样呢。"

她为了掩饰刚才的窘态，拿起那把说是玩具的内含六发子弹的手枪，翻来覆去地看，最后说道：

"刚才我上当了,那好,我也还你一枪吧。"

说着她弯曲左臂,把手枪筒架在左臂上面,装模作样地瞄准了T的胸口。

"你要是会开枪的话,就开一枪看看。"T呵呵地笑着,用嘲弄般的语气说道,"一定要打啊。"

砰……比刚才更加刺耳的声音响彻了房间。

"啊啊啊……"

T发出难以形容的骇人呻吟声,从椅子上霍地站起来,重重地倒在地板上,手脚抽搐着,一副痛苦不堪的样子。

这是在开玩笑吗?要是开玩笑的话,他挣扎的样子也太逼真了。

我们一齐跑到他的身边。刚才坐在我旁边的人从桌上取下烛台往他脸上一照,只见T那苍白的脸像癫痫病人一般痉挛着,宛如受伤的蚯蚓在蠕动似的,全身的肌肉不停地一伸一缩,拼命挣扎着。每次扭动身体的时候,鲜红的血就会从他胸口黑乎乎的伤口处,顺着雪白的皮肤滴滴答答地流出。

原来,给女招待看的六连发玩具手枪里,装填的第二发子弹是实弹!

我们长时间木呆呆地站着,没有一个人动弹。刚刚听完诡异的故事,紧接着就发生了这起事件,给我们造成了异常强烈的刺激。从时钟的刻度来看,或许只是很短的时间;但是至少对于我来说,我们一动不动地站着发呆,没有采取抢救措施的那段时间很漫长。

为什么这么说呢？因为在这事发突然的场合，面对痛苦挣扎的负伤者，我有足够的时间进行下面的推理：

"看似是出人意料的事件，但是仔细想一想，这难道不是今晚从一开始就写在T的计划中的事吗？直到九十九个人为止，他都是杀别人，但是最后的第一百个人，恐怕是留给自己的吧？而且，选择'红房间'作为自己的死亡之所，大概也是最合适的吧。如果把这件事和他极其怪异的性格联系起来考虑，就不是意料之外的事情了。

"对了，他先让别人相信手枪只是个玩具，再让女招待开枪的手法，难道不是他惯用的独特杀人方法吗？这样一来，开枪的女招待就不用担心受到惩罚了，因为有我们六个证人在场。也就是说，T把他用在别人身上的方法，即加害者没有任何罪名的方法，同样用到了自己的身上。"

其他几个人似乎也沉浸在各自的伤感中，而且和我的想法应该是一样的。因为在这种情况下，也只有这么想了。

可怕的沉默支配了在场的所有人。寂静中只能听到女招待埋着头悲伤的啜泣声。在"红房间"里，烛光映照出这一幕悲剧的场景，实在太梦幻了，感觉很不真实。

"咻、咻、咻、咻……"

突然，除了那个女招待的哭泣声外，我们又听到了一种奇怪的声音。那声音听着像是从已经停止挣扎、死人一样躺在地上的T的口中发出来的。一阵冰冷的战栗爬上了我的后脊梁。

"咻、咻、咻、咻……"

那声音越来越大了，就在大家惊诧不已时，垂死的 T 摇摇晃晃地站了起来，站起来后口中还一直在发出"哧、哧、哧、哧"的怪声。听上去又像是从心底挤出来的痛苦呻吟。可是……也可能……啊，果然是这样啊！原来他一直使劲憋着笑呢。

"各位，"他一边大声地笑起来，一边叫道，"大家明白了吧，这一招。"

啊，这又是怎么回事呢？刚才哭得那样伤心的女招待立刻快活地站了起来，再也憋不住了，也跟着捧腹大笑起来。

"这个玩意儿吧，" T 把一个小圆筒放到自己的手掌里，伸到目瞪口呆的我们面前解释道，"这个是用牛膀胱做的子弹，里面装满了红墨水，击中目标后就会自动流出来，就和这颗假子弹同样的原理。刚才我讲的经历，从头至尾都是胡编出来的。不过，我的演技相当不错吧……好了，各位无聊君，我今天的表演能不能算是你们一直在寻求的那种刺激呢？"

他揭开谜底的时候，大概是刚才充当他助手的女招待，不失时机地打开了楼下的电灯。突然间亮如白昼的灯光晃得我们看不清楚眼前的东西。那白色的光线将飘浮在房间里的那种梦幻般的气氛一扫而光，魔术道具的丑陋形骸暴露在了光天化日之下。无论是深红色绸缎垂帘、深红色地毯，还是同一颜色的桌布椅套，就连貌似神秘的银烛台都显得那么寒酸。在这个"红房间"里面，搜遍每一个角落，也找不到一丝梦幻的影子了。

猜疑

江户川乱步诡计篇

翌日

"听说你父亲遇害了,真的吗?"

"嗯。"

"是真的啊。可是,你看今天早上的报道了吗?那是不是真的呢?"

"……"

"那你可要多保重啊。我是担心你才问你的,你倒是说点儿什么呀。"

"啊,谢谢了。我也没什么特别想说的。那篇报道没问题。昨天早上一起床,我就看见老爸被打破了脑袋,倒在院子里。就是这么回事。"

"所以说,你昨天才没来上学吧……那么,凶手抓到了吗?"

"嗯,已经发现了两三个嫌疑人,但还没确定真正的凶手。"

"你父亲是不是做了什么招人恨的事了?报纸上说,像是报复杀人。"

"说不定他真的得罪过什么人呢。"

"莫非是买卖上的事……"

"他是个粗人,就会喝醉了酒跟人打架,惹是生非。"

"喝醉酒？难道说你父亲一喝醉就耍酒疯吗？"

"……"

"喂，你是不是受刺激啦。哟，怎么哭起来了？"

"……"

"我看你就是运气不好。就是运气不好啊！"

"……我是气恼啊！他活着的时候，让母亲和我们兄妹吃尽了苦头。这还嫌不够，竟然死得那么丢人现眼。我根本就不难过，只是气得不得了。"

"你今天真是有点儿怪啊。"

"你自然不会明白的。再怎么样，我也不愿意讲自己父亲的坏话。所以，即便是对你，我也从没说过父亲什么不好。"

"……"

"从昨天起，我的心情就变得莫名其妙了。亲生父亲死了，可我却伤心不起来……父亲再怎么可恨，既然已经死了，我也应该感到难过才是。我真是这么想的，可我现在一点儿也不难过。如果他不是死得那么不体面的话，我倒是觉得他还是死了更好呢。"

"当父亲的被亲生儿子这么厌恶，真是不幸啊！"

"如果说那么死掉是我那个无可救药的父亲的命运，细想一下也挺可怜的。可是现在，我哪有心情想这些啊。我只觉得他可恨！"

"你这么恨他吗？"

"父亲好像生来就是为了把爷爷留下的那点儿财产在酒色

上花光的家伙。最可怜的是母亲。她一直含辛茹苦地操持着这个家，我们兄妹看在眼里，都恨透了父亲。我这么说可能很好笑，可我母亲确实是个了不起的女人。一想起她二十几年来一直忍受着父亲的粗暴行为，我就止不住地流眼泪。我今天还能去上学，一家老小还能住在祖上留下来的宅子里，没有流落街头，全靠母亲忍辱负重。"

"你父亲真有那么过分吗？"

"当然，你们根本想象不到，最近尤其严重，我们家每天都生活在可悲的父子干架之中。他都一把年纪了，还总是喝得烂醉如泥，不知从哪儿冷不丁地回了家。他有酒精依赖症，从早喝到晚，没有酒，他一天也活不了。更可气的是，他还怪罪母亲没有出来迎他，或者给他脸色看等，随便找个碴儿对母亲动手就打。这半年来，母亲身上的新伤就没断过。暴脾气的哥哥见到后，就气愤地跟父亲打起来……"

"你父亲多大岁数了？"

"五十岁。你一定很奇怪，怎么这岁数了还这样呢。其实我父亲说不定已经半疯了。从年轻时起他就好色酗酒。有一次，我半夜回家，一打开玄关的格子门，就看见隔扇上映着哥哥叉着腿挥舞扫帚的身影。我吓得呆若木鸡，只听哐当一声响，灯笼砸穿纸拉门飞了出来。是父亲扔的。这般令人羞耻的父子，真是世上少有……

"我哥哥，你也知道，在什么公司当口译，每天要去横滨上班。其实哥哥很可怜，好不容易有人来提亲，也总是因为父亲的缘故而落空。即便这样，哥哥也没有勇气搬出去住，说是实在不忍心抛下悲惨的母亲不管。要说快三十的哥哥跟老爸干架，你可能觉得好笑，但是从哥哥的角度来看，也是合情理的。"

"真是太过分了！"

"前天晚上也是这样。父亲罕见的没有出门，但是一大早便开始喝酒，一整天都唠唠叨叨地说个不停。到了晚上十点左右，母亲过于劳累，温酒上得稍微慢了点儿，父亲便大发脾气，竟然抄起碗砸向母亲的脸，正中鼻梁，母亲当场昏了过去。哥哥见了，朝父亲猛扑上去，一把揪住他的前襟，妹妹吓得大哭，劝阻哥哥。这样的情形，你能想象吗？这不正是地狱嘛！是人间地狱啊！

"这种日子若是再继续几年，我们恐怕不堪忍受。说不定母亲已经被他折磨死了，也可能在这事发生之前，我或是哥哥已经把父亲杀了呢。所以，说实在的，我们一家人被这起事件给救了。"

"你父亲去世，是昨天早上吧？"

"是五点钟左右被发现的。妹妹最早起了床，发现檐廊的门开着一扇。看到父亲的床铺空着，妹妹以为父亲起床后到院子里去了。"

"这么说，杀死你父亲的凶手是从那扇门摸进来的了？"

"不是的，父亲是在院子里遇害的呀。由于前一天晚上，父亲撒酒疯把母亲打晕了，所以，他有可能也睡不着，半夜里起来到院子里去乘凉吧。就连睡在隔壁房间的母亲和妹妹都说没有听到一点儿动静。因为父亲常常像这样半夜到院子里，坐在一块大石板上乘凉。想必他是在乘凉的时候，被人从背后杀死的。"

"是被刺死的吗？"

"是被不太锋利的刀具砍到后脑勺上的。像是斧头或砍刀之类的凶器。警方是这样鉴定的。"

"这么说凶器还没有找到喽？"

"妹妹叫醒母亲后，她们两个齐声喊醒了睡在二楼的我和哥哥。一听到她们的尖叫声，在看到父亲的尸体之前，我就意识到出大事了。一直以来，我就有种莫名的预感，所以当时我心想：果然发生了。我和哥哥飞奔下楼，从一块开着的防雨板缝隙看到明亮的院落宛如一幅写真画，父亲以极不自然的姿势蜷缩在那里。那感觉真是奇妙，我竟然像看戏似的陶醉其中，仿佛自己是一个旁观者。"

"那么，凶手大概是几点作案的呢？"

"说是一点钟左右。"

"是深夜啊。那么嫌疑人是谁呢？"

"恨父亲的人很多，但是不至于恨得非要杀死他吧。如果非要说的话，我觉得说不定是那几个嫌疑人中的一个。他曾经在一家餐馆里被父亲打了一顿，伤得不轻，后来隔三岔五就找上门来讨要治疗费什么的，每次都被父亲臭骂一通赶走了。这还不算，父亲不听母亲的苦苦劝阻，竟然叫了警察来，把那家伙交给警察带走了。我家虽然穷困，毕竟是镇上的老住户，对方则是个工人模样的粗鄙之人，这样一来，自然就没有再干架了……可我总怀疑是那个家伙干的。"

"可是，我还是觉得奇怪啊。半夜三更潜入一个多口之家可不是轻而易举的事。仅仅因为被殴打过，就敢冒这么大的风险，把对方杀死吗？而且，要是真想杀他，在你家外面的机会不是更多吗？究竟有没有确凿的证据表明凶手是从外面潜入的呢？"

"大门是开着的，并没有上门闩，而且从大门通向院子里的栅栏门也没有安锁。"

"脚印呢？"

"不可能有脚印呀。这大晴天，地面干干的。"

"你们家好像没有雇用人吧？"

"没有……啊，你怀疑凶手不是从外面进来的？那也太可怕了吧，谁这么胆大包天呀。肯定是那个家伙干的。就是那个被父亲揍过的人。那种卖苦力的家伙都是不要命的，根本不管什么危险不危险。"

"那就不好说了。不过……"

"好了，这件事就此打住吧。不管怎么说，事情已经过去了，现在说什么也无济于事。再说已经到时间了，咱们该进教室了。"

第五天

"你的意思是说，杀死你父亲的凶手是你家里的人？"

"上次听你的意思好像是说，凶手并不是从外面进来的吧？那天，我确实不爱听你这么说。因为我多少也抱有同感，有种被你击中了痛处的感觉。所以当时我打断了你的话，可是现在我却为此怀疑而苦恼万分。这种事情自然不好跟别人去说。可能的话，我打算让它烂在肚子里。可是我现在真的痛苦不堪，想跟你单独商量一下。"

"那么，你到底在怀疑谁呢？"

"我怀疑哥哥。对我而言，他是我的亲兄弟；对死去的父亲而言，他是亲儿子。但我怀疑就是哥哥干的……"

"那几个嫌疑人交代了吗？"

"不但没交代，还接二连三地出现了他们无罪的反证。据说连法院也感到十分棘手。每次警察来家里调查，都一无所获就打道回府。这也表明，说不定警方也开始怀疑作案的是我家里的人，于是为了摸底才来的。"

"不过，你是不是有些神经过敏了？"

"如果只是神经过敏，我怎么会这样苦恼呢。其实我发现了些蛛丝马迹……前几天，我并不认为这些线索与案子有什么关联，几乎把此事给忘了，所以没有跟你说起。就是那天早上，我在父亲尸体旁捡到了一块揉成一团的亚麻手绢。虽然很脏，但恰好能看见缝有标识的部分，所以我一眼就认出来了。这种手绢除了我和哥哥，其他人不可能使用。父亲守旧，不爱用手绢，习惯把手巾叠起来揣在怀里，而母亲和妹妹虽然用手绢，却是女人用的小手绢，和男人用的完全不一样。因此丢掉手绢的必定是我或者哥哥。然而从父亲被害的四五天之前起,我就没有去过院子了,而且最近也没有丢过手绢。如此推论,丢在父亲尸体旁的手绢,就只能认为是哥哥的了。"

"但是,有没有可能是你父亲偶然使用了那手绢呢?"

"不可能。父亲在其他事上虽说很随意,但对于这类随身之物却颇为在意。时至今日,我从来没有见过他使用别人的手绢。"

"可是,就算那是你哥哥的手绢,也未必是你父亲被害时掉的。也许是前几天丢在院子的,也可能更早以前就丢了呢。"

"但是,我妹妹每隔一天,就会彻底打扫一遍院子,就在事发的前一天傍晚,妹妹还打扫了院子。而且我知道在全家人都睡下之前,哥哥根本没有去过院子。"

"那就仔细调查一下那块手绢,或许会有什么发现吧。譬如……"

"已经不可能了。当时我没有告诉任何人,马上把它扔进了厕所,因为我总觉得那手绢很污秽……当然,我怀疑哥哥的理由不光是这个,还有许多别的根据。哥哥和我的房间都在二楼。那天夜里一点左右,不知怎么我突然醒了。恰在此时,我听到哥哥走下楼梯的声音。当时我以为他去上厕所,就没有当回事。可是过了很长时间才听到他上楼的声音,不免有些生疑。

"还有一件事。发现父亲被害时,哥哥和我还在睡梦中,因母亲和妹妹的叫喊声而惊醒,才跑下二楼。哥哥脱掉睡衣,披着和服，腰带也没有系，拿在手里就往檐廊方向跑去。当他赤着脚从檐廊下到脱鞋石板上时，不知为何，突然站在那里不动了。当然也可以解释为看见父亲的尸体吓呆了。可是，他为什么会把手里的兵儿带[1]掉在脱鞋石板上呢？是因为受惊吓过度吗？以哥哥平日的秉性，实在让人难以理解。只是掉了兵儿带还好说，可是刚掉在石板上，他就急忙捡了起来。也许是我多心吧，我总觉得他不单是捡起兵儿带，好像还捡起了旁边一个黑色的小东西（那东西也许是一眼就可知是谁的东西，比如钱包一类）。我推测，当时是情急之下，哥哥先把兵儿带丢在那东西上面，借着捡拾的动作顺手从上面一把抓起那个小东西。不过，当时我也吓得魂不附体，那又是一瞬间的事，也可能是我看错了。但是从丢手绢的事，以及他恰好在那个时候下楼，再联想到哥哥近来这些反常表现，我实在不能不怀疑他。

"自从父亲死后，全家人都变得怪怪的，不是为一家之主惨死而悲伤那样的感觉，而是某种不愉快的诡异气氛在家中弥漫。比如吃饭的时候，四个人面对面坐着，但谁也不说话，只是互相盯着看。看这样子，母亲和妹妹也和我一样在怀疑哥哥。而哥哥也很奇怪，脸色格外苍白，总是沉默不语。家里的气氛简直无法形容，令人无比厌恶。在那样阴森森的家里，我再也待不下去了。放学回来，一进家门，就感觉有股冷飕飕的阴风扑面而来。失去一家之主的家里已经够凄凉的了，母亲和三个孩子还这样默然相对，各怀心

---

[1] 日本和服腰带的一种。——译者注（如无特殊说明，本书注释均为译者注）

思……啊，我实在受不了了，受不了了！"

"你的话越听越可怕，不会像你想的那样吧？你哥哥怎么可能……你太神经过敏了，太多虑了。"

"不，你错了。绝不是我多疑，我不会毫无理由地怀疑他。可是哥哥的确有杀死父亲的理由。你不知道哥哥因为父亲有多么痛苦，对父亲有多么痛恨……尤其是那天晚上，母亲还被父亲打伤了。孝顺母亲的哥哥忍无可忍，难说不会产生极端的念头。"

"太可怕了。不过现在你还不能断定是他吧？"

"所以我才更加难以忍受啊。如果能确定凶手，哪怕就是哥哥，也比这样好啊。一家人整天这样神经兮兮地互相猜疑，真是受不了。"

第十天

"喂，这不是 S 吗？你这是要去哪儿？"

"啊……哪儿也不去。"

"你怎么变得这么憔悴啊？那件事还没有结果吗？"

"嗯……"

"看你最近不怎么来上学，我今天正想去找你呢。你现在去哪儿？"

"不……哪儿也不去。"

"那你是在散步了？看你走路怎么晃晃悠悠的。"

"……"

"正好，我陪你走一会儿吧，咱们边走边聊。你整天闷闷不乐的，也不来上学。"

"我实在不知该怎么办了，连脑子都转不动了。就像生活在地狱里。我害怕待在家里……"

"还是确定不了凶手吗？你还在怀疑你哥哥？"

"别提这件事了，我觉得快要透不过气了。"

"你总是这样独自烦恼也没有用啊。说来听听，万一我能给你想个主意出来呢。"

"也不是说说就能解决的问题。我们一家人现在都在互相猜疑，四个人住在一个屋檐下，却互相不说话，一天到晚大眼瞪小眼的。偶尔开口说话，也像警察或者法官似的，想要刺探出对方的秘密。可我们都是血脉相通的亲人啊，然而其中一个人竟然是杀人犯……或是杀了父亲，或是杀了丈夫啊。"

"你怎么能这么想？这种事是绝对不可能的。肯定是你的脑子出了问题，大概是神经衰弱导致的妄想症吧。"

"不不，绝对不是妄想，我倒真希望是妄想呢。你不相信也不奇怪，谁也想不到竟会有这样的人间地狱吧。连我自己也好像是被噩梦缠住了，竟然梦见自己被怀疑是杀父的嫌疑犯，被警察跟踪……嘘！别往后看，警察就在附近呢。这两三天，只要我一出门，他们就会跟着我。"

"到底是怎么回事啊？你是说他们怀疑你是凶手？"

"不仅是我，哥哥和妹妹都被跟踪了，我们全家人都被怀疑，而且家里人还在相互怀疑。"

"怎么会这样……是不是发生了什么新情况，让你们相互怀疑呢？"

"没有任何确凿的证据，只是互相怀疑。因为那几个嫌疑人都被释放了，只剩下怀疑家庭成员这一招了。警察每天必来，搜查我家的每一个角落。前几天，他们在衣橱里发现了一件母亲的带有血迹的夏衣时，兴奋得不得了。其实那和案件没有任何关系。那不过是事发前一天晚上，母亲被父亲用碗砸破头流的血，没来得及洗掉。我对他们说明情况后，才算平息了事态。可打那以后，警察的想法骤然一变。他们的逻辑是，既然父亲是那样一个粗暴的人，那么他的家属就更值得怀疑了。"

"前几天，你不是很怀疑你哥哥吗？"

"你说话再小声点儿，让后面那个家伙听到可不行……可是，哥哥也在怀疑别人。我觉得他好像在怀疑母亲。哥哥曾经若无其事地问母亲是不是丢过一把梳子。母亲显得非常吃惊，反问他为什么问这话。后来他们没有再说什么。看似很平常的对话，我却突然受了启发。莫非上次哥哥捡兵儿带时一起拿起来的那个东西就是母亲的梳子……

"从那以后，我就开始留意母亲的一举一动了。真是太卑鄙了，儿子竟然侦查起了母亲！整整两天的时间，我就像蛇一样瞪大眼睛，从角落里监视母亲。说起来令人害怕，因为母亲的举止怎么看都觉得可疑，老是心神不定、心事重重的样子。你能想象我是什么心情吗？怀疑自己的母亲有可能杀了自己的父亲——你知道这有多可怕吗……我真想去问问哥哥，或许哥哥还知道些其他的情况，但是我实在没有勇气去问。而且哥哥好像也怕我问他似的，最近总是躲着我。"

"我真不想听你说这些。连我都听不下去了，可想而知，你心里一定很不快。"

"岂止是不快啊。最近，在我的眼里，世人仿佛是和我不一样的生物。每次看到大街上的行人脸上流露出来的悠闲、乐天的神情，我总是觉得不可理解。我常常会想，别看那些家伙一副若无其事的样子，说不定就杀了自己的父亲或者母亲呢……离得远些了，跟踪我的那个家伙，因为行人少了，故意隔了一百米的距离跟在后面。"

"可是，我记得你说过，在你父亲被杀的地方，看到过你哥哥的手绢吧？"

"是的，因此我不能完全消除对哥哥的怀疑。就连母亲，我也不知道应不应该怀疑她。奇妙的是，母亲也在怀疑着每个人。这简直就像小孩子玩叠手背[1]啊。我这么说，并不是觉得滑稽，而是觉得太恐怖了……昨天傍晚，天快黑了，我从二楼下来，看见

---

[1] 一种游戏。这里比喻重复同样的动作，毫无进展。

母亲站在檐廊上，好像在偷看什么，两眼直放光。看见我下楼，她吃了一惊，若无其事地回了房间。看母亲的样子太奇怪了，我也走到母亲刚才站的地方，朝她刚才盯着的方向望去。

"你猜那里有什么？那边有好多棵小杉树，透过树叶，依稀可见一座供奉稻荷神的小神庙。在小土地庙后面，隐约可见一个红色的东西，仔细一看，原来是妹妹的兵儿带。妹妹在那里干什么呢？从我的位置只能看到部分兵儿带，看不清她的动作，可是她在那个小庙后面没什么可做的呀。我差一点儿喊出妹妹的名字，突然间想到了母亲刚才的奇怪之举。而且就在我朝小土地庙观望的时候，还能感觉到母亲在背后看着。我觉得这件事不简单，说不定所有的秘密都隐藏在那个小土地庙的后面呢。而且我的直觉告诉我，妹妹很可能掌握着那个秘密。

"我想亲眼察看一下小土地庙后面有什么秘密。所以，从昨天傍晚到现在，我一直在寻找机会，可就是不行。因为母亲的视线片刻不离地跟着我，即使我去厕所，出来时也会看见母亲站在檐廊上，不露声色地监视我。或许是我多心，我也希望是多心。可这是偶然的吗？从昨晚到今天早上，无论我去哪儿，都必然处于母亲警觉的目光中。还有就是，妹妹不可思议的举止……

"你知道，我经常逃学的，所以最近一直没去上学，按说谁也不会觉得奇怪。可是妹妹那丫头，竟然问我为什么不去上学。过去，她可是从来没有这样问过我。而且，她当时的眼神特别古怪，说话腔调就像小偷之间说暗语似的，似乎在说'我心里有数，你尽管放心好了'。无论怎么琢磨，我只能这么领会她的言外之意。看来妹妹是在怀疑我呢，所以妹妹也在监视着我。我好不容易逃脱母亲和妹妹的监视来到院子里时，又看见哥哥从二楼的窗户里向外偷窥……

"到小庙后面去需要足够的勇气，而我已经被吓得不敢去了。可是不能确定谁是凶手，实在让人无法忍受。话又说回来，在亲骨肉中间确定一个凶手也很可怕。啊，我到底该怎么办呢？

"西扯东扯的，不知怎么走到这地方了。这儿到底叫什么街啊？咱们该往回走了吧。"

第十一天

"我终于看到了。我看到那座小庙的后面了。"
"你看到什么了？"
"那儿埋藏着可怕的东西呢。昨晚，我趁着他们入睡之后，鼓起勇气来到院子里。由于母亲和妹妹的房间就挨着楼下的檐廊，所以从檐廊是出不去的。可要是从正门绕出去，必须经过她们的枕头边。幸亏我住的二楼房间正好对着院子，我便从窗户出来，顺着屋顶爬了下来。月光照得院子里像白天一样亮，所以我顺着屋顶爬下去的怪影清晰地映在地面上。那时候，我不由得感觉自己成了那个可怕的凶手——杀死父亲的凶手其实就是我。我想起了关于梦游症的故事。在某个晚上，那个人不也是像我现在这样，顺着屋顶去杀死了自己的父亲吗？我害怕地打了个冷颤。但是，仔细想想，怎么会有如此荒唐的事呢？那天晚上，就在父亲被害的那一刻，我不是睁着眼睛躺在自己的床上吗？

"我轻手轻脚地来到那座小庙的后面，借着月光仔细一看，发现地面有被挖过的痕迹。肯定是这里，我这么想着，用手把土扒开，一寸一寸地往下挖，很快就感觉碰到了什么东西。取出来一看，原来是很熟悉的家中的一把斧头。借着月光，可以清晰地分辨出，生了红锈的斧头刀口上粘着黑色的血块……"

"是斧头？"

"没错，是斧头。"

"你的意思是说，你妹妹把斧头藏在那里了？"

"只能这么认为。"

"但是，你不会认为是你妹妹干的吧？"

"这可难说。谁都有可疑之处。无论是母亲、哥哥、妹妹，还是我，都对父亲怀有怨恨。而且，恐怕所有人都希望父亲死掉。"

"你这样说也未免太过分了。你和你哥哥姑且不说，连你母亲也希望自己相伴多年的丈夫死吗？我虽然不知道你父亲是个多么坏的人，但我想，从亲情的角度上说，你们不应该希望他死吧？就说你自己吧，你父亲死了以后，肯定很难过……"

"我可是个例外，我一点儿也不难过。无论是母亲、哥哥，还是妹妹，没有一个人为父亲的死感到悲伤。虽然这样说非常难为情,但这是事实。因为与其说是难过,倒不如说是害怕更确切。害怕必须从亲人中找出一个杀夫或者杀父的凶手来,所以没有心思考虑别的。"

"我倒是很同情你们。"

"虽然找到了凶器,但还是不知道究竟是谁干的,完全是两眼一抹黑。我把斧头又埋回原处,顺着屋顶爬回自己的房间。我躺在床上,整整一夜都没有睡踏实。母亲的脸如同面目狰狞的般若[1],双手举着斧头;哥哥的额头上暴起犹如石狩川[2]一般的青筋,发出含混不清的喊声,正举着斧头狠狠地砍下去;妹妹把手里拿着的什么东西藏在背后,悄悄地走近父亲的身后……这些情景就像走马灯似的。"

"这么说,你昨晚一直没睡觉吗?难怪我觉得你的样子特别兴奋呢。你平时就有点儿神经过敏,这样兴奋过度对身体可不好。我看你还是让自己平静一些。听你这么一说,实在太血腥了,感觉不怎么舒服。"

"或许我装出一副若无其事的样子会好些。就像妹妹将凶器埋在土里一样,我应该将这个发现永远埋在心里吧。但是,我无论如何不能那么做。我固然可以不让世人知道,可至少我自己想知道事情的真相。不弄个水落石出,我是不会安心的。每天一家人都这

---

1 日本传说中的一种专门抢夺小孩的女鬼。据说是由女人强烈的妒忌形成的恶灵。
2 日本北海道的河流,注入日本海石狩湾。

样互相试探来试探去的,这样的日子怎么过下去呢。"

"现在说什么可能都没有用。不过,你到底能不能把这件事只告诉我一个人呢?虽然最初是我先问你的,可是近来我一想起你说过的话就害怕。"

"可以告诉你,你是不会背叛我的。而且如果总是憋在自己心里,实在受不了。或许会让你心情不好,但还是希望你能听一听……"

"是吗?那就好。你今后打算怎么办呢?"

"不知道,我真的不知道。或许是妹妹自己干的也说不定,或者是妹妹为了袒护母亲或哥哥才把凶器藏起来。还有,我不明白的是,妹妹竟然流露出怀疑我的神情。她到底是因为什么怀疑我呢?一想到她的目光,我就浑身发冷。可能是因为年纪太轻,敏感的妹妹感觉到有什么地方不对劲吧。

"我怎么也弄不明白是怎么回事。在我内心深处,总觉得有个声音在嘟嘟囔囔,一听到这个声音我就坐立不安。或许只有妹妹知道点儿什么。"

"你真是越说越离奇了,就像给我猜谜似的。像你说的那样,你父亲被害时你还醒着,又是在自己房间里的话,你就没有理由受到任何怀疑啊。"

"按理说应该是这样。可是不知什么原因,我在怀疑哥哥和妹妹的同时,自己也莫名其妙地不安起来。我总是觉得自己与父亲的死有某种关系,反正老是这么感觉。"

一个月之后

"你怎么了？好几次去看你，你都不见我，我很担心你啊。我还以为你精神不正常了呢。哈哈哈，不过你瘦多了。你家里人也真有意思，都不告诉我详情。你到底哪儿不舒服啊？"

"嘿嘿嘿，我是不是像个幽灵啊。我今天又照了照镜子，好吓人呢。没想到精神上的痛苦居然让人这么不堪，我大概是活不长了。我是好不容易才走到你家的，浑身没有力气，就像踩在云上一样轻飘飘的。"

"到底是什么病呢？"

"我也不知道。医生也是敷衍塞责，说是严重的神经衰弱。我还咳嗽得特别厉害，说不定得了肺结核。不是说不定，十有八九是得了这种病。"

"你又来这套了。像你这样神经衰弱还了得。是因为你父亲的事思虑过度吧？我看你就别老想那些事了。"

"不是因为那件事，那事已经彻底解决了。其实，我今天就是为这事来的……"

"啊，是吗？那太好了。我最近也没有留意看报纸，这么说凶手已经抓到了？"

"是的。但是，那个凶手，你不要太吃惊，不是别人，就是我啊。"

"啊，你说是你杀死了父亲？别再说了。咱们还是出去散散步吧,说点儿高兴的事好不好?"

"不用不用,你先坐下。我跟你大概说说情况,我就是为这事来的。你好像一直很担心我的精神出了问题,其实你根本不用担心,我的精神一点儿毛病都没有。"

"可是,你竟然说是你杀了自己的亲生父亲,这也太荒唐了。从各方面的情况来看,都绝对不可能呀。"

"不可能?你真的这么想?"

"当然了。你不是说你父亲被害时,你就躺在自己房间里的床上吗?一个人同时出现在两个地方,无论如何也不可能啊。"

"那是不可能。"

"那不就好了吗,你不可能是凶手。"

"可是,即使躺在床上,未必就不能杀死屋外的人。对于这一点,似乎谁也没有意识到——直到两三天前的晚上,我才突然想到。父亲被杀死的那天晚上,一点左右,二楼的窗外有两只猫在闹,叫唤个没完没了,声音特别大。我被吵得实在受不了,就从床上爬起来,想打开窗户把那两只猫赶走。人的心理真是奇怪,常常会忘记非常重要的事情,却因为极偶然的契机又突然想起来,就像坟地里突然出现的幽灵一般膨胀成巨大的异形物浮现在脑子里。说起来,人们日复一日地生活,其实就像表演惊险杂技一样危险,搞不好就会一脚踏空摔成重伤。可是,世上的人居然能若无其事地活着。"

"你快说啊,最后的结局到底是什么?"

"你耐心地听我说吧。我突然想起父亲被害那天晚上一点钟时我还醒着的原因了。在这次事件中,这个原因是非常重大的问题。平时,我只要一躺下就会睡着,直到第二天早上都不会醒,可是那天深夜一点钟还醒着,一定是有什么原因。出事那天晚上也是这样,因为猫叫声,我被吵醒了。"

"出事跟猫有什么关系呢?"

"有关系啊。你知道弗洛伊德的潜意识学说吗?简单地解释一下吧,就是说我们内心不断产生的欲望,大部分还没有实现就被埋葬了。有的欲望是不可能实现的妄想,有的虽然可能实现,却是被社会所禁止的。这些数不清的欲望该怎么办呢?我们就将它们幽禁在无意识中了,就是说将它们彻底忘记。但是忘记并不等于将欲望消除掉,只不过是深藏在心底,不让它们出来罢了。所以我们的内心深处蠕动着许多不能实现的欲望的亡灵。它们伺机而动,只要有一点儿缝隙便想跳出来。它们常常趁人们睡着时,乔装打扮,潜入梦中,兴风作浪。它们折腾得厉害的时候,人就会变得歇斯底里、疯疯癫癫的。如果幸运地朝好的方向发展的话,会因升华作用,创作出艺术,成就事业。只要读过一本精神分析方面的书,你一定会惊叹于被囚禁的欲望这种东西中蕴藏着多么可怕的能量。过去,我对这方面很感兴趣,读过几本这方面的书,其中有一派学说中有所谓'忘物说',即突然忘记很熟悉的事情,怎么也想不起来,也就是人们常说的'突然想不起来了'。其实这绝不是偶然的。既然忘记了,一定有忘记的原因。

由于此事最好不要想起来等，人脑就会不知不觉将记忆囚禁在无意识的世界中。有许多这方面的例子，比如这样一个故事。

"曾经有一个人，忘记了某国外的精神病学者的名字，怎么也想不起来。几小时后，名字又突然出现在他的脑海里。他感到非常诧异，平时很熟悉的名字，怎么就忘记了呢？于是他按照联想的顺序，浮现出了浴场—沐浴—矿泉这几个场景，终于解开了谜底。原来那个人曾经得了一种病，这种病必须要去那个学者的国家洗矿泉浴——是这个不愉快的联想妨碍了他的记忆。

"还有一位精神学家琼斯谈到过一个实验。有一个人烟瘾很大，一天，他觉得不能再这样抽烟了，于是他的烟斗突然不见了，怎么也找不到。就在他已经忘掉这件事的时候，烟斗却在一个意想不到的地方被找到了。也就是说他的无意识把烟斗藏了起来……虽然这个说法听着很深奥，可正是这门遗忘心理学，成为解决这起事件的关键。

"因为我自己也忘记了一件很重大的事，那就是忘记了杀死父亲的凶手就是我自己……"

"有学问的人的妄想，实在是与众不同啊。居然能够把世间无比荒唐的事，用这样细致严谨的学说来说明。你刚才说什么你一时想不起来自己杀过人，这世上哪有这等可笑的事啊？哈哈哈哈哈，你没事吧？我看你怎么神神道道的？"

"你且等我把话说完，然后你想说什么都可以。我绝对不是来对你说笑话的。听到猫叫声，我想起来，出事那天晚上，猫在闹的时候，其中一只猫一定是跳到紧挨屋顶的那棵松树上去了。因为当时我好像听到了咔嚓的一声……"

"越说越莫名其妙了。猫跳到松树上跟杀人有什么关系呢？我真是担心。你是不是有点儿神经不正常了？"

"你也知道吧，那棵松树特别高大，简直就是我们家的标志。那棵树下放着一块父亲坐过的石板……我这么一说，你也能猜个八九不离十了……就是说，那只猫跳到松树上后，偶然碰到了放在树枝上的什么东西，或许那个东西又掉到了父亲的头上。"

"你是说，斧头正好放在树上吗？"

"是的，斧头就放在树上。虽然极其偶然，但也不是不可能。"

"可是，这只能说是一起偶然事件，也不是你的罪过啊。"

"你不知道，把斧头放在树上的人正是我。我把这事忘得一干二净，直到两三天前才突然想起来。这就是所谓的遗忘心理。说起来，把斧头放在树上，确切地说是忘在树杈上，是半年以前的事了。那之后我一次也没有想起过。由于没有需要用斧头，当然也就没有机会想起来。即便如此，总会因为什么事而想起斧头的。由于留下了深刻印象，早晚都会想起来。如果彻底忘掉了它，必定是有什么原因。

"今年春天，为了砍掉松树上的枯枝，我曾经拿着斧头和锯子爬上了树。因为骑在树枝上砍枯枝非常危险，所以不用斧头的时候，我就把斧头放在树杈上。那棵树的高度比二楼的屋顶还高一点儿，树杈正对着地上的石板。我当时一边干活儿一边想，要是斧头从这儿掉下去的话，会怎么样呢？肯定会砸在那块石板上。如果当时有人坐在石板上，说不定会把那人给砍死。我还想起了中学物理课上学过的'自由落体运动'公式，这个距离产生的速度足以打碎那个人的头盖骨。

"而父亲有坐在石板上休息的习惯，就是说，我在不知不觉地想着杀死父亲。只是心里一闪念，我不禁吓了一大跳。不管父母是什么样的恶人，倘若动过杀死父母的念头，那就不是人了。我必须把这个不祥的妄想赶走，于是这个罪恶无比的欲望就被暂时囚禁到了无意识的世界中。但是，那把斧头却继承了我的恶念，仍然待在树杈间等候时机。我一直没想起斧头，按照弗洛伊德的理论，不言而喻，正是我的无意识起了作用。这无意识并不是普通的偶然过错，完全出自我自身的意志。把斧头放在树上，弄不好它就会掉下来。如果父亲恰巧坐在下面的石板上，就会把他杀死。这一复杂的计划被安排在冥冥之中，更有甚者，这个罪恶的企图连我自己都不知道。也就是说，虽然我准备了杀死父亲的装置，却有意把它忘掉，表现得很善良的样子。换句话说，我的无意识世界中的恶人，欺骗了意识世界中的好人。"

"你讲得这么复杂，我听不懂。我总觉得你好像故意要成为恶人似的。"

"不是的，如果你知道弗洛伊德的理论就不会这么说了。首先，我为什么在长达半年的时间里把斧头忘得一干二净呢？我不是明明看到了同一把带着血污的斧头了吗？其次，我为什么明知有危险，还要把斧头忘在那里呢？最后，我为什么要选择这么危险的地方放斧头呢？三个不正常都凑齐了。即使这样你也能说我没有恶意吗？只说忘记了，就可以一笔勾销吗？"

"下面你打算怎么办呢？"

"当然是去自首了。"

"自首当然可以，但是无论哪个法官都不会判你有罪的。这一点倒是可以放心。那么你上次说的各种物证是怎么回事呢？手绢啦，你妈妈的梳子啦……"

"手绢是我自己的。砍松树枝时，我把它缠在斧头柄上，忘了拿下来了。那天晚上，手绢和斧头一起掉了下来。梳子我不太清楚，大概是母亲当时看到父亲的尸体时，受到惊吓丢掉的。一定是哥哥为袒护母亲，把梳子给隐藏起来的。"

"那么你妹妹将斧头藏起来又是怎么回事？"

"因为妹妹是第一个发现斧头的，她有足够的时间隐藏。她一看就知道那斧头是自家的，所以她认定凶手是家里的什么人。她的第一反应就是把这件重要物证给藏起来。她本来就是个机灵的姑娘。后来警察开始搜查家里，她觉得一般的地方不能放，便重新将它埋在了小庙的后面。"

"这么说，你怀疑家里的所有人，最后才知道原来凶手就是自己。那你还口口声声说什么要抓住凶手呢。你不觉得就像一出喜剧吗？虽说是这种时候，我还是产生不了同情心。或者说，我其实不能接受你是凶手的事实。"

"罪魁祸首就是那所谓的无意识的遗忘。这太可怕了。看起来像是喜剧，可笑至极，但此事恰恰证明了不是单纯的健忘。"

"听你这么一说，或许是这样吧。但是，我非但不为你的坦白而难过，反而想祝贺你解开了多日来的谜团呢。"

"这样一来，我心里也是痛快多了。大家相互猜疑，实际上是在相互偏袒，因为谁也不会坏到要杀死自己的丈夫或亲生父亲。全家人都是特别善良的好人。其中只有一个坏人，那就是怀疑别人的我。从疑心这么重这一点，就证明我是一个真正的坏蛋。"

断崖

江户川乱步诡计篇

一个春日，从K温泉沿着山路走四千米左右，在能够俯瞰溪谷的断崖上，一对男女并肩坐在天然石椅上聊天。男人二十七八岁，女人年长两三岁，二人都身着温泉旅馆的浴衣，外套是宽袖夹袄。

女人："那件事总在我脑海里浮现，我却不能向人倾诉，真是憋得难受。虽然已经过去了很久，咱们还从没提起过吧？我想慢慢回忆一下，按顺序捋一捋。你愿意吗？"

男人："没有什么不愿意的。可以捋一下。你忘了的地方，我提醒你。"

女人："那我就开始说了……我第一次有所察觉，是某天晚上，和斋藤在床上耳鬓厮磨时，他像以往那样哭了起来。眼泪顺着我们紧贴的面颊流淌，带点儿咸味的液体源源不断地流进我的嘴里。"

男人："那种事我可不想听，你描述那么详细干吗？那个暴露狂男人还是免谈吧。再说，他还是你前夫。"

女人："可是，这段很重要嘛。这就是所谓的第一个提示啊。你要是不想听，我就跳过去。斋藤这样抱着我，脸贴脸流泪的时候，我突然觉得奇怪。他哭得格外伤心，感觉有什么深意似的。我吓了一跳，不禁把脸移开，使劲盯着他被眼泪蒙住的眼眸深处。"

男人："好刺激啊，立刻变得瘆人了。那一刻，你从那男人的眼里看到了深深的怜悯，对不对？"

女人："对啊。就像在说'噢，好可怜，好可怜'，发自内心地怜悯我而哭泣……人的眼睛里能写着一生的经历呢。更何况是当下的心境，就像是用初号字写的。我不是很善于解读这个嘛，所以一下子就明白了。"

男人："你觉得他想杀死你，对吗？"

女人："对，不过，这可是个很刺激的游戏呀。即便活在这大千世界里，我们也会感到无聊。就连被罚进壁橱思过的孩童，也会在那片黑暗中找点儿什么东西来玩。大人也一样。无论处于怎样痛苦的境地，都会苦中作乐。是不得不苦中作乐。这是无药可医的本能。"

男人："你要是老说废话，得说到太阳下山了。"

女人："你知道那个人挺凉薄的，我和他正相反。而且我们夫妻对婚姻生活都产生了倦怠感。爱肯定爱过，但即便是爱，也会产生倦怠。你明白吧？"

男人："太明白了。说得好。"

女人："所以，我们需要一些让人心跳加速的刺激。我总是渴望着这种刺激。斋藤也非常明白我的心情。而且，我也隐约觉得他在计划着什么，但是直到那晚窥见他那深邃的眼眸之前，我还一无所知……其实，他计划得相当周密，真让我大吃一惊。没想到他会想出如此纷繁复杂的计划。可话说回来，越是让人胆战心惊，就越是乐趣无穷啊。"

男人："你读出了那个男人眼中深深的怜悯。那也是他做的戏吧。他这样哭泣，给了你第一个提示，对吧？那么第二个提示是什么呢？"

女人："是穿藏蓝色大衣的男人。"

男人："头戴同样藏蓝色的呢帽，戴着墨镜，蓄着浓密的小胡子。"

女人："那个男人，还是你最早发现的呢。"

男人："嗯，谁让我借住在你家，成了你们夫妇俩的御用小丑，还是个没名气的画家呢。因为闲得无聊，我常去镇上闲逛。穿藏蓝色大衣的男人总在你家附近转悠，是我最先发现的。藏蓝色大衣男在街角咖啡店刨根问底地打听你家有什么人，还有房间布局之类的，这些也是我从咖啡店老板娘那里探听出来告诉你的。"

女人："我也遇到过那个人。在后院小门外见过一次，正门旁边见过两次。他双手插进肥大的藏蓝色大衣口袋里，魅影似的站在那里，就像一道不吉利的黑影。"

男人："起初你以为是小偷呢。邻居的女佣也发现了那家伙，还提醒咱们要提防。"

女人："其实，他可比小偷恐怖多了。我一看到斋藤流出怜悯的眼泪，那个穿藏蓝色大衣的男人的形象便突然浮现在我眼前。这是第二个提示。"

男人："那么，第三个提示就是侦探小说了吧。"

女人："对呀。是你在我们之间培养的侦探爱好。不论是斋藤还是我，原本对此也不是毫无兴趣，可后来变得那样钻牛角尖似的研究侦探手法，全都拜你所赐。那一阵子虽然热度有所下降，半年前却达到顶峰。我们每天晚上只讨论和犯罪手法有关的话题。就数斋藤最沉迷了。"

男人："那时候，那个人想出来的最高明的犯罪手法就是……"

女人："对，就是一人分饰二角。根据当时的研究可知，一人扮二角的手法有很多很多种类。你不是还做了一张图表吗？现在还有吧？"

男人："那种东西怎么可能留到现在。但我还记着呢。一人扮二角有三十三项，就是说有三十三种不同类型的技法。"

女人："斋藤认为在那三十三种技法之中，虚构人物这个技法是首屈一指的，是这样吧。"

男人："比如谋划一起杀人案。可能的话，从实施犯罪的一年多以前，罪犯就要制造出另一个自己。通过假胡子、眼镜、服装等极其简单而巧妙的变装，以另一个人的身份居住在相隔很远的另一座房子里，并且让这个虚构人物充分暴露在外人面前，也就是过一种双重的生活。罪犯本人谎称工作而外出的这段时间，虚构人物便在他自己家里；虚构人物假装去上夜班的这段时间，罪犯本人便回到自己家中。时不时让某一方出去旅旅游，就能更轻松地隐瞒下去了。然后看准时机，让虚构人物去杀人。但在案发前后，罪犯要让自己被两三个人看到，给他们留下罪犯一定是那个虚构人物的印象。目的达成后，虚构人物便凭空消失。罪犯把用来伪装的物品全部烧毁或拴上重物沉入河底。而虚构人物的家中,再也不会有人回来。就是说他杳无音信、消失无踪了。此后,罪犯本人装作一无所知地照常生活。因为这原本就是不存在于世间的人犯的罪,所以无从寻找嫌犯的踪迹。这就是所谓的完美犯罪。"

女人:"那个人把这种伎俩视为所有犯罪手法之顶点,侃侃而谈,令人心生畏惧。我们也被他彻底说服了。所以,我对这个虚构罪犯的手法一直念念不忘。对了,还有一本日记本呢。那个人预料到我会找到日记本,便把自己的日记本藏起来了,而且藏在一个特别难以发现的地方。不过,这日记原本就是写给我看的,所以并没写他真正的秘密。就连后来才知道的那个女人的事也只字未提。"

男人:"这就是所谓的原文修改吧。原文修改是校对员的常用语,从前的文书,有时为了让人看到原来的字,只画条线消掉词语,所以想看删去的词还能看到。在我们的书信里也很常见啊。故意删掉的地方,其实就是最想让对方看到的词句。那个男人的日记本就是采用这种'原文修改法'。也可以说是另一种意义上的此地无银三百两。"

女人:"所以,我看了他的日记本哦。正是关于虚构犯罪手法的论文,写得真是不错。制造出了一个世间完全不存在的人,很有意思。那个人很擅长写作,对不对?"

男人:"这个我当然知道。别老是怀念了,接着往下说吧。"

女人:"呵呵,现在三个提示都齐了吧——怜悯的眼泪、穿着藏蓝色大衣的怪人、对虚构杀人手法的赞美。但是,如果没有第四个提示，还是不够完备。那便是动机。动机就是那个女人。那个人甚至没把她写进日记。因为如果写进日记，就成了一出真正的戏，会减少许多刺激。他的这种小心谨慎很让人讨厌……那个女人的事是你告诉我的吧。其实我已经隐约感觉到了在那个人的眼底有个年轻的女人时隐时现。而且，我们在床上相拥时，我都能从那人身上隐隐闻到其他女人的气味……"

男人："你也真够敏感的……这就是说，把这四个提示组合起来，斋藤的表演主线便清晰起来了，即通过所谓的原文修改，让你感知到那个女人的存在，同时流下怜悯的眼泪。尽管觉得你可怜，但他要想和那个女人在一起，你就是个障碍。可一旦和你分开，对于毫无独立经济能力的斋藤来讲，等于丢了饭碗，所以也不行。那个男人说是帮朋友搞事业，每天上班，却没多少收入，纯粹是打发时间而已。你虽然已经和他正式结婚，但仍紧握财权不撒手。你那个战后成为暴发户的父亲去世后，你把继承的财产守得牢牢的，并没有变更为夫妻共同财产。那个男人虽然想方设法从你这里弄走了大笔零花钱，却不能动用你的财产分毫。因此，若想违背你的意愿，和别的女人挥霍这笔财产，唯有杀死你。这样一来，虽然已成婚，但你又没有其他亲人，全部财产便会归于他的名下。这就是动机。"

女人："你的意思是指，这是他玩这个刺激游戏的动机了？"

男人："当然了。即便作为真实的犯罪动机也是无懈可击的。而且，杀人手段就是他所夸耀的制造虚构罪犯。他先让外人三番五次看到穿藏蓝色大衣的男人,再以那个装扮潜入你的卧室,杀死你之后,让虚构的罪犯永远从世上消失。随后他前脚变回斋藤,后脚回到家,看到你的尸体后就大呼小叫起来。就是这个顺序吧。"

女人:"是的,他就是想让我这样想,让我恐惧,然后共同感受这刺激游戏的乐趣,好似一个复杂些的儿童侦探游戏。而我若不相信他只是想玩游戏,并且真切地感到杀意的话,那便是刺激得叫人魂飞魄散的游戏了。这就是他的初衷。他想玩的游戏,可比儿童侦探游戏骇人多了。"

男人:"即便是儿童侦探游戏也不可小觑。我十二三岁的时候,曾因为玩侦探游戏,和一个年龄稍大的女孩躲在阴暗的仓库里,被那个女孩挑逗过。那么可爱的女孩,居然摆出让人羞于启齿的奇怪姿势,没有比这更可怕的事了,恐怖得就像死里逃生。"

女人:"你可别跑题了。刚才咱们说的所有事情,都是那晚,当我注视着斋藤热泪盈眶的双眸的瞬间,也就是一秒钟内在脑海里闪过的。回忆起那么多的过去,加以逻辑性地归纳,我仅仅用了一秒钟哦。人的大脑功能真是不可思议啊!那里面到底是什么构造啊?口头表达需要三十分钟的事情,居然一秒钟就想完了。"

男人:"那又有什么用呢?他要是真想杀你,肯定不会就这么一直演戏,否则不是没完没了吗?只让一个穿藏蓝色大衣的男人吓唬吓唬你,就算完了?"

女人:"不是那样的。这只不过是我的想象,会有结尾的。穿藏蓝色大衣的男人会从窗户或者什么地方潜进我的卧室,并且让我吓得尖叫，看我会表现得多么恐惧。然后，仍旧以虚构人物的装扮钻进我的床铺，变装成他人爬上自己妻子的床……"

男人："真是变态！"

女人："对呀。他就是这样变态的人。不然也想不出这种一惊一乍的刺激游戏。"

男人："……可是，结果却截然不同啊。"

女人："是啊……在这之后就不是闹着玩了……好可怕！我现在还感到后怕呢。"

男人："我也觉得后来发生的事让人心里不舒服。不过，你还是都说了吧。在这四下无人的悬崖上，把来龙去脉理清楚，一次就好。这样的话，你也许会感觉轻松些。"

女人："嗯，我也这样想。那晚之后，每隔几天便会发生同样的事，一共发生了三次。然后，和我贴着脸颊流泪的那个人，哭得越来越伤心了……好几次都让我感到莫名其妙。每次他一哭，我就赶忙把脸移开，注视他的眼眸深处，却什么也看不到了。我只能往坏处想。我的揣测让我胆寒。"

男人："那个男人是真的想把你杀掉吧。"

女人："突然间，我仿佛看见那人的眼睛在说：'我制造了一个虚构的人物，试图让你体会什么叫刺激。一开始只是这么想的。但事到如今，连我也无法判断，这个想法是否能以演戏告终了。就算我真的杀掉你，我也是绝对安全的。然后，你的财产便属于我了。我或许败给了金钱的魅力。说实话，比起你来，我更爱那个女人。

好可怜，你真是可怜至极！'我甚至能感知到那个人正扯着嗓子哭喊。眼泪从他眼里止不住地流下来，不断流进我的喉咙。我们各自内心的不着边际的妄想，在黑暗的空间里纠缠成一团乱麻，我完全不知如何是好。"

男人："你来找我商量，就是在那段时期吧。"

女人："对呀。我对你说了我刚才说的那些不安。可你笑话我，说我想多了，怎么会有那么离谱的事。不过，你笑眯眯的眼睛深处却闪过一丝疑虑。我看得出你也感到了些许不安，怕万一是真的……"

男人："但我那时并没有意识到那种不安。比你的千里眼差得远了。你甚至能探进对方的潜意识里去。"

女人："我不敢再看那人的眼睛了。也怕对方发觉我害怕他。于是，我终于想到了那把手枪。一天傍晚，我又在门外遇到了那个穿藏蓝色大衣的男人。那个男人总在傍晚或夜里出现，因为他怕被人识破伪装。那次也是天色微暗时分，看不清楚，但我感觉那个男人看着我咧嘴笑了一下。即便我知道是斋藤装扮的，还是不由得汗毛倒竖。就在那一瞬间，我没来由地突然想起了那把手枪。就是那个人藏在书房抽屉里的那把手枪。"

男人："我也知道那把手枪。那家伙不顾禁令，偷偷搞到一把手枪，总是装着实弹，藏在抽屉最下面。他说并非有什么用处，既然弄到了，就留着吧。"

女人："我一想到那个穿藏蓝色大衣的男人大概随身揣着那把

手枪，不禁吓得一激灵。我急忙跑到书房打开抽屉，看到手枪好好地放在原处，便暂时放了心，可马上意识到，那个人不可能傻到让虚构的罪犯拿着属于斋藤的手枪。穿藏蓝色大衣的男人说不定得到了另一把手枪，抑或是准备了其他凶器。虽说手枪还在原地，我也决不能大意。这么一想，我就愈加不安起来。"

男人："于是你决定自己拿着那把手枪了吧？"

女人："是的，我觉得这样能安心些，所以我把手枪拿到自己房间，晚上还会拿进被窝。"

男人："那可是个不祥之物啊。要是没有那个……"

女人："我问过你吧。如果穿藏蓝色大衣的男人进入我的卧室，我朝他开枪的话，会判什么罪？"

男人："是呀。我那时说，如果陌生男人强行闯进房间，甚至进了卧室，即便那人并没想加害于你，你朝他开枪也属于正当防卫。即便射杀对方，也不会被定罪。虽说事实上也确实如此，但现在想来，我说错了话。"

女人："然后，那个男人终于来了。斋藤不在家的夜里，我甚至整夜严阵以待。晚上十二点过后，那个人越过院墙，从走廊窗户钻进来，轻手轻脚地打开了我的卧室门。他还穿着藏蓝色大衣，戴着呢帽和墨镜，有浓密胡须，的确是那个经常看到的男人。我一边眯缝着眼睛装睡，一边从睫毛缝隙间盯着男人，在被窝里紧握手枪，以备随时射击。"

男人："……"

女人："我吓得心脏都快停止跳动了，只想赶快开枪，但还是竭力忍耐，从睫毛缝隙间窥视……那个男人把双手插在大衣兜里，纹丝不动地站着。他好像看出我在装睡。对视仿佛持续了整整一个小时。我咬牙强忍着想猛然跳出被窝，尖叫着逃跑的冲动。"

男人："……"

女人："终于，那个男人大步靠近床榻。他虽然站在电灯罩的阴影里，面庞却又大又清晰。尽管伪装得十分巧妙，但我清楚地知道他就是斋藤。我仿佛看到那个男人在墨镜后面狞笑。突然，他俯下上身朝着我袭来。当时，那把短刀被头挡住，我没看到，但我已无暇顾及。我迅速从被子里拿出手枪，对着男人的胸膛猛然扣下扳机……我用手枪对着他，根本没工夫跟他说话，疯了似的只想赶快开枪……你和女佣听见枪声赶来时，那个男人已经被打中胸膛没了气息，我也昏倒在床上了，是吧？"

男人："我开始是一头雾水，但马上明白了是怎么回事。那个男人的尸体旁边，掉着一把出鞘的短刀。"

女人："警察来了。后来我被叫去了检察厅。你也被叫去了吧？我毫无隐瞒地和盘托出。检察官责备了我们玩火自焚的生活，教育了我好半天，并未起诉我。因为有短刀，那个男人的杀意无可置疑。后来，我并没有一病不起，还顺利办完了那个人的葬礼，差不多一个月一直足不出户。你每天都来安慰我。我无亲无友，身边只有你可以依靠……也是你帮我打发了斋藤的那个女人。"

男人："自那时到现在，转眼快一年了。和你正式办理结婚手续也有五个月了……好了，咱们该回去了吧？"

女人："我还没说完呢。"

男人："还有话说？不是都已经捋清楚了吗？"

女人："但是，刚才说的那些，仅仅是浅浅的表面一层。"

男人："啊？表面一层？咱们分析得那么透彻，还是浅浅的吗？"

女人："无论何时，最真实的都在最深处。最深处的真相，咱们还没说呢。"

男人："我不知道你在想些什么，你不会是有点儿神经衰弱吧？"

女人："你怕了？"

男人的眼睛仿佛骤然变得清澈了，但表情没有变，动都没有动一下。女人因说话多而亢奋得面颊绯红，眼睛炯炯放光，唇角翘起，浮出一抹不怀好意的微笑。

女人："我想，一个人如果能随心所欲地操纵他人的脑子，让其犯下重罪，一定会感到很愉快。因为被操纵的一方，丝毫察觉不到他们自己是那人的傀儡，没有比这更安全的犯罪方法了。这不就是地地道道的完美犯罪吗？"

男人："你到底想说什么？"

女人："我想说，你就是那种操纵木偶的魔法师！但我不是要揭发你。咱俩就和两个脸对着脸，狞笑着夸赞对方的恶行之妙的恶魔差不多。从这个角度来讲，我希望咱们能够真正地坦诚相见，也就是你说的暴露狂啊。"

男人："喂，你怎么没完了。我对暴露狂可没兴趣。"

女人："你果然很害怕啊。不过，既然提起了话头，要是不说出来，岂不更让人难受嘛。我还是都说了吧。让斋藤对侦探感兴趣的人，其实是你吧？斋藤原本就有那样的天分，所以对你来说，他是个不可多得的傀儡。并且，你还成功地让他热衷于研究犯罪手段，醉心于虚构罪犯的手法。当然，斋藤是自己沉迷其中的，但是你使用不露声色的技巧，朝那个方向引导了斋藤的思路。这大概就是话术吧。不，这技巧可比话术深奥多了。你就是这样将斋藤玩弄于股掌之上的。他在外面有女人，跟你没关系。是斋藤任性乱搞，他是个花花公子，拈花惹草是迟早的事。你只是很巧妙地利用了这一点。

"将虚构罪犯的手法和那个女人挂钩，让我和斋藤想出那个刺激游戏，当然也是你暗中怂恿的。斋藤是那种喜欢将奇思怪想付诸行动来取乐的性格，你只需三言两语，有意无意地暗示即可。你使用的是让斋藤毫无察觉却能起到巨大的暗示作用的言语。"

男人："想象可以随心所欲，不着边际。你这样胡思乱想，恰恰证明你自己才是无可救药的恶人。"

女人："对呀。只有恶人才最懂得恶人的内心。不是你最先发现斋藤落入你的圈套，变装成穿藏蓝色大衣的男人，在我家周围鬼鬼祟祟地转悠吗？然后你便告诉了我。当时我并未发觉，事后回想起来，你的眼神里有掩盖不住的欣喜之色。那眼神不仅意味着发现了可疑男人，还赤裸裸地暴露出'我成功了！太棒了！'的欢喜之情。我若不曾分析斋藤的眼泪或想起虚构罪犯的手法，便无从判断结果，对于你这个始作俑者来说，是早就预料到的。"

男人："别说了。喂，别再说了。"

女人："还有几句。我还有几句想说呢。他不知何时开始变成假戏真做了。我觉得斋藤也许会杀了我。然后我拿到手枪，和你商量了这件事。你听后，虽然表现出打心眼儿里不相信会发生这种事，眼睛里却隐隐有些不安。而且，你还明白地告诉我，万一用手枪杀死对方，也属于正当防卫，不会被定罪。这样一来，你便可以坐山观虎斗了。杀人案可能会发生，也可能不会。就算没发生，你也没有任何损失。如果我开枪打死了斋藤，便正中你的心思。你的想法真是让人拍案叫绝啊！在咱们经常讨论犯罪手法那会儿，曾经谈论过关于'或然率犯罪'的问题，就是那种最狡猾、最安全的方法。具体说来就是，虽然有充分的可能性，但不知道是否会达到目的，全得听命于命运的安排。即使失败，罪犯也丝毫不用担心被怀疑，所以能够反复实行不同的计划。这样重复的过程中，总有一次会达到目的。而且，即便目的达成，罪犯也不会受到怀疑。你的或然率犯罪比起斋藤想出来的虚构罪犯，高明了可不是一点半点啊。"

男人："我要生气了。我看你简直是疯了，脑子都不正常了。我先回去了。"

女人："你怎么满头大汗的？哪里不舒服吗？那时候，我扣动扳机时，并不知道斋藤手里拿着短刀。我以为他会突然掐我的脖子，不对，也没有那么想，只是以为他想抱我。我也不知道当时是怎么想的。即便如此，我还是扣动了扳机。因为很早以前，我就从心底爱上了你。你应该也心知肚明……然后，我扣着扳机昏倒了，恢复意识后才看到那把短刀。所以，我既可以认为那把短刀是斋藤自己放在大衣口袋里的，也可以认为是你把事先备好的斋藤的短刀拿来，按上已死的斋藤的指纹后扔在那里的。你知道我为什么这么想吗？因为听到枪响，最先赶过来的人是你，而且如果斋藤拿着短刀的话，我是正当防卫的说法便更加名正言顺了。你固然希望斋藤被杀死，但也不想让我有罪。为了救我，你就要不择手段了。"

男人："太惊人了！你的想象力真是不得了啊！哈哈哈……"

女人："你用笑来掩饰也没有用。你的声音和平时都不一样了，就像在哭似的。你在害怕什么呢？这是我们之间的秘密。即便是全无风险的或然率犯罪，你敢于制订这么恐怖的计划，也是为了得到我，我是绝不会背叛你的。我从心底爱着你呢。我们把这件事当作两人之间永远的秘密吧。我只想和你聊聊真心话，仅此一次。"

男人沉默着，仿佛拒绝和妄想症患者坐在一起似的，从石椅上站起来。女人也随之站起，朝着与归途相反的悬崖边缓缓走去。男人相隔两三步远，惶惶不安地跟在女人后面。

女人走到离悬崖一米不到的地方停下了。从遥远的下方传来溪流的潺潺水声，但是看不到溪流。谷底笼罩着淡淡的雾霭，看起来很深。

女人面朝山谷，对身后的男人说：

"咱们今天一直在说真心话。这样的真心话，不是随随便便可以说的。我觉得非常痛快。不过，我还有一句真心话没有说呢。最后这句真心话，我今天还是说完好了。我不看着你的脸。虽然我爱的是你这个人，但你爱的是我和我的钱吧。如今你已经不再爱我，只爱我的钱。这一点我很明白。我可以从你的眼中读出来，而且你也知道我意识到了这一点。所以，你今天邀我到这空无一人的悬崖上来。即便你已经不爱我了，却离不开我。因为你和斋藤一样，也是毫无谋生能力的男人。因此，你能做的事只剩下一件了——照葫芦画瓢，学着斋藤除掉我。这样一来，我的全部财产便都属于我的丈夫你了。其实我早知道你已经有了别的情人，还知道，现在你恨死了我。"

从身后传来男人呼呼的剧烈喘息声。她能感到男人的身体正悄悄靠过来。女人知道这个时刻终于到来了。

男人的双手碰到了她的后背，那双手在剧烈地颤抖，然后突然发力，朝着女人的后背推了过来。

女人顺着他的力道，柔软地将身体像对折似的一弯腰，灵巧地闪到一旁。

男人推空了，身体不受控制地向前扑去，他拼命地想要停下来，可是到最后一步时，脚下已经没有地面了。男人的整个身体宛如木棍一样横着，嗖地掉了下去。

刚才一直没注意到的鸟鸣声，此时叽叽喳喳地钻进了女人的耳朵。在溪流下游的广阔天空上，一簇簇云朵被夕阳染得通红，形成一片让人惊叹的宏伟壮丽的火烧云。

女人茫然地呆立在岩石边，过了好久，她才喃喃自语起来。

女人："这回又是正当防卫。这到底是怎么回事啊？一年前，想杀我的是斋藤，可是被杀死的不是我，而是斋藤自己。这次也一样，本来想把我推下去的是他，但掉落悬崖的却不是我，而是他自己。正当防卫这东西还真是奇妙啊。两件事的实施者明明是我，我却不是名义上的罪犯，也不会遭到人们的怀疑。居然能想出这般狡猾的手段来，可见我真是个彻头彻尾的毒妇呢……今后我不知还要进行几次正当防卫，也不知还能全身而退地杀掉几个人……"

夕阳映红了整个天空，断崖边的岩石也被染成了血红色，断崖后面的郁郁葱葱的森林如燃烧的火焰一般。孤零零地站在岩石上的女人，看起来娇小可爱，宛如一个人偶。她那美丽的面庞灿若桃花，大眼睛里倒映着绚丽的天空，熠熠生辉。

女人一动不动地伫立在那里，犹如一件巧夺天工的装饰品。

湖畔亭谜案

江户川乱步诡计篇

一

诸位读者，你们是否还记得五年前发生在H山中A湖畔的那桩离奇命案呢？虽发生在偏僻的山里，但案件因太离奇而登上了东京的各大报纸。有一家报纸竟然出现"A湖畔无头案"的标题，还有一家报纸以"尸体丢失之谜"这样耸人听闻的标题，大肆渲染该事件。

看报仔细的读者大概知道，那件所谓的"A湖畔无头案"，直到五年后的今天仍未能破案。不但凶手没有落网，就连受害者是谁也没有搞清楚。警方已经放弃了追查。即便是湖畔村里的人们，好像也把这起曾引发全国轰动的案件渐渐淡忘了。照此下去，这起案件将成为永久的谜案，再也无法真相大白。

其实，在这个广阔的世界上，有两个人知道这起案件的真相。其中一人，就是我。或许有的读者会怪罪我，为什么没有及早把事件真相披露出来，其实我也是万般无奈。请各位姑且耐心地听我把埋藏在心里的话说完，也希望大家能体谅我为了保持沉默而忍受的巨大痛苦。

二

在进入正文之前,我必须先说明一下我非同常人的怪癖,或者说是本人称之为"透镜迷"的一种嗜好。虽然读者们往往急于想听我讲述那起奇案的来龙去脉,以及该案最后如何了结,不过这个故事,若不从我的异常嗜好讲起,就会令人费解,让人难以置信。而且,我也很想借此机会,给各位详细讲讲我的怪癖。所以,恳请各位读者,就当是听一个痴人的唠叨吧,允许我讲述一下自己无聊的身世。

不知怎么搞的,我从小就是个非常内向而阴郁的人。在学校里,我总是一个人窝在角落里,羡慕地瞧着同学们结伴嬉戏。回家后也是这样,不和邻里的孩子们玩耍,我总是躲进自己的房间里——偏房的四叠[1]半小屋——一个人玩。小时候玩各式各样的玩具,长大一些后,我就玩起了刚才说的透镜。这些东西就像是我的好朋友,成了我唯一的玩伴。

可想而知,我是个多么乖僻的、不招人喜欢的孩子啊。我有时还跟这些"无机物"的玩具说话,就像对待有生命的生物那样。我说话的对象有时候是人偶,有时候是纸糊狗,有时候又是各种幻灯人物等,虽然对象不同,但我就像对待恋人似的,自问自答地跟它们叽叽咕咕好久。我记得有一次被母亲听到了,她狠狠地骂了我一

---

[1] 叠又译作"榻榻米",是日本面积计量单位。一叠相当于1.62平方米。

顿。不知为什么，当时母亲的脸色异常苍白，她训斥我时，因恐惧而瞪大眼睛。我即便还不大懂事，也觉得很奇怪。

这个姑且不说了，说到我的兴趣，从普通玩具转到幻灯，又从幻灯转到透镜，这样逐渐变化着。好像宇野浩二[1]先生曾经在哪本书里写过这种经历，我跟他写的一样，也是个喜欢躲进黑乎乎的壁橱里放幻灯玩的孩子。在壁橱漆黑的墙壁上呈现出来的一幅幅图片，宛如噩梦中看到的瑰丽色彩，却又与阳光的感觉全然不同，仿佛是来自另一个世界的光线，描绘出千姿百态的图画，这感觉对我具有难以描述的魅力。我有时甚至忘记吃饭睡觉，一头扎进充满油烟味的壁橱里，从早到晚沉迷于幻灯，嘴里还念念有词。当被母亲发现后，从壁橱里被拽出来时，我就像从美好的梦境里突然被拉回到讨厌的现实生活中，一肚子的不快。

即便如此沉迷幻灯，当我从寻常小学[2]毕业时，大概是怕人耻笑吧，便不再钻壁橱看幻灯了，偷藏起来的幻灯机不知什么时候也弄坏了。虽然幻灯机坏了，但是透镜留了下来。我的那台幻灯机比普通玩具店出售的幻灯机高级得多，尺寸也大。透镜直径足有七厘米，很厚实，沉甸甸的。透镜有两个，我有时拿它当镇纸用，后来就一直放在书桌上。

记得是初中一年级的时候，一天，我早上起晚了。本人爱睡懒

---

[1] 宇野浩二（1891—1961），日本小说家。1919年发表描写平民生活的短篇小说《仓库里》和长篇小说《苦恼的世界》，奠定了他在日本文坛的地位。

[2] 明治维新后至第二次世界大战前日本小学的称呼。

觉，按说也不算新鲜事。可是那天，母亲喊了好几回，我只是嘴里答应着，就是不钻出暖和的被窝，结果过了上学时间。从那以后我就更不愿意去上学了。我甚至假装生病，蒙骗妈妈，整天赖在床上。既然已经装病了，我只得硬着头皮喝不喜欢的稀粥，想玩什么也不能下床。于是我又后悔不能去上学，如此反复。

那天，我把套窗关上，把屋子里弄得黑乎乎的，以便与自己阴郁的心情相符。外面的风景透过缝隙和节孔，照在了纸拉门上。大大小小的、朦胧的、清晰的，无数同样的景色都倒映在拉门上面。我躺在床上看到这风景，突然想起了照相机发明者的故事，然后开始幻想如何才能像节孔透出的画面一样，让照片也涂上各种色彩呢。我做着每个孩子都曾做过的那种美梦，把自己当成一名了不起的科学家。

随着拉门上的投影渐渐地暗淡下去，直到看不见时，白得刺眼的夕阳光从拉门的缝隙和节孔中射了进来。我因无故不去上学而心里愧疚，像鼹鼠那样害怕日光。我心情很烦躁，把被子蒙到头上，闭着眼睛，以说不上是欣喜还是厌恶的奇怪感觉，盯着聚集在眼前的无数黄色和紫色的光环。

各位读者，我说的这些似乎与杀人案风马牛不相及。不过请你们不要责怪我。我这人说话就是有这毛病。而且，我这些幼年时的回忆，与那起杀人案也并非没有一点儿关系。

还是接着往下说吧。我又从被子里伸出头来，忽然看到脸下方有一处亮光，原来是从套窗的节孔照进来的阳光，穿过拉门的破口投射在榻榻米上的圆影。大概是房间里太昏暗，我觉得那个圆圈白晃晃的，很耀眼，便来了兴趣，随手拿起扔在榻榻米上的透镜，把它放在光圈上。结果，我看到天花板上出现了一个妖怪形状的影子，吓了一跳，手里的透镜也掉在了地上——那个影像就是这般让我害怕。虽说不太清晰，但是榻榻米上的一根灯芯草，在天井上被放大到足有半米多粗，就连细微灰尘都看得真真切切。我惊骇于透镜的神奇效果，同时也感受到了其无法抗拒的魅力。从此开始，我对透镜的兴趣一发不可收。

我从房间里找出一个小镜子，用它让透镜的投影发生反射，试着将榻榻米换成各种绘画或照片，投射到一面墙上。这一尝试获得了成功。升入高中后，在物理课上，我学到了与其同样原理的知识，几年后又见到了流行的实物幻灯，才知道我当时的发现并非新奇之事。不过，在当时，我自以为发明了不得了的东西，每天都在透镜与镜子的世界里乐不知返，直到今天。

只要有空闲，我便买来硬纸板和黑色封皮布做成形状不同的盒子。透镜和镜子的数量也与日俱增。我制作出 U 字形的弯曲暗箱，在里面嵌入多面透镜和镜子，做出一个我称之为"透视术"的装置，可以从不透明的物体这面，毫无障碍地看见该物体的另外一面，让家人也觉得玄妙无比。我在整面院墙上安上凹面镜，通过它的焦点燃起篝火。我还在家中四处安装形状各异的暗箱，人在起居室里就可以看见大门口的来客。我设计过诸如此类的其他各种玩法并乐在其中。显微镜、望远镜，我也做得独具个性，并取得了初步的成功。我甚至建了一间镜子小屋,将青蛙、老鼠之类的放在里面,它们看到镜子里的自己时,吓得颤抖不止的模样,把我乐坏了。

我的这种嗜好一直持续到初中毕业。但是升入高中以后,由于住校、学习紧张等缘故,我渐渐地不再玩透镜。这个兴趣以数倍于从前的魅力得以复活,是在毕业以后了。那时候,我整天无所事事地混日子,因为即使不找工作,我也不愁吃喝。

三

在此,我必须坦白自己的一个可怕的怪癖,那就是偷窥他人的隐私。我从少年时期就性情古怪,有这种怪癖倒也不奇怪。虽然我在鼻子下面蓄上一撮小胡子装酷,却从偷窥他人的秘密中感受到莫大的快感。虽说这类怪癖,多多少少谁都有,但是我这一癖好可谓登峰造极。更不道德的是,我偷窥的对象,无不是那种不可告人的变态而恶心的东西。

一个朋友告诉我,他伯母也有偷窥别人的恶习。他伯母家屋后的木板墙隔壁恰好就是邻居家的起居室。他伯母一有空,就从板墙上的节孔偷窥邻居屋内的情况。她在家养老,没什么事可做,因过于无聊,就像读小说似的,整日窥探起了邻居家的大小事情。什么今天来了几个客人,客人长什么样子,聊了些什么;那户人家生了孩子,用互助会的钱买了什么东西,女佣打开食品橱偷吃了什么,诸如此类的琐细之事，比自家事知道得还要详尽。甚至连隔壁的男主人都不知道的事，她也观察得无一遗漏，还将看到的讲给我的朋友听，就好比祖母给孙儿读连载小说一样。

我听了他这番话，心中暗想，原来世间也有和我一样的病人啊。说来好笑，我竟然因此受到了鼓舞。不过，我的病的严重程度比起朋友那位伯母可是有过之而无不及。举个例子吧，这是我放学后，首先在家里干的一个恶作剧。我在自己房间和我家女佣的房间里偷偷安装了用透镜和镜子做的各种形状的暗箱，打算偷窥像熟透的水果般的二十岁姑娘。虽说是偷窥，但我采用的是极其怯懦的间接方法，就是在女佣房间里不太显眼的地方，比如在天花板的角落里，装上我发明的用镜子和透镜组装的装置，然后通过暗箱，从天花板上面导入光线。这样一来，女佣房间里映入镜子里的影像，就毫不改样地投射到我书桌上的镜子里。这个装置就和从潜艇内观察海面情况的潜望镜差不多。

至于我通过它看到了什么，大多都是不便在这里公开的隐私。比如，女佣每天晚上睡觉前，都要从箱底拿出好几封信和一张照片，端详一会儿照片，看一会儿信。上床后，她还搂着照片睡觉。看到她这样子，我才明白，原来她也有情郎了。反正就是这一类的隐私。出乎意料的是，她不像表面看到的那样，竟然是个爱哭的女人，还特别爱偷吃东西，睡相也不好看。此外还有种种更露骨的举动，看得我心神荡漾。

体会到这些乐趣之后，我的怪癖现象越发严重了。但是除了窥探女佣之外，窥探家人的秘密会让我感觉不快，可是又不好将此装置延伸到别人家去，所以一段时间里，我相当困惑。不过，很快我便想出了一条妙计。我将透镜和镜子的装置改装成便于携带的可拆装式，带着它去旅馆、茶屋或餐馆，在那里组装成窥视工具。为此，窥视工具必须做成可以自由调节透镜焦距的装置，暗箱还要做得尽可能精巧、不显眼。虽然要解决种种难题，但刚才我也说了，本人天生就喜欢做这类手工活，所以经过好几天的苦心钻研，我终于做成了无可挑剔的便携式窥视镜。

此后，我在所到之处都使用过这种窥视镜。我还胡编个理由留宿在朋友家，把装置悄悄安在朋友的卧室里，偷看过一些私密的情景呢。

仅仅将这些秘密观察记录下来，就足够写成一篇小说了。这个暂且不提，故事的铺垫到此为止，下面还是把话题转到杀人案上来吧。

事情发生在五年前的初夏。当时我患了神经衰弱，特别厌倦城市的喧嚣，同时也为了避暑，便听从家人的劝告，独自前往H山中的A湖畔，在名字奇特的湖畔亭旅馆小住了一些日子。由于还不到避暑的时期，旅馆里空荡荡的，没有几个人。山中凉爽的空气，给人冷飕飕的感觉。无论是泛舟湖上，还是漫步于森林，天天如此也会了无情趣。但是，我又不想就此打道回府。

我又想起了偷窥镜。幸而已成癖好，此时它就躺在我的行李箱底呢。旅馆里虽说很冷清，但也住了几组客人，此外还有为应对夏季旅游旺季雇用的十来位女佣。

"好啊，那我就搞点儿恶作剧消遣消遣吧。"

我暗自窃笑起来。由于房客少，不用担心被人发现，我便放心地安装了那套装置。我希望在那里偷看些什么呢？由于这次的偷窥，我意外地发现了一桩怎样的惊天大案呢？下面就要进入故事的正题了。

四

湖畔亭旅馆建在H山上一个著名湖泊南边的高坡上。细长形的建筑北侧紧邻湖泊美景，南侧越过湖畔的小村子，可眺望远处层层叠叠的山脉。我住的房间位于面朝湖水的北侧尽头。房间前面有一条如凉台般宽阔的檐廊，房间里配置了两把藤椅，坐在藤椅上，透过旅馆庭院里的小树林，可以欣赏到湖泊的全景。起初一段时间，因为置身于青山怀抱中静谧的湖光山色，我十分享受。晴天时，近处的山峦倒映在湖面上，时而可见小帆船飘然滑过。雨天，乌云遮蔽了群山之巅，疾速压过来，从云间洒下无数的银色雨丝，打在湖面上，激起无数美丽的小水涡。这些寂寥而清爽的风景洗涤了我的混浊大脑，就连那般困扰我的神经衰弱也被忘掉了。

但是，随着神经衰弱一点点好转，我不安分的本性又开始发作,渐渐无法忍受深山里的寂寞生活。湖畔亭旅馆不仅是观光客下榻的旅馆,还兼营料亭[1],接待来自附近村镇不住宿的客人,按照客人的要求从附近山脚下的村镇召来艺伎等,喧闹非常,与周围的风景极不协调。为了打发无聊的时光,我也召过两三次艺伎,但是这种程度的刺激又如何让我满足呢?我日复一日地面对群山、湖水,大多数日子,旅馆里各个房间都鸦雀无声,偶尔听到的也都是乡下艺伎弹奏的难听的三味线。虽说如此,但回家也没有什么意思,再说距离预定离开的时间还早着呢。百无聊赖的我,正如前面说的那样,又想起了窥视镜游戏。

我的房间恰好位于窥视的最佳位置,乃是令我产生这种念头的原因之一。房间在二楼的最边上,打开其中一扇圆窗,便可俯瞰湖畔亭旅馆那漂亮浴场的屋顶。以前,我用窥视镜偷看过各种各样的场景,但未曾偷看过浴场。于是,我的好奇心勃然而生。其实我并不想看裸女沐浴的画面,这类场景,只要去深山里的温泉浴场,不,即便在城市中心,在某些场所,也可以随便看到。况且,这个湖畔亭旅馆的浴场,原本就不分男女。

我想看的是,在周围没有人的时候,面对镜子的人会是什么样。虽说平时在浴场里已经看惯了裸体,但那些都是暴露在众人面前的。他们虽然一丝不挂,实际上并没有除去最后一层"遮羞布"。这种裸体不过是意识到他人目光后不自然的姿态而已。

---

1 一种比较高级的日式餐馆。

根据以往的偷窥经验，我非常了解人这种生物，在周围有人时和独自一人时，人有着巨大的不同。人前一副貌似机灵的拘谨表情，独自一人时便彻底松弛下来，变化之大就像换了个人，有时甚至表现出活人与死人的差别。不单是表情、姿势也好，各种动作也好，都会完全改变。我曾经见过一个在人前非常乐观的人，可以说是快活得近乎疯癫的一个人，可当他独处时却判若两人，变成了一个极端阴郁的厌世者。人似乎或多或少都有这样的两面性。我们所看到的人，与他的本性正相反的现象屡见不鲜。由此可以推断，观察一个裸体的人独自照镜子时会怎样面对他的裸体，应该是一件很好玩的事。

出于这个考虑，我决定将窥视镜的前端安在浴场外立着的一面穿衣镜的更衣室里。

五

那天，等到夜深人静时，我便投入了奇妙的作业。我先从箱底取出窥视镜装置，抽出套筒里的多个纸筒，把它们衔接成一个长长的筒，然后从圆窗爬到浴场屋顶上，选择一个人们看不到的地方，用细铁丝将长长的圆筒固定在上面。幸好旁边的空地上有一棵高大的杉树，遮挡了那面墙，即便天亮之后，也不用担心我的装置会被别人发现。而且这个位置朝向后院，平时很少有人来。

我就像个盗贼似的攀着树枝从浴室的窗户爬进去，在黑暗中全神贯注地干活儿。花了三个多小时，我终于按照预想的那样把装置安好了。窥视镜的一端从圆窗沿着壁龛柱子后面拉过来，只要我一躺下，随时都可窥视。为了不被女佣发现，我还把呢绒披风挂在柱子上遮挡它。

第二天开始，我便沉醉于神奇的窥视镜世界之中了。我在墙角的灰色暗箱中，斜着安装了一面七厘米左右的小镜子，这样就可以清晰地看到从上边的透镜里映出的更衣室里的影像。由于光线经过多次反射，影像十分昏暗，反而增添了某种梦幻般的感觉，我的病态嗜好得到了极大满足。

我的房间在二楼，所以听不到去浴场的人的脚步声，即便从圆窗窥探，也只能看见浴场的屋顶，看不到里面的情形。因此，什么时候有人来更衣室，只能时刻盯着窥视镜才行。于是，我就像等着鱼儿上钩的垂钓者一直盯着鱼漂有没有晃动那样，从早上一起床，就躺在房间角落，专注地瞧着暗箱中的小镜子。

终于看到等候已久的人影在镜子里闪过时，我的心情是多么激动啊。而且，我是多么急不可耐地盼望看到那个人脱衣服时，或是从水里出来擦身子的时候，会出现怎样令我开眼的情景。

可是，我的期望大多都落空了。没有什么值得一看。而且，正如刚才我说的那样，尽管是初夏，山里早晚还是很冷。住在这里的客人只有两三组，即便是来饮酒作乐的客人，也是三天才来一次。入浴的人如此之少，我的镜中世界与湖面的景色一样，非常寂寥。

稍稍给我安慰的,只有那十来个女佣入浴时的情景。她们有时候两三人结伴出现在脱衣处。我听不到她们在说些什么,多半聊些八卦吧。她们一边嘻嘻哈哈地开着玩笑一边脱衣服,互相比着谁的皮肤好,拍着对方丰满的肚子——所有这些我都看得清清楚楚。她们的样子,在镜子里犹如小照片一样,可爱地晃动着。

出浴后,她们就开始花很长时间在穿衣镜前化妆。我以前就对女人化妆有特殊的兴趣,只是从来没有见过裸体女人这样大胆化妆的样子。

镜子里面呈现出男人所不知道的、奇妙无比的世界。

有时候,只有一个女佣出现在更衣室。

在这种时候,会看到更加稀罕的景象。想不到刚才还天真无邪地给我端茶倒水的女孩,一旦独自一人站在镜子前,会变成这副样子。女人果然是魔鬼啊——我常常会发出这样的叹息。

六

但是,我很快又厌倦了镜子里的平庸影像。就在这时,一个让我惊喜的人物出现了(而且后来在镜子里还出现了比这惊异多倍的事件)。

她是最近入住的几名女客之一,家人像是东京的有闲阶级。她看上去很年轻,总是打扮得花枝招展的。第一次出现在镜子里时,我感觉那暗淡的玻璃中盛开了一朵鲜艳的红罂粟。与她的漂亮穿着相配，人也长得美若天仙。而且，比她的容貌更美的是她的身体。她有着西洋女人那样丰满的肉体、樱花瓣一般娇艳的肤色。更让我吃惊的是，她照镜子时还有意想不到的举动。

与我在走廊上遇见的优雅端庄的她相反，当她独自站在镜子前时，变得放浪不羁，判若两人……

我第一次窥见年轻女性这般迷恋自己的身体。她那极其大胆的肢体动作也让我大开眼界。

详细描述这些，与下面要讲的故事没有关联，故而省略。总而言之，由于她的出现，我终于摆脱了无聊的日子。

不久，为了进一步提升窥视镜的效果，我又一次于深夜潜入浴室，在安装于高处通风窗户缝隙的透镜前面，又加了个具有望远镜功能的透镜，使得穿衣镜的中心部分清晰得如同近在眼前。于是，我房间里的镜面中，映出的脱衣处前的人影，正好是全身照，有时甚至将身体的局部放大到电影里的特写透镜那样了。

这是多么奇妙的感觉呀！人体的一部分映在如此小的镜面上，会变得那么巨大，没有和我玩过同样游戏的人，恐怕是想象不出来的。就像昏暗的水族馆中，在玻璃缸里的水面上突然浮出白花花的鱼肚皮一样，冷不丁浮现出人的皮肤来。那是多么可怕，又多么具有诱惑力的景象啊。我就是这样，每天都百看不厌地盯着那架镜子来打发日子。

七

　　有一天，几乎每天都来浴室的那个姑娘，不知什么缘故，直到深夜也不见她的影子，我只好看那些不感兴趣的人，不知不觉到了深夜，浴室里已经空了。按照以往，从现在直到深夜十二点左右，在女佣们去洗澡的一两个小时里，镜子里不会再有人影出现。

　　我已不抱希望，钻进了铺好的被窝里。这时，从斜对面的房间里发出的喧闹声吵得我无法入睡。在乡村艺伎弹的刺耳的三味线伴奏下，女人的尖细音调和男人的浑厚嗓门合唱着粗俗的小调，甚至响起了大鼓伴奏，听声音应该是少见的大宴会，不时有女佣匆匆跑过走廊。

　　既然睡不着，我只得又爬出被窝去看窥视镜。万一能看到那个姑娘呢，我心里这样期盼着，忽然看到镜子上映出一个女人的背影，不知她是什么时候进来的。但我一眼看出不是那个姑娘，也不认识她。由于她处于镜子边角处，所以只能朦胧地看见脖子以下的部位。她看起来也很年轻，好像刚从浴池中出来，正在擦脸。

　　突然，只见那女子的后背有什么东西嗖的一闪。我吓了一跳，仔细一看，有个可怕的东西在蠕动——从镜子一角，有一只像是男人的手伸了出来，手中握着一把短刀。男人的一只手因为靠近透镜边缘而显得很大，和女人丰满的身体一起充满了整个镜面，一切变得黑乎乎的，犹如水族馆里的水缸。一瞬间，我怀疑自己出现了幻觉，因为我的头脑常常处于这样病态的兴奋中。

但是，看了好一会儿，幻觉非但没有消失，那寒光闪烁的短刀还一点点地正向女人逼近。也许是太紧张吧，男人的手颤抖着。女人好像并没有察觉危险临近，仍旧平静地擦着脸。

绝不是在做梦，也不是幻觉，毫无疑问，此时此刻，浴室里即将发生杀人血案。我必须尽快阻止其发生。可是，对于镜子里的影像，我又能做什么呢？快点儿！快点儿！快点儿！我的心脏剧烈地跳动着。我想喊叫"你要干什么？"，可是舌头不听使唤，连声音都发不出来。

就在此时，镜面就像划过一道闪电，随后鲜红的东西顺着镜面滴滴答答地流淌下来。

直到今天，我仍无法忘记当时那惊悚的感觉。一边是对面房间的宴席上，博得客人喝彩的男女混唱的陈词滥调，加上敲鼓声、打拍子跺脚的噪声，震得屋顶都快被掀翻了。另一边是我眼前发生在黑暗中模糊镜子里的杀人事件。两者形成了多么诡异的对比啊！在镜子里，鲜血从女人雪白的后背咕嘟咕嘟地流下来，突然又从镜面上消失不见。不用说，女人肯定是倒在了地上。但是从窥视镜里听不到声音，只剩下男人的手和短刀停顿了片刻，然后也退出了视野。我一直无法忘记，那个男人手背上，有一道伤痕般的黑色印记。

八

好一会儿，我呆呆地躺着没有动。我甚至不觉得镜子里看到的血腥场面是真实发生的，仿佛只是自己病态的错觉，或是恍惚看到了西洋镜里表演的戏法。但是仔细想想，无论我的脑子多么差劲，也不可能看到那样清清楚楚的景象啊。这说明，即使没有发生杀人案，也一定是发生了某种与此类似的恐怖事件。

我侧耳倾听着，等待着楼下走廊上即将传来的奔跑声或嘈杂的说话声。我随意看了一眼手表，正好是晚上十点三十五分。

可是，我左等右等，一直没有听到任何骚动。对面房间也不知怎么忽然变得安静了下来，我的手表的嘀嗒声显得格外响亮。我试图追逐幻觉似的又去看窥视镜，更衣室冰冷的大穿衣镜里，只有附近的墙壁和架子发出淡淡的白光。刚才那把短刀扎得那么用力，流了那么多血，即便被害人没有死，也必定受了很重的伤。尽管听不到声音，但女人一定发出了可怕的惨叫声。我目不转睛地盯着冰冷的镜子，想从中听到那惨叫的余音。

奇怪的是，住在这里的客人们怎么会这么安静呢？或许他们没有听到那女人的惨叫声？也可能是因为浴室入口的厚门与女佣所在的厨房距离远，隔绝了女人的叫声。若是这样，在这座湖畔亭旅馆中，只有我一个人知道这桩恐怖的杀人案了。当然，我必须把这件事告诉大家。可是我该怎么告诉大家才好呢？为此我只有公开偷窥镜的秘密了。我怎么好意思暴露这个怪癖呢？何止是不好意思，这种正常人根本不能理解的变态装置，说不定会被他们与杀人案联系起来考虑也未可知。我天生胆小怕事、优柔寡断，绝对不敢冒这个险。

虽说如此，我又不能这样干等下去。在这短短五分钟的时间内，我被从未体会过的焦躁煎熬着，坐立不安。实在受不了了，我猛然站起来，也不知道去哪儿就走出房间，从旁边的宽楼梯上跑了下去。楼梯下面的走廊呈"丁"字形，一条通向浴室，一条通向大门，另一条则通向最里面的宴会厅。当我火急火燎地跑下楼梯时，迎面看见一个人从通向最里面宴会厅的走廊走过来。

他穿着笔挺的西装，像个风光的实业家，外套是一件颜色淡雅的风衣，敞着前襟，露出胸前粗大的金链子。他右手提着一只沉甸甸的大号皮箱，左手握着一根粗大结实的金属手杖。已是半夜十一点了，那个人却要离开旅馆，而且还拿着沉重的行李箱，让我感觉不太正常。更奇怪的是，迎面碰上他的时候，我自然是吃了一惊，可对方却是一副十分惊恐的样子，似乎想立刻返回去，随即又改变了主意，故作镇定地从我面前走过，匆匆朝大门走去。他后面还有一个随从模样的平庸男人，也穿着西装，手里提着同样的行李箱，跟着他出去了。

我已经屡次说过，我是一个极端内向的人。所以，即便住旅馆，我也很少走出房间，因此对其他客人几乎一无所知。除了那位爱打扮的都市少女和另一位青年（他是多么令人惊叹的男人，随着故事的发展，读者自然会明白）之外，我对其他的客人毫不关心。

当然了，通过窥视镜，我应该看见过所有住宿客人，但是哪个人住在哪个房间，长什么样，什么打扮，我根本不记得。所以刚才迎面碰上的那位绅士，我好像见过一次，却没有特别深的印象，因此对他的这一怪异行为也没有产生多大兴趣。

当时，我根本顾不上怀疑那个半夜三更离开旅馆的客人，只是兴奋得心慌意乱，以至于连自己该朝走廊的哪个方向走都不知道了。然而，我又没有勇气把这件事告诉其他客人。由于安装了窥视镜，我倒觉得自己成了罪犯似的，心里惴惴不安起来。

九

可我也不能总是这么发呆，便决定先去看看浴室里的情况。

我穿过昏暗的走廊，走到浴室一看，入口处厚重的西式门关得很严实。可以想见，对于我这个懦弱的人来说，打开这扇门是一件多么可怕的事情。犹豫好久之后，我才鼓起勇气，一寸一寸地慢慢打开，眼睛透过门缝往里看，也不知我为何如此害怕，那里面不但没有什么坏人，就连想象中的女人尸体也没有。空无一人的更衣室在明亮的灯光下，如同坟墓一般静寂。

我终于把心放回肚子里，打开大门，走进了更衣室。我以为女人被那利刃所刺，地上一定流淌了很多血，万万没想到，擦得锃亮的木地板上竟然没有一点儿血迹。既然如此，已经没有必要打开浴

095

室的毛玻璃门察看了。

我惊愕极了，呆呆地伫立着。

"啊，我的脑袋越来越不正常了。产生那样的幻觉，竟信以为真，还神经兮兮地跑来察看。我究竟为什么要做这种奇怪的窥视镜呢？冒出这种念头时，我恐怕已经发疯了。"

与刚才完全不同的另一种恐惧让我不寒而栗。我不顾一切地跑回自己的房间，钻进被窝里。我闭上眼睛，祈祷着刚才发生的一切都是梦。

斜对面的房间刚才安静了片刻，此时犹如嘲笑我的愚蠢一般，又咚锵咚锵地闹腾起来。即使盖着被子，我也能听到刺耳的声音，根本别想入睡。

于是乎，我又不知不觉思索起了刚才的幻觉。认定那是幻觉，就等于承认我的脑子出了问题，这可太恐怖了。而且，我越是冷静地思考，越是觉得自己的头脑或是眼睛并没有出现多么严重的问题。"说不定是谁搞的恶作剧吧。"我甚至这样愚蠢地想。

可是，究竟是谁，为了什么，要搞这样荒唐的恶作剧呢？是为了吓唬我吗？可是在这湖畔亭旅馆，我并没有这般亲密的朋友。而且，还没有人知道窥视镜的秘密。再说了，那短刀、流血，又怎么可能是恶搞呢？

这么说，还是自己的幻觉吧？可是不管怎么想，我也不觉得那是幻觉。更衣室里没有血，有可能是因为被害人脚下恰好有衣服什么的，血滴在衣服上，或者血没有多得流到地板上来吧。问题是被害人伤得那么重，又怎么能即刻离开浴室呢？她的叫喊声或许被二楼的吵闹声淹没，旅馆里的人没有听到。但是，受了那么重的伤，她不可能在离开时不被任何人看到啊。最重要的是，她需要马上看医生。

我这样思来想去，一夜都没有合眼。虽说只要告诉旅馆里的人就不用这么瞎琢磨了，但无奈有窥视镜这个软肋，我又不敢那么做，只能自己这么憋着了。

十

第二天早上，从楼下传来人们起来的动静，我才有了点儿精神。我觉得洗洗脸也许心情会好些，便拎着毛巾下楼去盥洗室。碰巧盥洗室就在浴室旁边，我借着早晨的日光，重新察看了一次更衣室，还是没有发现任何异常之处。

洗完脸一回到房间，我便打开面向湖水的拉门，深深地呼吸早晨清新的空气。湖面的景色是多么秀丽啊。一望无际的湖面上，泛起绉绸样细密的涟漪，升上山头的太阳照在湖面上，波光闪烁。湖水背靠的群山背阴处，被阳光折叠出壮观的阴影，那山体的黑色与湖面的银色，以及飘曳在山与湖色之间的一抹朝霞，都亮丽极了。虽然在这里住了很长时间，但是由于我常常睡懒觉，难得看到这样美丽的景色。与这让人心旷神怡的景色相比，我这一夜的恐怖之感显得多么龌龊啊。

"今天您怎么起得这么早啊！"

背后一个女人调侃道，我回头一看，是女佣端来了早饭。我虽然没有食欲，还是坐下吃早饭。我拿起筷子，突然想再次确认一下昨晚发生的事。早晨清爽宜人的气氛让我也想聊聊天了。

"你没听说什么吗？昨晚我好像听到浴室那边有人尖叫，大概发生什么事了吧？"

我用轻佻的口气这样问道，然后左一句右一句地试探着问了很多，可是那女佣一问三不知。她回答我，客人中没有人受伤，也没有听附近的村民说起过。那个受伤的人不可能到现在还没有被人发现，如果连消息灵通的女佣都没有听说有事发生，那么昨晚的事可能只是一场噩梦。于是，我越发担心自己的脑子是不是出了问题。

吃了早饭后，也不好接着睡觉，我就坐在房间里，怏怏不乐地想事情，这时，有一个人来找我，就是前面提到的那个青年。他名叫河野，也下榻这家旅馆。此人可以说是本故事的主人公，因此这里有必要对他稍加介绍。

我只不过在浴室或是湖边见过他两三次。他好像和我一样，也属于比较忧郁的人，我经常看到他久久凝视着某个地方。因偶然一次和他搭话，我发现彼此的性格有些相似，都不大喜欢和大家凑在一起瞎聊天，愿意独自沉思默想或者埋头看书。对他这一点儿，我抱有好感。但是，他看上去对于人际关系持有某种幻想，并不像我这样的虚无主义者。而且其幻想绝不是憧憬自我陶醉的乌托邦，而是更切实（对于社会则是危险的）、更现实的东西。总之，河野是一个不同寻常的人。

在职业和物质方面，他也与我大相径庭。他的专业是西洋画家，从外表也看得出他绝不属于有钱人。听他说话的口气，好像是边卖画边旅行的。他住的房间也是一楼的走廊尽头最不方便的一间。不知有什么东西吸引他，听说他经常来H山里，对这一带的情况非常熟悉。他这次也是在山下的Y町流连了几日，比我稍早几天入住了湖畔亭旅馆。他就是这样边旅行，边考察各地的风土人情，知道了各种珍奇逸闻。旅途的闲暇，他就埋头读带来的书。有四五本深奥的书，已经被翻得发黑，经常被放在他的案头。

我这样一说，故事变得有些无趣了，那么关于河野的介绍就到此为止，再接着说那天早晨他登门拜访我的事吧。

他一进我的房间，便一个劲儿地打量我的脸。

"你怎么了？脸色这么难看。"他问我。

"昨晚没睡好。"我若无其事地答道。

"失眠了？这可不行啊。"

然后，我们像往常那样说了一会儿话，说不上是交谈还是闲聊。可是，渐渐地，我对这种悠闲的对话厌烦起来。昨晚发生的事总是在我的脑海中挥之不去，我根本没心思听河野那卖弄见识的侃侃而谈。就在我焦躁不安时，突然萌生了"要不要跟这个人讲讲那件事，听听他的看法"的念头。我总觉得他能够理解我，告诉他也无妨。于是，我便把昨晚发生的事一五一十地说了。即便如此，当我坦白窥视镜的秘密时，还是觉得很难堪。好在对方是个善于倾听的人，使我这个胆小鬼也不知不觉变得雄辩起来。

十一

河野对我讲的这件事似乎很感兴趣，特别是窥视镜这玩意儿让他兴奋异常。

"那架镜子什么样啊？"

他马上问起我。我取下披风，给他看那架窥视镜。

"啊，果然不错。你发明的这东西很妙啊。"

河野一边不停地赞叹着，一边贴在窥视镜上看起来。

"确实可以看到那边的影像。正如你刚才说的那样，要说是幻觉就变成了怪事。不过，那个女人（应该是吧）最起码受了重伤，可是到现在都没有被人发现，也很奇怪。"

然后，河野思考了一会儿，说道："假设那个女人已经死了，凶手就可以把尸体隐藏起来，将血迹擦洗干净。"

"可是我的目击时间是十点三十五分，距离我去浴室只相差五六分钟啊。在这么短的时间里，怎么来得及隐藏尸体，清理干净地面呢？"

"有时候也未必不可能啊。"河野话里有话似的说，"比如……算了,回头再推理吧,咱们还是再去浴室看看比较好。"

"但是,"我仍然坚持自己的主张,"大家并没有发现谁失踪了呀?如果是这样,说那个女人死了也不对头啊。"

"眼下还不知道有没有人失踪。昨晚很多客人没有在这里留宿,加上特别热闹,也无法确定没有人失踪。再说,那事发生在昨天深夜,现在大清早的,人们可能还没有发现呢。"

于是,我们还是先去看了浴室。虽然我认为不需要去看,但是河野好奇心很强,不亲眼去验证一下就不能安心。

走进更衣室后,我们关上门。对于旅馆的浴场更衣室来说,这里相当宽敞,地上还铺着木地板。河野用锐利的目光盯着地面察看。

"这里每天清早都要打扫,所以即使有血迹,也会被擦得很干净,不仔细看是看不出来的。"这时,他好像突然发现了什么,"这块脚垫真奇怪啊!它平时不是放在这面镜子前的,原本是放在浴室入口的啊。"

河野边说边用脚尖将那块用棕榈做的宽大脚垫踢回了原来的位置。

"啊,这是什么?"

河野突然惊叫一声,我吃惊地往那儿一看,只见刚才被脚垫盖住的木地板上,有一条黏糊糊的黑紫色痕迹。一眼就可以清晰地看出,那是被擦拭过的血迹。

十二

河野从袖子里掏出手帕，使劲擦了擦那处很像血迹的地方。可是，那里似乎已被仔细擦洗过，手帕上只有淡淡的红色。

"很像是血色啊。和红墨水或红色绘画颜料不一样。"

然后，他又在四周仔细察看了一遍。

"你看这里！"

我顺着他指的方向看去，发现除了脚垫盖住的地方以外，还看到多处疑似点状血痕的印迹。有的在柱子和墙壁下方，有的在木地板上，由于已被仔细擦拭过，几乎看不清楚了。如果认为那是血迹，那么量确实非常大。顺着那点点血痕寻找下去，便可清楚地看到伤者或死者进入浴室的痕迹。但是，她之后又去了哪里呢？或者说被搬运到了哪里呢？由于浴室里不断有热水冲刷水泥地面，自然看不出一点儿线索。

"先告知前台吧？"河野兴奋地说。

"好吧。"我很勉强地同意了，"但是，窥视镜的事，拜托你千万不要提。"

"可是，它是很重要的线索啊。譬如可以证明被害人是女性，还有短刀的形状等。"

"我还是希望你替我保密。这不只是难为情的问题，还会给自己招来嫌疑，这也是我担心的。要说线索，这血迹不是足以证明吗？而且，就算没有我的证词，警察也会调查清楚。只是这架镜子的事，请你务必理解我的难处。"

"是吗？既然你这样说，我就不跟他们说了。行，我现在去报告一下。"

河野说完便朝前台跑去了，留下我一个人呆呆地站在原地，不知如何是好。想想真是一件可怕的事。我所看到的情景，既不是噩梦也不是幻觉，而是真实的杀人现场。从血痕的量来看，正如河野刚才推断的那样，恐怕被害人已经死了，而且凶手已将尸体藏到什么地方去了。更重要的是，被杀害的女人，以及杀人的男人（多半是男人）到底是谁呢？直到现在，旅馆里都没有出现骚动，由此可知，住宿的客人中似乎也没有人失踪。但是谁又会特意从外面把人带来此地杀害呢？我越想越觉得疑问重重。

过了不久，走廊里传来急匆匆的脚步声。河野走在前头，后面跟着旅馆老板、总管、女佣等人，他们一同走进浴室来。

"请大家不要声张。我们开旅馆的声誉很要紧，如果搞错了，泄露出去，生意会受影响的。"

胖胖的湖畔亭旅馆老板一走进浴室就压低声音说道。看到地上的痕迹后，老板说："哪有什么血迹啊？这就是洒在地上的什么液体呀。说什么杀人了，简直是胡说八道。再说，又没有人听到叫喊声，也没有住店的客人不见了嘛。"

老板嘴上虽然极力否认，心里却很忐忑，转身问女佣：

"今天早上，打扫这里的是谁？"

"是三造打扫的。"

103

"去把三造叫来，不要惊动客人啊。"

三造是专门给浴室烧水的人，据说平时是个老好人，脑瓜有点儿不灵光。看他跟在女佣后面走进来时的样子，仿佛他自己就是杀人凶手似的，脸色苍白、战战兢兢。

"喂，你没有发现这块垫子换地方了吗？"

老板对他厉声问道。

"是的，没有发现。"

"是你打扫的吧？"

"是的。"

"你怎么一点儿也没有察觉呢？这么说，打扫卫生的时候，你就没有把铺在这里的垫子拿开看看吧？哪有你这样打扫卫生的呀？怎么这么偷懒呢……这个就算了，昨晚你有没有听到什么奇怪的声音？你不是一直在锅炉房里吗？要是有什么叫喊声，你应该能听到。"

"没有听到什么奇怪的……"

"你是说你没听见吗？"

"是的。"

没想到平时对我们满脸堆笑、说话细声细气的老板，对待仆人竟是如此蛮横，我不禁有些反感。可话说回来，那个三造也实在是太窝囊了。

十三

"就是血迹。"

"不是血迹。"

老板怕给旅馆带来不好的影响,不希望事态扩大,坚持认为不是血痕,而河野认为就是血痕,寸步也不退让,二人就这样争执起来。

"这位先生也太过分了,只看到地上洒了什么液体,根本没搞清楚是什么东西,就一口咬定是杀人案,这么说话也太过分了吧。你是不是来我们家找碴的?"

老板恼羞成怒了。事情到了这个地步,我担心河野一气之下,把窥视镜的事抖搂出来,紧张得不行。因为即便是老板,只要举出这个证据,他定会哑口无言。

就在这个时候,一个女佣风风火火地进来了。她和其他女佣都知道了血迹的事。此时,大家都显得有些紧张。

"老板,中村家打电话来了。"女佣气喘吁吁地说,"他说长吉姑娘还没有回去。"

这突如其来的报告使局面急转直下,连老板也开始沉不住气了。长吉是山下附近小镇上的一名艺伎。昨天晚上,她确实被请到湖畔亭旅馆来了,可到现在人都不知去向。中村家以为她昨晚住在湖畔亭旅馆(乡下对这种事很宽松),也就没有放在心上,所以现在才打来电话询问。

"我记得昨晚送走宴会厅的客人后,长吉和其他家的艺伎一起上了车。"

听到老板的责问,总管惊慌失措地答道。但是,他对自己的记忆好像也没有多少把握。

听到吵闹声,老板娘也来了,还有很多女佣围拢过来,有的说见过长吉,有的说没见过,七嘴八舌的。说到最后,就连长吉这名艺伎昨晚到底来没来过都弄不清楚了。

"我肯定她来了。"一个女佣想起来什么似的说道,"记得昨晚十点半左右,我端着酒壶走在二楼走廊上,猛然听到十一号房间的拉门咔嗒一声打开,长吉从里面跑了出来。请她来的,不就是那个大宴会厅的客人吗?我觉得奇怪,就一直看着她的背影,发现长吉好像在被人追赶一样,噔噔噔地朝那边跑去了。"

"是啊是啊,我也想起来了。"另一位女佣接着说道,"就在那个时间,我正好经过楼下的厕所,看见十一号房间的那个大胡子走过来,特别凶地问我,刚才看到长吉过去没有。我告诉他没看见,他还特意走进厕所里,打开单间门找了找。因为此事太奇怪,所以我记得很清楚。"

听到这里,我也猛然想起了一件事,忍不住插嘴道:

"十一号房间的客人,莫非就是那两个穿西装、拿着大行李箱的人?昨晚他们很晚才离开旅馆。"

"是啊,就是他们。他们每人都拿着一只大行李箱呢。"

大家你一言我一语地议论起十一号房的客人来。据旅馆的总管讲，那两位旅客并没有预先告知，突然收拾好行李下楼来，在前台结完账，连车都没有叫就慌慌张张地离开了。不过，湖畔亭旅馆附近村子里有班车始发站，只要多付钱，随时都可以发车。所以，他们大概是走到始发站去了。即便如此，他们离开旅馆时的慌张神色极不正常。无论是我所看到的奇怪行为，还是刚才总管的话，以及长吉的下落不明、浴室里的血迹，再加上镜子里的影像，都与他们动身的时间不可思议的一致，让人不得不觉得这些现象之间有着某种关联。

十四

"我作为旅馆的负责人，会妥善处理此事，请各位先回到自己的房间去，尽量不要太声张。"旅馆老板对大家说。老板对此事一直抱着大事化小的态度，连我和河野也被老板看作碍事者，不好对事件多加置喙，只好回到自己的房间。

我最担心的还是窥视镜装置被人发现，可是大白天又不能把它拆下来。

"真的，从这里也能看见他们在干什么啊。"

河野不了解我此时的心情，取下在窥视镜上的外套，又开始看起来。

"这个装置太棒了！喂，你看，老板那张没有表情的脸被放得好大啊。"

没办法，我也只好看了一眼。果真如此，在镜子里映出胖老板的侧影。他正在说着什么，厚嘴唇一张一合的。他的侧脸被放大到了镜子的三分之一。

如前所述，通过窥视镜看到的影像，就像潜入水中看到的世界一样，视野特别混浊，平添出无法形容的刺激感。这种时候，昨晚的恐怖记忆仍历历在目。我看着镜子里老板那张麻风病人似的脸，觉得它马上就要滴答滴答地流出血来，实在看不下去。

"这件事你怎么看？"过了一会儿，河野从窥视镜上抬起头问我，"倘若那个叫长吉的艺伎真的下落不明，十一号房的客人不是很可疑吗？据我所知，那两个男人是四五天前入住的，不怎么出门，虽说经常召艺伎来，但也没有发出什么声音，一般都很安静。不知他们在里面干什么，反正一点儿也不像普通的游客。"

"可是，他们就算再奇怪，也不至于变态到杀死当地的艺伎啊。再说，即便是他们杀的，他们又能把尸体藏到哪儿去呢？"

我努力打消涌上心头来的可怕念头，随口说道。

"或许沉到湖底了吧。或者是……你知道他们带的行李箱到底有多大吗？"河野问道。

我心里猛然一惊，可又不能不回答他：

"就是一般使用的行李箱中最大的那种。"

河野听了，意味深长地和我四目相对。不用说，他的想法和我是一样的。我们默默地互相对视着，因为彼此都觉得自己的想象实在太可怕了，无法说出口来。

"可是，普通的行李箱，根本不可能装下一个人啊。"

终于，脸色苍白的河野紧张兮兮地说。

"这件事，我看还是先打住吧。而且，就连是谁杀的，甚至到底有没有人被杀，现在都不确定呢。"

"虽说是这样，可你心里想的和我想的一样。"

我们又陷入了沉默。

最恐怖的是把一个人分别装进两个大箱子里的想象。在浴室中或许可以神不知鬼不觉地处理尸体。因为在浴室里，不论流多少血，都会流进湖水中去。那么，他们真的是在那里将长吉的尸体切成两段的吗？一想到这里，我不禁感到一阵剧痛，仿佛脊梁骨被人砍了一斧头。他们究竟是用什么工具分割尸体的呢？是预先准备了凶器，还是从院子角落偷了一把斧头？

或许一个人在入口处望风，另一个人在冲洗身体处，朝着美艳的女尸举起了斧头。

各位读者，请不要嘲笑我这种神经过敏的想象。虽然事后想来觉得很滑稽，但当时在我们脑海里浮现的就是那样的画面。

直到当天下午，案件终于有了点儿眉目。尽管中村家多方寻找，依然没有长吉的音讯。村派出所的巡警，以及山下小镇上的警察署长、刑警等先后赶到了湖畔亭旅馆的前台处。流言已经传遍全村，旅馆外面挤满了围观的人。尽管老板竭力掩盖，但湖畔亭杀人案已然闹得沸沸扬扬。

不用说，我和河野作为案件的目击者，必须接受严厉的盘问。首先由河野详细陈述他看见血迹时的情形，然后，我也被警察署长传讯，我便再次重复河野说过的话。

经过一番盘问后，署长好像突然发现了什么，对我问道：

"可是，你们为什么要去浴室察看呢？据说那时水还没有烧热，你们去那里干什么呢？"

我一下子回答不上来了。

十五

我担心如果此时不说实话，会给自己带来无法挽回的后果。说不定连我也会被怀疑和这起杀人案有什么牵连呢。这样一想，似乎还是把窥视镜的秘密说出来比较妥当。但是，一想到自己偷窥更衣室的事暴露，我又退缩了。一时间，我不知该如何抉择。由于我生性内向，最后还是羞耻感占据了上风，宁肯冒些风险，选择了撒谎。

"我以为把肥皂忘在更衣室了。其实并没有忘在那里，只是早上洗脸时，没有找到肥皂，突然想到会不会落在更衣室里，便去了那里，结果偶然发现了地面上的血迹。"

我边说边悄悄给旁边的河野使眼色。万一他回头说出实情，可就大事不好了，所以我必须现在阻止他。他很敏感，自然领悟了我使眼色的含义。

此后，从湖畔亭旅馆老板，到总管、用人，以及住在这里的客人，悉数接受了调查。检察官还未赶到，现在还不是正式调查，因此大家也不需要互相回避，所有人都挤在一个房间里，一个挨一个地接受讯问，我得以旁听到了所有人的陈述。

河野接受了我的暗示，说的和我的虚假陈述口径一致，我心中的一块石头落了地。老板和旅馆里其他人的陈述都没有什么新东西，和我们刚才听到的一模一样。将这些综合起来分析，恐怕警方也只能怀疑拿皮箱的那两个男人了。

毋庸置疑，警方对现场又进行了一番非常细致的勘查。我们俩作为发现者，也跟着一起去了。一位老练的刑警一看到木地板上的痕迹，就立刻断定是血迹。事后知道，考虑到负责此案的检察官的意见，警方将采取的血样送到当地的一所医科大学做了化验，结果证明这位刑警的鉴定无误，从而断定那血迹不是动物血，而是人血。

接下来，根据刑警的推断，从血量分析，被害人大概已经死亡，凶手一定是在浴室里的混凝土地上处理了尸体，这些判断都与我和河野这样的外行人的推测差别不大。

为了寻找物证，警方对浴室周围、被列为嫌疑人的那两个男人住过的十一号房间，都进行了地毯式的搜查，但没有发现任何凶器或其他遗落在现场的物品。

关于暂定被害人长吉的身份，恰好她的主人——中村家的老板娘赶到了湖畔亭旅馆，从她那里了解到一些详细情况。当时，

111

老板娘满嘴跑火车地讲了好多有关长吉的事情，然而，并没有什么值得参考的线索。

"大约一年前，长吉想换一家主人，从当地一个叫N的小镇来到了中村家。此前的情况姑且不谈，她来到中村家之后也没有什么异常。要说她的特点，无非就是作为从事这个行当的女人，个性很不开朗吧。在男女交往上，她好像没有超出一般熟客之上的特别要好的男人。

"昨晚，她被这家旅馆的大宴会厅叫去陪酒，正好葛家的艺伎阿治也在场。她是八点左右离开小镇的，离开时没有异常，听说在宴席上陪酒时也和平时没有什么两样。"

老板娘的证言，不外乎是这类唠唠叨叨的车轱辘话。当时，警察署长问她，对于长吉和拿皮箱的绅士（住宿登记的名字是松永，侍者模样的男子姓木村。但是因二人至今杳无音信，所以也没有多大必要叫出他们的具体姓名）之间的关系，是否知道一些情况。可是，除了已知的长吉被松永叫到他的宴席去了两三回之外，也没有新的线索。此外，根据旅馆总管以及艺伎阿治的证言，松永和长吉只限于客人与陪酒的关系。

十六

总之，对老板娘的讯问，没有超出我们已经掌握的情况范围。

不仅如此，由于我没有说出窥视镜的事，所以在某种意义上，关于此次事件，警方比我们知道的更少。例如作案时间，我们确切地知道是在十点三十五分，而他们只是根据女佣看见长吉和松永的异常行为，就推断凶杀案大约发生在那时。

因此，他们决定暂且从搜索嫌疑人松永的行踪着手。确切地说，直到此时为止，就连是否发生了杀人案都未能确定。将更衣室的血迹、长吉的下落不明，以及松永突然离开等迹象综合来看，只能对案件进行推测。但是眼下，谁都知道，破案的先决条件，就是要先找到松永。

幸好河野认识村里的巡查，所以我们可以大致了解到后来警方的看法，以及搜索的进展情况等。对湖畔亭旅馆的调查一结束，警方便立刻搜索松永的下落，却一无所获。搜索主要根据我和旅馆总管描述的他们出走时的穿着，警方寻访了沿街两侧的村子和小镇。不可思议的是，符合"穿西装、手拿皮箱"这个条件的人再也没有露过面。除此之外，松永的其他特征，就只有肥胖、蓄着胡子了，因此如果他们将皮箱藏起来，巧妙地伪装一下，在人们的眼皮底下逃掉也不是不可能。

阻碍松永一行逃跑的最大麻烦，肯定是那两个惹人注意的皮箱。他们肯定在半路上就扔掉了皮箱。警察也注意到了这一点，但最终还是没有获得任何结果。

此后几天里，警方雇用村民，搜索了附近的每一座山，甚至连湖底也没有放过（靠近湖岸的地方水比较浅，也很清澈，划条船绕湖一圈，湖底之物一览无余），依然毫无收获。于是人们渐渐觉得这起案件大概是搁浅了。

然而，这些只是表面现象，实际上，暗中还发生了更不可思议的事情。

下面再回到案件发生的第二天，即对湖畔亭旅馆展开调查的那天夜里。即便窥视镜暂时没有被人发现，我还是放心不下，打算趁着黑夜把装置拆下来，于是坐立不安地等着人们入睡。

当警察在浴室附近取证时，我的心都提到嗓子眼儿了。尽管有树木遮挡着，但是只要从屋顶底下向上看，灰色圆筒必然会引起怀疑。万幸的是，警察们一直盯着地面察看有什么东西掉落，或是有没有可疑的脚印等，根本没有注意到上面。所以，我那个奇妙的装置逃过了一劫。

但是，到了明天，警方大概会进行更为周密的调查，而且不是一两天就能过去的事。今晚无论如何都要将装置拆下来，否则我实在是放心不下。

那天夜里，因为发生了案件，旅馆里异常喧闹，比平时作息晚了很多，说话声还不绝于耳。过了午夜十二点，人们似乎终于都睡下了。我觉得还是小心为好，一直等到凌晨一点左右才行动。在等待期间，我也不时地看窥视镜，留意更衣室中有没有人。当我慢慢地爬出窗外，正要动手拆卸窥视镜的时候，又无意中瞅了一眼镜子，突然发现一个可怕的东西在镜子里蠕动。

那是男人手指的放大影像，与昨晚见到的分毫不差，手背上也有着同样的一道伤痕,从粗壮有力的手指来看,整体印象与昨晚见到的完全一样。

那手指一闪便不见了。这绝对不是在做梦,也不是幻觉。由于事出突然,加上恐惧,我盯着已没有了任何影像的镜面,惊呆地站在原地动弹不得。

十七

回过神来后,我立刻奔向浴室。然而这里和前天晚上一样,没有丝毫异样。因为案件的关系,浴室已经暂停营业,人们害怕得不敢靠近浴室,所以更衣室里越发冷清,看着阴森森的。黑色木地板上难以分辨的血迹突然格外扎眼。

我仔细听了一会儿,没有任何声音。除了刚才看见的镜子里那只可怕的手外,整个旅馆毫无异常。而且,距我刚才看到的时间很短,说不定那个人还躲在哪个角落里呢。想到这里,我害怕极了,赶紧逃出了浴室。可是,回到房间,我又如何能平静呢。要是把旅馆里的人都叫醒,向他们说明真相,就必须说出窥视镜的秘密了。此时此刻,我真是悔不当初,没有在警方调查时说出事实。

不过,我又不能继续坐以待毙,只好把拆卸窥视镜的事推后,慌慌张张地去找唯一可以商量的河野。我毫不客气地将正在睡梦中的河野叫醒,尽量压低声音,向他说了一遍事情的经过。

"这可真是件怪事,"河野一脸惊奇地说,"凶手怎么可能特意回来呢?而且,你只看到了那个人的手,怎么能断定他就是昨天的凶手?"

听河野这么一问,我才意识到这一点。因为粗心,我还没有告诉过河野凶手手上那道伤痕的事。自称松永的男人或他的同伴的手背上,到底有没有那道伤痕呢?想到这些,我觉得自己太愚蠢了,竟然从来没有想过这么重要的问题。

"是吗?手背上有那样的印记吗?"河野显得非常吃惊。

"有的,估计是右手吧。有一条很粗的斜道,好像是紫黑色的。"

"如果你没有看错的话,那就越发离奇了。"河野半信半疑地说,"不要说旅馆的那些人,这里的客人我也仔细地观察过,并没有发现谁的手背上有伤,就连那个拿手提箱的男人好像也没有。你是不是把手背上的阴影看成伤痕了?"

"不会,那比阴影要深多了。即使不是伤痕,也是类似伤痕的什么痕迹。我绝不会看错。"

"果真如此的话,这倒是一个非常重要的线索啊。可是这样一来,案件就越来越让人不明白了。"

"今天遇到这件事,我就更担心那个秘密装置了。我想今天务必把它拆下来,可是又觉得附近埋伏着杀人凶手,觉得很可怕。"

"你还是想保密啊?这可是很珍贵的线索呢。不过你能告诉我,真是找对人了。说实话,我想自己来侦破这起案子。突然对你这样说，你或许会觉得奇怪，其实我很早以前就对破案特别感兴趣。"

这也许只是我的猜测吧，河野似乎并不愿意把窥视镜的事告诉警方，而是希望自己独占这个秘密。其证据就是，他对我说："既然你这么说，我可以帮你这个忙。"还帮我把镜子装置拆了下来。

那可是相当危险的作业。深更半夜的，附近房间里没有客人。一想到手背出现在镜子里的那个人，此时或许就潜伏在院子里，就让人觉得心慌。何况正在调查此案的警察也很难说没有在附近设埋伏。我们像猴子似的一边攀着树枝往前爬，一边观察院子里的动静，提心吊胆地干起活来。

我将厚纸做的圆筒逐一连接起来，所以拆下来并不费事。当我们完成了拆卸任务，正打算沿着屋顶爬回房间的时候，只听到河野在我身后喝问：

"谁？"

他的声音低沉而有力，好像是发现了什么。

我定睛一看，一个黑影蹲在院子的角落里，身后是微微泛着暗光的湖水。

"谁呀？"河野又大喝一声。

黑影一言不发地站起来，嗖地躲在房子后面，随后撒腿跑掉了。没有严实的围墙，只要沿着湖岸跑，就可以逃到任何地方去。河野见状，迅速从屋顶跳下去追赶那个男人。

事情就发生在一瞬间，一眨眼的工夫，逃跑的人和追赶的人都不见踪影了。

惊吓之余，我趴在屋顶上好半天不敢动，姿势别提多难看了。转念一想，刚才河野跳下去的声音说不定被旅馆的人听到了。倘若如此，我必须尽早回自己房间去。如果这个可疑的圆纸筒被别人发现，我的这番心血就白费了。更要命的是，我该怎么解释半夜三更爬到屋顶上这件事呢？

我急匆匆地跑回房间，把抱着的东西藏在箱子的最底下，就马上钻进了被窝里，然后竖着耳朵，心惊肉跳地倾听外面有没有人叫喊。

但是，过了好一会儿也没有听到什么动静。真是万幸，好像没有被人发现，我这才放下心来，转而又突然担心起了河野的处境。

"没抓住他。"

不多久，随着树枝沙沙作响，河野的身影出现在了窗外。河野一进房间，就坐在我的枕头旁边，向我汇报追赶黑影的经过。

"那家伙跑得太快了，到底还是让他跑掉了。不过我捡到了一样东西。就是说，我们又找到了一件新的物证。"

十八

河野边说边小心翼翼地从怀里掏出了一个东西。

"就是这个钱包。"

我仔细一看,是那种带镀金拉锁的很高档的对折式钱包,鼓鼓囊囊的。

"这东西是那个家伙逃跑时丢掉的。因为天太黑,虽然看不清那个家伙的模样,但钱包掉落的地方恰好被浴室后门的灯光照见,我才捡到了。"

我们十分好奇地打开了钱包察看,更加吃惊了。因为钱包里并没有名片或其他能够证明其主人身份的证件,全都是纸币,而且都是崭新的十日元纸币,总共大约五百日元。

"这个钱包说明刚才那个男人,很可能就是拿皮箱的那个绅士。因为那个男人才配得上使用这样的钱包。"

某种神秘莫测的东西在我的脑子里弥漫,情急之下我冒出了一个念头。

"那也太奇怪了。假如他就是凶手,这个时候为什么还在这里转悠啊?从他逃跑来看,可以断定不是警察,而是与案件有关系的人。不管怎么说,太莫名其妙了。"河野一边琢磨一边说。

"你一点儿都没看清那家伙长什么样子吗?"

"没有,那人转眼之间就跑得老远,像蝙蝠在黑暗中飞过一样。之所以有这种感觉,大概是因为他穿着和服吧。他好像没有戴帽子。从后面看,个头好像很高大,又好像很矮小——竟然一点儿也记不得了。那家伙顺着湖岸跑出院子后,就逃进了那边的树林里。那个树林很大,我追过去一看,根本看不见踪影。"

"拿皮箱的男人(就是叫松永的那个人)是个胖子,你觉得刚才那个人胖不胖？"

"说不清楚，但我觉得不像是他。这是我的直觉，但我认为此案或许还存在一个我们所不知道的第三者。"

听河野的口气，他似乎察觉到了什么，我不禁打了个冷战，我也和河野有着同样的感觉。这件杀人案中，很可能还隐藏着不为人知的巨大秘密。

"会留下脚印吧？"

"没有脚印。最近两三天一直是晴天，地面非常干燥。而且，从院内到院外长满了杂草，很难辨认出脚印。"

"那么，眼下这个钱包就是唯一的线索。只要查出它的主人就行了。"

"是啊。天一亮，咱们就去问问其他人，说不定有人看到过。"

就这样，我们彻夜谈论这起令人亢奋的案件。我不过是个喜欢听鬼故事的孩子，对恐怖事件充满好奇心，而河野似乎对侦破犯罪案件怀有极大的兴趣，从他说话就看得出，他的判断力异常敏锐。

看来，我们不仅是该案的发现者，手中还握有连警察都不知道的各种线索。不论是窥视镜中的人影，还是今天夜里发生的一切，以及我们获得的这个确凿的钱包物证，都说明了这一点，这让我们愈加兴奋。

"一定很痛快的——要是我们自己查出凶手的话。"

我已经无须再担心窥视镜了，所以也放松下来，居然模仿着河野的派头，来了这么一句。

十九

"钱包暂且放在我这里吧。天亮以后,立刻让旅馆总管和女佣辨认一下是哪位客人的。"

河野说完,就回到了自己的房间。此时天已经快亮了。我把搜索的事全权交给了他,自己只管坐等消息。不过,在他带来新消息之前,我想抓紧时间再睡一会儿。刚才只顾跟河野说话,我一直穿着睡衣坐在被子上。现在虽然躺在枕头上,可是大脑一旦兴奋起来的话,就越想睡越睡不着。翻来覆去的工夫,天渐渐亮了,听见女佣们在楼下打扫卫生的声音,我再也躺不住了。

我心神不安地起了床,先走到装过窥视镜的窗户旁,打开窗户,借着晨光,再次确认惹人注意的窥视装置留下什么明显痕迹没有。可能由于大脑疲劳过度,我虽然认为不会有什么大问题,却又担心有什么想不到的疏漏,害怕得不得了。但很快,我就发现这都是杞人忧天——就连固定纸筒的铁丝,都被我一根不剩地拿走了,什么痕迹也没有留下。

这回我完全放心了,把目光转到昨晚那个可疑的人站过的地方。从二楼的窗户向下看,离得太远看不清,不过正如河野所说的那样,地上似乎没有脚印。

"可是,说不定有些地方的土是松软的,很难说没有留下任何脚印。"

真是有意思,我看见河野如此热衷于侦查凶犯,自己也出于不服输的心理，心血来潮地想寻找一下线索。还有一个原因就是，由于整夜胡思乱想而睡眠不足，我的头隐隐作痛。趁此机会，我也想呼吸一下屋外的新鲜空气。于是我连脸都没有洗，直接从楼下的檐廊下到了后院，装作散步，走到了浴室的后门。

令我失望的是，地面果然非常干硬，难得松软的地方也长了杂草，一个清晰的脚印也没有。可是我不死心，继续沿着湖边朝院子尽头走去。

这时，我突然看见围绕院子栽种的杉树丛中有一个人影。我正吃惊时，人影向我走过来。这大清早的，我完全想不到在这种地方遇见人，吓得呆住了，胆怯地瞧着他的一举一动。

但是仔细一看，他哪里是什么坏蛋，是湖畔亭旅馆烧洗澡水的三造。

"您早啊。嘿嘿嘿……"

三造一看见我，就傻呵呵地向我打招呼。

"啊，早。"我回道。突然觉得这个人说不定知道点儿什么，我便叫住了正要离开的三造，装作若无其事地和他攀谈起来。

"这两天不用烧洗澡水了，你没事干了吧？说起来，这件事也真是不得了。"

"啊，出什么事了？"

"出了人命，你不知道？"

"是啊，不知道。"

"前天晚上，你听到浴室里有什么响动吗？浴室和锅炉房一墙之隔，还特意留了空隙，按说你能察觉到什么呀。"

"我当时没有留意。"

三造好像是害怕受牵连，从昨天开始，不管问他什么，他都回答得含含糊糊的。大概是心理作用吧，我总觉得三造隐瞒了什么。

"你平时在哪里睡觉？"

我突然想到一件事，这样问他。

"就在锅炉房旁边那间三叠大的屋子里。"

顺着三造指的方向看去，浴室后面有一间堆满烧水用的煤炭的昏暗房子，房子隔壁有一间连隔扇都没有的小破屋，就像乞丐住的一样。

"昨晚你也睡在那里吗？"

"是啊。"

"那么，深夜两点左右时，你没有发现什么异常？我好像听到了奇怪的声音。"

"没听到什么声音啊。"

"你一直在睡觉吗？"

"是啊。"

如果他说的是实话，那么就连昨夜我们追赶可疑人的动静也没有吵醒这个傻瓜的梦了。

看来，从三造嘴里已经打听不出什么，可我还是不想就此离开。我目不转睛地打量着三造。奇怪的是，三造也显得有些拘谨，木呆呆地站着。

三造穿着衣领上印有"湖畔亭"的破旧外衣，下身是松垮垮的旧针织收腿裤。他把脸刮得很光，与他穷酸的穿着很不相称，这不免引起了我的注意。我突然想到，难道这个男人也刮胡子吗？三造虽愚笨，这样稍稍修饰一下，还算是看得过去的男人。另外，他那窄窄额头上的美人尖，也让人不由得会多看两眼。

二十

不知为什么，我又看了看他的手腕，可是没有看到伤痕。自案发以来，我就对别人的手腕敏感起来。肯定是这个毛病又犯了，当然，我并没有怀疑傻乎乎的三造。

然而，当我打量他的时候，突然想到这么个问题：

"从昨天开始，不管别人问什么，这家伙都说什么都不知道。是不是人们的提问方式有问题呢？所有人问他的时候，都没有说是什么时间案发的。不说明杀人的具体时间，只是一味地问他有没有听到什么声音，他怎么可能好好回答呢？如果说明时间的话，或许他会说出点儿什么吧。"

于是，我决定把时间的秘密告诉三造。

"凶杀案大概是前天夜里十点半发生的。"我压低声音说，"那个时候，我听到从浴室那边传来奇怪的叫声，你没听见吗？"

"是吗？十点半左右？"三造似乎想起了什么，脸上有了些表情,"要是十点半的话,怪不得没听见。老爷,那个时间恰好我不在浴室,在厨房里吃晚饭呢。"

我详细一问,他解释说,干烧水这个活儿,睡觉时间比别人要晚,所以吃饭时间也比其他雇工晚得多。他要估摸住在这里的客人都洗完澡以后,才吃晚饭。

"可是,即便是吃饭,时间应该没有很久吧。在那么短的时间里,有可能行凶杀人吗?如果你一直留意里面的话,在饭前或饭后,应该能听到什么声音的。"

"是吗?可是我没听到啊。"

"你去厨房之前或从厨房回来之后,有没有感觉澡堂里有人?"

"哦,这么说来,我从厨房回来的时候,好像有人在里面。"

"你没有看看是谁吗?"

"没有。"

"那么,当时大概是几点?是不是十点半左右?"

"记不得了。我觉得还要晚一点儿。"

"你听到了什么声音?是冲澡的声音吗?"

"是的,好像哗哗地用了很多水。冲澡那样费水的人,只有我们家老板。"

"那么,当时洗澡的是你家老板吗?"

"这个嘛,听着不像是他。"

"听着不像?你怎么知道不是他?"

125

"因为咳嗽声不大像我家老板。"

"就是说,听咳嗽声是你不认识的人?"

"啊,也不是。听着像是河野老爷的声音。"

"什么?你说是河野?就是住在二十六号房的那个河野先生吗?"

"是的。"

"这是真的吗?这可事关重大呀。肯定是河野的声音吗?"

"是的,我敢肯定是他。"

三造自信满满地答道。一时间,我不知该不该相信这个傻家伙的话。他的语气这么肯定,与当初含糊其词的态度相比,确实有些反常。于是,我又重复了一遍刚问的问题,三造依然一口咬定洗澡的人就是河野。但因为没有确凿的证据,所以我也没完全相信他的话。

二十一

对于这起事件,从一开始我就有个疑问。听了刚才三造的证言,疑问就更加深了。即使是傻三造,浴室里既有烧火夫专用的出入口,又有查问水温是否合适的窥视窗,所以如果当时三造在锅炉房里,他一定会发现凶杀案。凶手明知他在,还那样肆无忌惮地杀人(或是分解尸体),未免也太愚蠢了吧?

或许是凶犯事先确认三造何时不在才行凶。即便如此，仅仅利用他吃晚饭的那点儿时间，怎么可能干出杀人这么大的事？这不是太不合情理了吗？三造听到的冲水声，会不会是凶手不知道三造已经回来，还在冲洗浴室水泥地上的血水的声音呢？真的发生了如此穷凶极恶的噩梦般的命案吗？更让人想不通的是，听三造说，冲澡的人好像是河野。照此说来，那凶手不是别人，正是河野自己，这么推断也太荒唐了，难道说他想要侦查自己吗？我越想越觉得这起案件不可思议。

我呆然伫立，陷入长时间的迷茫之中。

"原来你在这儿啊，我找了你半天。"

我听见说话声吓了一跳，抬头一看，眼前的三造不知什么时候变成了河野。"你在这儿干什么呢？"河野盯着我的脸，问道。

"我来寻找昨晚那家伙的脚印啊。可是什么也没有留下。正好烧水的三造在这里，就顺便向他打听了一些事。"

"是吗？那家伙说了些什么？"

河野听说是三造，颇有兴趣似的追问道。

"还是什么也说不清楚。"

我有意省略了有关河野的内容，大致重复了一遍和三造的对话。

"那家伙很奇怪啊，可能不是省油的灯，咱们不可轻易地相信他噢。"河野说道，"关于上次那个钱包，已经找到失主了，是这家旅馆老板的。听说四五天前就丢了，一直没有找到。可是到底丢在

127

哪里了,他自己一点儿也想不起来。问了女佣和旅馆的总管,都说钱包肯定是老板的。"

"就是说,这是昨晚那家伙偷的钱包?"

"可以这么说吧。"

"那么,昨晚那家伙和拿皮箱的男人是不是同一个人呢?"

"不知道。要是同一个人的话,他既然已经逃跑了,何必昨晚又回到这里来呢?有这个必要吗?"

我们又讨论了一会儿。每当有一个新的发现,案件反而变得愈加复杂,完全看不到侦破的曙光。

二十二

我到底还是卷入杀人案的旋涡之中了。在拆掉窥视镜装置之前,我恨不得改变预定的逗留日期,早日逃离这个不吉利的地方。可是当我拆掉装置,可以置身事外的时候,好奇的天性又迅速膨胀起来,甚至冒出了一个狂妄的念头——我要和河野一起,凭借只有我们掌握的线索追查犯人。

那时候,附近法院也派出官吏来了现场,确认浴室里的液体就是人血,Y町的警察署一直大张旗鼓地侦查着。虽然声势很大,但搜查工作没有取得进展。听河野认识的村巡警朋友透露的办案情况,就连我们这些业余侦探都看不下去。警察的无能是激励我的动力之一，而河野对侦查的积极态度也刺激了我的好奇心。

我回到房间，仔细分析刚才从三造那儿打听来的情况。看来三造吃完饭回来时，浴室里面有人。而且从时间上推算，那个男人与凶杀案有关，也很接近事实。可是，据三造说，那个人就是正和我一起以侦探自居、跃跃欲试的河野。

"难道说，河野就是那个杀人凶手？"

突然，我感到一种难以言说的恐惧。如果浴室里没有那么大量的血，或者即便有许多红色液体，也只是颜料或其他动物的血，考虑到河野与众不同的个性，也可以认为是他搞的恶作剧。不幸的是，血迹已经判定就是人血，从擦拭后的痕迹可以推断出，流出的血量足以致人死亡。所以，如果当时在浴室里的人真是河野，那么他正是可怕的凶手。

可是，河野出于什么动机要杀死长吉呢？他又怎么处理尸体呢？想到这些，我实在无法把他与罪犯联系在一起。首先，那天晚上追赶可疑人，不是足以证明他无罪吗？而且，按照一般人的逻辑，杀了人之后，还能满不在乎地留在现场玩什么侦探游戏吗？

三造只凭几声咳嗽就断定那人是河野，但是人的耳朵常常会听错，更何况是三造这个愚人呢。不过，当时浴室里确实有人，这一点似乎是事实。三造说洗澡那样费水的人，只能是旅馆的老板。那么，这不就说明凶手不是河野，而是湖畔亭旅馆的老板吗？

仔细想想，钱包也是老板的。只是旅馆里的用人都知道老板丢了钱包，这就不好说那个影子和老板是同一个人了。不过，无论是三造的说法，还是老板的古怪个性，都让人不能不起疑心。

但是，最可疑的莫过于那两个拿皮箱的绅士了。处理尸体……两个大皮箱……这里面潜藏着可怕的疑问。莫非三造听到的洗澡之人既不是河野，也不是旅馆老板，而是那个提皮箱的男人？

说到那两个提皮箱的绅士，警方已将他列为嫌疑犯，正全力进行追查。然而，这两个人深更半夜离开了湖畔亭旅馆之后，改换成什么样的装束，从什么地方逃出去，怎样逃出去，没有一点儿线索。没有一个人看见过那两个提皮箱、穿西装的男人。难道他们已经逃到很远的地方去了？或者仍然潜伏在山里呢？从昨天夜里那个可疑的人影推测，他们或许就潜伏在附近的什么地方。我只觉得莫名的恐惧，或许那个穷凶极恶的杀人犯就在某个角落里（说不定近在咫尺）蠢蠢欲动呢。

二十三

那天傍晚，我突然有个想法，便把山下小镇上的艺伎阿治叫来了。我叫她来并不是想听三味线，也不是对这个女人感兴趣，只是听女佣说，她和死者长吉是最要好的姐妹，就打算向她打听一下长吉的身世。

"好久没见了。"

已成半老徐娘的艺伎阿治，记得我曾经叫过她一次，一见面就很亲热地笑着问候。这对于我下面的问话很有利。

"三味线先收在一边吧。你今天就休息休息，咱们边吃边聊怎么样？"我直截了当地说道。

听我这么一说，阿治微微收敛笑容，露出不解的神情，但很快明白了我的意思，换了一副笑容，很随意地坐在矮桌的对面。

"要说长吉姐真是可怜噢。她是我最要好的姐妹。听说那间浴室里的血迹是您和河野先生发现的啊。因为害怕，我根本没敢去看。"

看样子，她也和我一样，想聊一聊案子的事。她是受害人的好友，我是发现案件的人。我和她轻松地把酒对酌，很自然地达到了我想要了解情况的目的。

"你认识那两个拿皮箱的嫌疑人吗？他们和长吉到底是什么关系呢？"

聊了一会儿，我看火候差不多了，直入主题地问道。

"那个十一号房的先生，好像看上长吉姐了，好几次都点名找她。"

"长吉在他那里留宿过吗？"

"她说一次也没有过。我经常听长吉姐说起那两个男人。不过，长吉姐和他们的关系，应该没有亲密到对方非要杀死她的程度。因为他们是第一次来这里的客人，而且还不到一个星期呢，这么短的时间，也不可能发生什么啊。"

"我只看见过他们一次，那两个男人是什么样的人呢？长吉对

131

你说过他们什么没有？"

"没怎么说过。也就是普通的客人啦。不过长吉姐说，他们好像特别有钱——肯定看到过他们的钱包吧。长吉姐说钱包鼓鼓的，她可吃惊了。"

"哦，那么有钱吗？可是看他们并不是大手大脚、寻欢作乐的人啊。"

"说的是啊，总是叫长吉姐一个人，而且听她说，也不让她弹三弦，老是忧郁地闲聊。总管说，他们是很奇怪的客人，每天关在房间里，从来不出去散步。"

关于拿皮箱的绅士，阿治没能提供什么新的线索，于是我又把话题转向了长吉的身世。

"看来，长吉有自己中意的人了吧？"

"说到那个啊，"阿治微笑着说，"长吉姐特别不爱说话，加上来这里的时间不长，所以就连我也不了解她的心思。怎么说呢，她这个人有些死心眼。这种性格很吃亏的。所以说，虽然我对她知道得不多，但据我的观察，她好像没有什么意中人。她是个很本分的姑娘，不像个干我们这行的女子。"

"有没有包养她的客人？"

"您的口气就像前几天那个警察似的。"阿治夸张地笑着说，"有倒是有啊。他叫松村，是附近的山林主人的儿子，那可真是一往情深哦。我说的是松村家的儿子。他最近甚至放出话来，说要为长吉姐赎身呢。可是长吉姐特别不愿意，就是不吐口。"

"有这样的事？"

"是啊。而且那天晚上，就是长吉姐被害的那天晚上，二楼大宴会厅的客人中就有松村。平日里他是个老实人，可是一喝酒就胡闹，当着大家的面，把长吉姐折腾得好苦。"

"折腾她？"

"是啊，乡下人都很粗野，对长吉姐又打又骂的。"

"不会是他把长吉杀死了吧？"我开玩笑地说。

"哎呀，这也太吓人了。"大概是我不会说话，阿治非常害怕地连忙解释，"那倒是不会的。我也对警察这样说了。直到宴会结束，松村一直没有离开过。而且回去的时候，他和我坐的同一辆车，所以没有什么可怀疑的。"

我从阿治那里打听到的差不多就是这些。她让我又发现了一个可疑的人物。尽管阿治说在宴会期间，松村从未离开过座位，但是满座的人都喝得醉醺醺的，阿治恐怕也醉了吧，因此她的话是否都可以相信，谁也不敢保证。

吃完饭送走阿治后，我呆呆地坐在矮桌前。脑海里走马灯似的浮现出一张张面孔——手拿皮箱的男人、河野追赶的人影、湖畔亭旅馆的老板、刚刚听说的松村，再加上河野，对于这些人，虽然没有确凿的证据，但他们个个都很可疑，让我不禁有些胆寒。

二十四

　　当天夜里发生了一件事。暂时关闭的案发现场——浴室，因湖畔亭旅馆老板以影响生意为由，请求警方通融，于是那天又开始营业了。送走阿治后，我胡思乱想了好久，一看时间已经是晚上九点，加上几天没洗澡了，便想去浴室洗个澡。

　　更衣室木地板上的血迹已经被刮干净了，被刮出来的白木纹反而显得很瘆人，让人清晰地想起前天晚上的杀人血案。

　　因为发生了命案，大多数客人已吓破了胆，纷纷离开了旅馆，只剩下河野、我，以及另外三个结伴来的男客人。那位曾经在窥视镜里看过的、我最喜欢看的城市女孩一家，也于案发次日匆匆退房了。客人一下子少了好多，而用人们还没到洗澡时间，所以浴池里的水很清澈，身体泡进水里，连脚指甲都看得清清楚楚。

　　除了不分男女外，这里的浴室堪比城里的澡堂：宽大的浴池、空荡荡的冲洗处、高高的天花板，浴室中央吊着白晃晃的电灯。虽是夏天，但整体感觉格外阴冷，以至我眼前仿佛闪过在浴室水泥地上切割尸体的情景。

　　我一个人泡着无聊，突然想起了因前日聊天熟悉起来的三造，就在一墙之隔的锅炉房里，便打开那个窥视窗的挡板看他在不在。

　　"三造？"我喊道。

　　"来了。"三造从巨大的灶口一角露出他那张木讷的脸。他的脸盘被红彤彤的炭火映照得黑红油亮，让我有种异样的感觉。

"水真热乎呀！"我说。

"嘿嘿嘿嘿嘿……"三造在昏暗处，憨憨地笑着。

我突然感觉到了什么，便关上小窗挡板，匆匆从浴池出来，站在冲洗处擦拭身体。这时我突然发现眼前窗户的毛玻璃开着一条缝，从缝隙能看见昨夜那个家伙逃进去的大森林，就在那片黑暗中，我看见一个白色光点一闪一闪地移动着。

我以为是自己看错了，便停下擦拭的手，盯着仔细看。白点换个角度，又闪了起来。看这情形，好像有人在森林中徘徊。

鉴于当时的情况，我立刻联想到昨天夜里逃跑的人。如果能弄清那个男人是什么人，所有的悬念便水落石出了。我无法抑制自己强烈的好奇心，急忙穿上衣服，绕路从院子朝森林走去，中途顺便去找了河野。不知他去了哪里，屋子里没有人。

那天夜晚没有星星，在黑暗中，我循着微弱闪灭的光亮，一步一步地摸索着前行。事后回想起来，连自己都不敢相信，胆小如我，那时竟然如此大胆行事。不过，当时由于功名心作怪，我几乎已经着了魔。我并没想过要抓住坏人，只想在没有危险的情况下靠近他，看清到底是谁。

从湖畔亭旅馆的院子一出来，就是森林的入口。我靠着一棵棵大树藏身，小心翼翼地向着那光亮一步步靠近。

走了一会儿，果然看见一个朦胧的人影。他打着手电筒，好像正在专心地搜索着地面，似乎是在找什么东西。可是，离得太远，我看不清楚他是什么人。

我再次鼓起勇气朝着那个男人走去。幸而树干层层叠叠，只要不发出声响，就不用担心被对方发现。

我渐渐地走近了那个人，从对方和服的条纹到他的相貌，都依稀可辨了。

二十五

那个奇怪的男子像老人一样弯着腰，拿着一只小手电筒，在草丛中走来走去，好像在找什么。由于手电筒角度的变化，他有时像个漆黑的剪影，有时像个白色的幽灵。而且，当他换另一只手拿手电筒时，四周的树枝宛如吓人的活物似的摇动起来。我偶尔被手电筒的亮光射到，便赶忙躲到树干后面。

可是，手电筒的光亮毕竟很小，而且他还不停地晃动手电筒，想看清楚他长什么样非常困难。我选择了一处绝对安全的位置，就像逼近了敌人的士兵，利用现有的东西作为掩蔽物，凭借一棵棵大树遮挡自己，一点一点地逼近他。

深更半夜在森林里找东西这件事本身就很异常，此人又是从未见过的城里人打扮，这更让我百思不解。我想到了那天夜里河野没有追赶上的男人。他会不会就是那个人呢？

尽管我离他只有不到两米的距离，可是在黑暗中，我怎么也看不清楚他的相貌。那天晚上风很大，整片森林都在飒飒作响，即便发出一些声音，也不用担心对方听到。果然，对方完全没有发现我，仍一门心思地在找什么东西。

过了好长时间，我跟着忽左忽右的手电筒光亮，耐心地监视着那个男人的举动。他似乎怎么也找不到想找的东西，终于死了心，直起腰，突然关掉了手电筒，随着一阵沙沙声，不知往哪边走去了。我绝不能跟丢他。我立刻跟在后面，虽说是跟踪，可天这么黑，只能凭借对方走在草地上发出的声音来判断其位置。然而风声太大，很难辨别出对方的脚步声。再加上心中惊恐万分，让我这个初涉此道的人不知如何是好。在我不知所措的时候，微弱的脚步声也渐渐听不见了，我被孤零零地丢在了黑暗的树林之中。

好不容易跟踪到这里，又让对方跑掉，真是竹篮打水一场空。他应该不至于跑到森林深处去吧。对方丝毫没有察觉我在跟踪，所以一定是朝街市方向跑去了。想到这里，我立刻跑到了湖畔亭旅馆前的乡间小路上。

在这山村里，除了旅馆之外，很少能看到有灯光的人家，漆黑的街道上连个人影也没有。从远处随风飘来青涩的尺八[1]小调，大概是村里的小伙子吹的追分节[2]吧，伴着风声，那曲音听起来充满伤感的韵味。

我伫立在马路上，眺望着森林的方向。远远望去，怪物模样的

---

1 中国古乐器，以管长一尺八寸而得名，在日本得到很好的传承。其音色苍凉辽阔，能表现空灵、恬静的意境。
2 日本民谣的一种。

大树随风起伏，越发强烈地牵动了我的思乡之情。看样子，刚才那个男人再怎么等也不会出现了。

我足足站了有十分钟，越来越觉得等不到那个人了，可还是有些不甘心。趁此机会，我想再去一趟河野的房间，如果他在，可以请他跟我一起去森林里找找看。于是，我飞快地跑回旅馆，来不及脱木屐，直接跑过走廊，一到他的房间，就哗的一声拉开了拉门。

二十六

"哟，请进。"

幸好河野已经回来了。他看到我，一如往常地笑脸相迎。

"刚才我在森林里又看到一个奇怪的家伙，一起去看看好吗？"我慌张地小声说道。

"是那天夜里那个人吗？"

"有可能是。刚才他在森林里，打着手电筒，在找什么东西。"

"看见他的长相了吗？"

"怎么也看不清楚。现在他可能还在那里转悠呢，咱们去看看吧。"

"你去前面那条马路了？"

"是的，除了那条马路外没有其他路可逃啊。"

"那么，即使现在去了也是徒劳。那家伙不可能往那条路逃跑的。"

河野似乎话里有话。

"你怎么知道？你一定知道什么吧？"我不禁起了疑。

"嗯，其实，我们可以将范围缩小到某一点儿了。还差那么一点儿，再缩小一点儿，就全都明白了。"

河野很自信地说道。

"你说范围缩小了，是什么意思？"

"就是说，这起案件的凶手绝不是外面来的人。"

"你的意思是说，凶手就在旅馆里吗？"

"可以这么说吧。如果凶手是旅馆里的人，他就可以从森林绕到后门，所以不会朝马路方向逃。"

"你是怎么知道的呢？凶手到底是谁？是旅馆老板还是雇工？"

"还差一点儿，再耐心地等一等。从今天早上，我就在全力侦查这件事。而且，我已经有了大概的目标，但是还不能轻率地说出此人的名字来。请少安毋躁。"

河野的态度一反平日，故弄玄虚似的。我虽有些不快，但在好奇心驱使下，仍继续追问。

"你认为是旅馆的人，也有点儿说不通。其实我也怀疑一个人，我想应该就是你猜想的对象。但是有的地方，我实在搞不明白。首先，我不明白尸体是怎么处理的。"

"的确如此。"河野点头说道，"只有这一点，我现在也没搞清楚。"

从他的口气可以看出，他也在怀疑那个可疑的钱包的主人，即湖畔亭旅馆的老板。估计他已经掌握了更确切的证据吧。

"还有就是手背上的伤痕。我注意观察了一下，旅馆里的人，以及住宿客人中，都没有人手上有伤痕。"

"关于伤痕，我有另一种解释。我想应该是对的，但是还不能断定。"

"那对于拿皮箱的男人，你是怎么看的？眼下，那两个人不是最值得怀疑吗？无论是长吉从他们房间逃出来，还是拿皮箱的男人到处寻找长吉，以及他们突然离开旅馆，还提了两个大号箱子，都值得怀疑。"

"我倒觉得那可能只是凑巧。我是今天早上意识到的。你发现凶杀案是在夜里十点三十五分左右吧。后来，你在一楼碰见他们时，大约间隔了多长时间呢？听你说，也就是五到十分钟吧。"

"是的，最多十分钟吧。"

"你看，这就是出错的地方。为慎重起见，我向总管核实了他们离开房间的时间。总管的回答也和你一样，只有五六分钟的间隔。这么短的时间里，怎么可能处理尸体，还要把尸体装进箱子呢？即使不把尸体装进皮箱，只是杀人、擦拭血迹、隐藏尸体、准备出走等，五到十分钟内完成都是根本不可能的。怀疑拿皮箱的男人是凶手，简直太可笑了。"

听河野这么一分析，我觉得有道理。我的猜想是多么荒唐无稽啊。警方没有察觉到我的错误判断，再加上女佣的证词，便轻率地将提皮箱的男人当作嫌疑人。

"追求过长吉这种事,在艺伎与陪酒的客人之间是常有的。先入为主,得出的判断就会有偏差。夜晚离开旅馆,可能是他们有什么急事,至于与你撞上大吃一惊也不奇怪。不管是谁,冷不丁地碰到别人,不是都会吃惊吗?"河野不以为然地说。

然后,我们为判断出如此之大的偏差而议论起来。我觉得自己做出如此低级的错判,在河野面前很丢面子,反反复复说自己愚蠢无脑,结果导致没有时间探讨真凶,我只好暂且回了自己的房间。

那时候,听河野说话的口气,我认为他怀疑的人是湖畔亭旅馆的老板。直到后来,我才知道并不是我想的那样。也就是说,我这个人,在这个故事中,自始至终都在扮演小丑,根本不配自称的业余侦探。

二十七

接下来的三四天里,并没有发生值得一提的事情。河野每天都出门,什么时候找他都不在。我对他这种将我排除在外的态度很反感,加上上次的失误丢了面子,所以我也不想再像从前那样,以业余侦探自居了。话虽如此,我又觉得将这离奇的案件抛之脑后,退房走人未免让人遗憾。于是,为了河野的那句"请再等一下",我又继续住了下去。

另一方面，如上所述，警方开始对那两个拿皮箱的男人进行大范围的搜索，森林中、湖边都没有漏掉，却一无所获。其实完全不必让警方这样大费周章，只要告诉他们我对时间的判断有误就行了。可是河野说，这也可以搜索被害人的尸体，不用阻止他们。我也觉得他说得有道理，所以一直没有对警方说出这个秘密。

我每天可做的事，除了一有机会便留意旅馆老板的举止外，再就是拜访河野。然而，老板的举止没有可怀疑之处，而河野基本上不在房间里。那几天的等待，对我来说简直就是一种煎熬。

那天晚上，我估计河野也不在房间，漫不经心地打开拉门一看，没想到不但河野在，还有那位村派出所的警官。他们好像正在认真地讨论着什么。

"啊，你来得正好。请进吧。"河野看见我犹豫不决的样子，开朗地招呼道。

若是平时，我肯定会自觉离开，但是感觉他们好像在谈论案子，便抑制不住好奇心，走进了房间。

"这位是我的好朋友，不是外人，请你继续说吧。"河野边介绍我边说。

"刚才也说了，就是从湖对面村里来的那个男人的事。"警官接着说道，"我来这里时，偶然经过那个村子，听到村子里人们在议论，说是在两天前的深夜，有人闻到了一股怪味。后来发现，不光是那个人，村里很多人都这么说。我问是什么气味，说是就像火葬场里散发的那种气味。可是这附近哪有什么火葬场啊，真是奇怪得很。"

"是焚烧尸体的那种气味吧？"河野似乎非常感兴趣，两眼发光地问道。

"是的，就是焚尸的气味，就是那种怪怪的特别臭的味儿。听他们这么一说，我突然想到了这起杀人案。大家不是正为尸体失踪而一筹莫展嘛。所以一听说是焚烧尸体的怪味，我就觉得可能与案件有着某种关联。"

"这两三天，一直刮大风。"河野想到了什么似的，充满信心地说，"刮的是南风吧。这就对了，连续刮了两三天南风，这一点是关键。"

"为什么这么说呢？"

"闻到气味的那个村子，正好位于这个村子南边吗？"

"对，是正南面。"

"那么，在这个村子里焚尸的话，由于猛烈的南风，气味必然会飘到湖对面的村子去。"

"但是，果真如此的话，比起那个村子来，这里的气味不是应该更大吗？"

"那可不一定。如果在湖边焚尸，由于风大，气味就会飘散到湖面上。在这个村子里反而不会闻到什么气味，因为处在上风嘛。"

"但是，焚尸也能不被人发现吗？这怎么可能做到呢？"

"具备某种条件的话就可以做到啊，例如在浴室的烧火炉灶里

143

焚烧……"

"啊？你说是在浴室？"

"是的，是浴室的火炉。迄今为止，我一直没有叫你们，单独一人侦查这个案件，差不多已经查到了凶手。只是还不知道尸体的下落，所以我没有向警方讲出实情。不过，听了你刚才说的情况，我全明白了。"

河野非常满足地看着我们二人惊讶的表情，转身把皮包拉过来，从包里拿出一把短刀。这把刀没有刀鞘，长约五寸，又黑又脏，白木刀把。一看到这把刀，我马上想到了一件事——从窥视镜看到杀人场面时，那个男人手里拿的也是这样的短刀。

"你对这把刀有印象吗？"河野问我。

"有印象，就是这样的短刀。"

我不小心说漏了嘴，忽然意识到警官也在，非常后悔，窥视镜的秘密可能要暴露了。

"怎么样？反正已经说了，"河野趁我失言，敲着边鼓，"早晚大家会知道的，而且不从窥视镜说起，就等于我在撒谎了。"

想想看，河野说的也不无道理。为了说明我见过的拿这把短刀的凶手手背上的伤痕，从时间上证明那两个拿皮箱的男人无罪，以及拆窥视镜时看见的可疑人影等，还有其他种种问题，不坦白窥视镜的事，恐怕不大合适。

"其实，那是我搞的无聊的恶作剧。"

我迫不得已这样解释道。既然要坦白，就不能让河野代劳，我自己可以说得更婉转一些。

"我在这家旅馆的浴室更衣室里安了一个奇特东西,就是利用镜子和透镜的反射,让我在房间里能偷看那里的情况。我并没有什么恶意,只是因为闲得无聊,就把在学校学到的透镜知识应用了一下。"

就这样,我尽量回避自己的变态嗜好,轻描淡写地说了一下。由于太意外,警官一时有些理解不了,在我反复解释下,他才好歹明白了个大概。

"由于这个,有关最关键的作案时间,我一直没有说,非常抱歉。警方最初调查的时候,我一直没有找到合适的机会说明。一个原因是,我害怕由于制作的这种奇怪装置,有可能被人误解我与本案有什么牵连。不过,刚才河野君说已经知道了罪犯是谁,我就不用担心了。您有什么疑问的话,回头我可以给您看一下。"

"下面就是我搜查罪犯的结果。"河野向警官讲解起来,"首先请看这把短刀。刀尖上沾有一些奇怪的污痕,细看可以看出是血迹。"

由于短刀又黑又脏,不仔细看,看不清楚,刀尖上沾着黑乎乎的血痕样的东西。

"这是一把与镜子里同类型的短刀。刀尖上有血迹,因此可以肯定,这把刀就是杀人的凶器。那么,你们猜我是在什么地方发现这把刀的?"

河野煞有介事地说到这儿停住了,来回看着我们俩的表情。

二十八

　　河野一只手拿着肮脏的短刀，来回打量我们的脸。突然间，我脑子里陆续浮现出这把短刀的主人，即犯罪嫌疑人的相貌。提皮箱的男人、旅馆老板、长吉的主顾松村、拿手电筒的男人……最终留在我脑子里的，还是那个贪婪的湖畔亭旅馆老板。我确信河野即将说出来的凶手就是他。然而万万没有想到，河野说出的凶手名字，竟然是一个我完全想不到的人，我一直将他排除在嫌疑人之外。

　　"这把短刀是在浴室锅炉房角落的脏兮兮的木架上发现的。那个木架上堆着三造落满灰尘的用品，上面藏着一只肮脏的白铁皮箱，放的地方很不起眼。箱子里装着许多奇怪的东西，现在仍原封不动地放在里面，有漂亮的女人钱包、金戒指、很多银币等，还有这把血腥的短刀……不用说，这把短刀的主人就是烧洗澡水的三造。"

　　村里的警官和我都默默地等着河野往下说。仅凭这些证据，就断定那个傻三造是凶手，实在难以让人相信。

　　"而且，凶手也是三造。"河野非常镇定地继续往下说，"此案中可疑的人很多。第一嫌疑人就是拿手提箱的那两个男人；第二嫌疑人是名叫松村的年轻人；第三个是这家旅馆的老板。关于第一嫌疑人，警察已经展开了全力追捕，但现在依然去向不明。不过怀疑那两个拿手提箱的人，从根本上就错了。"

　　为此，河野说明了曾经向我解释过的时间上的不合理之处。

"关于第二嫌疑人松村，警方也做了调查，没有发现任何可疑之处。因为他和艺伎阿治同乘一辆车回家后，就没有任何可疑之举。所以，他没有时间处理尸体，显然不是凶手。最主要的是，他没有杀死自己迷恋的女人的动机。还有，那个可疑人丢失的钱包，确实是旅馆老板的，仅此而已。后来经过调查证实，那天出事时，他正在自己的房间里睡觉。不但他的老婆以及雇工们的口径很一致，就连他的孩子也这么说。小孩子是不会撒谎的。"

对于前天夜里的那个奇怪人影，河野也做了补充说明。

"总之，显而易见，我们怀疑的那几个嫌疑人都不是真正的凶手。我们往往容易忽略近在眼前的东西。因为三造是个近乎白痴的蠢人，警方才丝毫不怀疑这个烧洗澡水的人。然而，即便是个烧火的，也不是附属浴池的工具，而是个人啊。澡堂有两个出入口，就是说，从锅炉房也可以随意进入更衣室。在那么短的时间里，即从十点三十分开始，在五到十分钟内处理完尸体，具备这样条件的，除了三造没有别人。他有可能先将尸体藏在锅炉房的煤堆后面，等到深夜再从容地进行处置。"

河野的说明越来越像演讲，扬扬自得地侃侃而谈起来。

"但是，三造简直就是傻瓜一个，而且一直给人老实巴交的印象，所以，我开始也没有往他那儿想。我开始怀疑他是最近的事。昨天我在浴室后面偶遇三造时，突然发现他手背上有一条粗粗的印子，自然就想到了凶犯手背上的伤痕。那是一条很清晰的黑道，和你曾经说过的手背上的伤痕很相似。我猛然醒悟，但还是假装很随意地问他这是怎么搞的,他只是憨厚地'唉'了一声,一个劲儿地搓手背,可是那条黑道怎么搓也搓不掉,就像是被类似煤灰的什么东西蹭上的似的。"

此时,河野有必要再次向警官说明窥视镜的映像。

"这说明,其实镜子里看见的伤痕,只不过是和他手背上的黑道一样的煤灰。因为图像非常模糊,一道煤灰被看作伤痕也并非不可能,你觉得呢?"

听到河野问我的看法,我稍稍考虑了一下,说道:

"事件发生得太突然,也有可能看错了吧……"

但是伤痕的印象仍旧鲜明地留在我记忆里。因此,我只觉得那不是煤灰。

"你在镜子里看到的,不是这样的手吗?"

说完,河野将他的右手背突然伸到我面前,只见他的手背上有一条很长的黑色斜线。这黑线与我在窥视镜里看到的伤痕太相似了,我不禁叫出声来。

"没错,就是这样的。你怎么也有这样的伤痕?"

"这不是伤痕,这是煤灰,特别像吧。"河野很欣赏地端详着自己的手。"因此,我才怀疑起了三造。我查看了刚才提到的烧火房里的那个架子,当然是趁三造不在的时候了,结果就看到了那只白铁皮箱子。箱子里面是短刀以及与三造的身份不相称的东西。那个架子有两层,上下之间的间隔很窄,手伸进下层最里面时,上层内侧的横梁会擦到手背,如果碰到拐角的话,那里积存的煤灰就会在手上留下这样的痕迹。"河野比画着继续说道。

"因此，我越来越怀疑三造了。而且，我还了解到三造有个不为人知的恶习。那还是很早以前，三造是个不像外表那么老实的坏家伙。那家伙有偷东西的坏毛病。有人把东西忘在更衣室里，他便偷偷拿走。我曾经亲眼看到他拿别人东西。不过当时他偷的不是什么贵重物品，我就没有揭发他。可是看了白铁皮箱，我大吃一惊。他可真的是一个大贼呢。看他老实巴交的样子，人们都不防着他，这种人往往最可恶了。可以说，大家对他不加设防，成了把他引向邪路的原因。"

二十九

"如果他真是凶手，应该尽快抓起来呀。"

我按捺不住急切的心情，只想赶紧去浴室，实在懒得听河野这番冗长的说明。乡村警官倒是很有耐心，一直平静地坐在那里。河野则仍然喋喋不休地说着。

"三造的工作是最便于处理尸体的，他手背上的煤灰黑道、沾血的短刀、各种赃物，都说明他是个不可貌相的坏蛋。有这么多证据，他的嫌疑已经非常大了。那天早上，他打扫更衣室的卫生时，没有将放错位置的脚垫放回原位，也算是他的罪证之一。只是他的杀人动机，我怎么也想不明白。那家伙差不多就是个白痴，因此我们未必能想象到他的动机。或许他一看到喝醉酒的女人，就会抑制不住冲动。也可能他偷东西的毛病被长吉发现，为了杀人灭口而铸下大错吧。总之各种可能性都有。但无论动机如何，他是凶手这一点，应该毫无疑问。"

"你的意思是说，他把长吉的尸体放进烧水的火炉里烧了？"警察难以置信地插嘴问道。

"除此之外没有其他的可能。虽说是常人难以想象的残忍行为。而且，他缺乏承担法律责任的意识，什么事都做得出来。因为他只是一个烧水的，遇到必须把尸体隐藏起来的紧急关头，想到火炉很自然。作为凶手藏匿尸体的手段，将尸体烧掉的例子并不少见。例如，有名的韦伯斯特教授将朋友杀死后，用实验室的火炉焚烧了尸体；蓝胡子[1]兰德尔用玻璃厂的熔炉或乡间别墅的火炉，烧掉多名受害者。你们大概都听说过吧。这间浴室的火炉是正规的锅炉，有足够的火力。即使不能一次烧完，用三四天的时间，把手、脚、头分别烧掉也是可能的。况且刮着猛烈的南风（他这个白痴恐怕想不到这一点吧），又是在人们都进入梦乡的深夜。他将自己关在那间很少有人会去的小屋里，毫不费力地就可以干。你们觉得这样推测太不可想象了，但是湖对岸的村民闻到的火葬场的气味，又该如何解释呢？"

---

[1] 蓝胡子是法国民间传说中连续杀害自己六任妻子的人。他家境优裕，长着蓝色胡须。

"可是，在这里一点儿气味也没有闻到，太奇怪了吧？"

警官半信半疑地问道。我也觉得河野的说法难以服人。

"焚烧尸体一定是在人们都睡下后的深夜实施的。即使残留一点儿味道，第二天早上之前也被大风吹散了。炉灰素来是抛撒到湖中的，所以骨头什么的都不会剩下。"

河野的推理简直异想天开。虽说火葬场的气味确有其事，但是仅仅根据这一点就妄下结论，也未免太离谱了。直到后来，我仍然无法打消这个疑问。

这个暂且不提，不管尸体是如何处理的，河野调查的事实足以证明三造就是凶手这一点。

"马上把三造抓起来审问一下吧。"

河野的宣讲终于告一段落，村里的警官从容不迫地站了起来。

我们三个人沿着庭院，朝浴室的锅炉房方向走去。已是晚上十点左右了。今晚又是一个狂风大作的暗夜。我感到胸口怦怦乱跳，说不清是因为莫名的恐惧，还是怜悯三造。

虽然是个乡村警官，毕竟也是干这行的，一来到锅炉房门口，他就摆出一副行家的架势，身手敏捷地打开门，冲进了屋内。

"三造！"

他的声音低沉，却十分有威严。可是，难得他如此勇猛，却没有收到什么效果。三造根本就不在屋子里。只有以前就认识的干杂活的老大爷，独自坐在熊熊燃烧的火炉前。

"你找三造吗？三造从昨天傍晚就不见了。不知道他去哪儿了。现在老板让我替他烧火呢。"

老大爷惊恐地回答警官的问话。

之后就热闹了。警官给山下的警署打了电话，警署立刻派来了一支搜索队。搜索队迅速出动，封锁大路两头。

第二天一早，就开始了正式的搜索。沿着大路两侧的森林、溪谷，几乎找了个遍。河野和我自然也不能袖手旁观，分头加入了搜索队。一直搜索到中午，终于发现了三造。

在距离湖畔亭旅馆五六百米的地方，进山的路旁有一条羊肠小道。沿着小道拐几个弯，走了一段路后，就来到一条深谷，大概是某河流的上游。沿着山谷有一条险要的栈道蜿蜒而去。一名警官发现在栈道最危险的地方有一些踩落泥土的痕迹。

在高达数丈的悬崖下，搜索的目标——三造躺在血泊中。悬崖下面都是岩石。大概是傍晚天色昏暗，他不小心从栈道上失足摔了下去。紫黑色的血染红了岩石，惨不忍睹。这个重要嫌疑人，还没来得及坦白，就惨死在悬崖之下了。这或许就是报应吧。

从死者怀里搜出了许多赃物，即河野在那个白铁皮箱里曾经看到过的那些东西。明摆着，三造是在逃跑途中不慎坠亡的。

搬运三造的尸体，检察官来现场检查，村里人议论纷纷——这样闹腾了一整天。警方还仔细检查了三造居住的锅炉房，但是，并没有发现任何焚烧尸体留下的痕迹。

情况急转直下，似乎已经尘埃落定。尽管对于被害人尸体的去向，以及凶手的作案动机等，还有一些疑点，但谁都默认了凶手就是三造。对两个拿皮箱的男人大范围搜索毫无所获，法庭本就对此有些束手无策，此时由于三造的死，或许感到些许如释重负吧。检察官不久就从山下小镇撤走了。警方也不知什么时候停止了搜索。湖畔村落又恢复了以往的寂静。

最倒霉的就是湖畔亭旅馆。那时候，有很多爱凑热闹的客人为了看浴室而入住。后来，有人说看到了长吉的鬼魂，也有人说听到了三造的说话声，于是以讹传讹，就连住在附近的人也对湖畔亭旅馆唯恐避之不及，到最后连一个客人也没有了。听说现在附近又建了一家旅馆，曾经远近闻名的湖畔亭旅馆已经衰败了。

各位读者，上面讲的故事就是人所共知的湖畔亭杀人案。A湖畔村民的传言，Y町警察署的档案，恐怕也不会超出我叙述的范围。尽管如此，我这个故事的关键部分，实际上还在后面呢。当然，我不会让诸位听得不耐烦。所谓关键部分的内容，其实只用二三十张稿纸就够了。

案子了结后，我和河野立刻离开了这家恐怖的旅馆。自案发以来关系变得十分亲密的二人，由于方向一样，所以乘坐同一趟列车离开。我当然是去T市，而河野则是打算在提前好几站的I车站下车。

我们两个人都提着大号皮箱。我提着那个藏着窥视镜的方皮箱，河野拿着很旧的那种长方形皮箱。两人还都穿着和服。我们就这样从湖畔亭旅馆出发，总觉得和那两个提皮箱的男人很像。

"不知那两个拿皮箱的男人怎么样了。"

联想到他们，我随口对河野说道。

"谁知道呢？大概是碰巧没有被村民看到，离开这个村子了吧。反正已经不需要再搜查那两个家伙了。他们跟这次案件没有任何关系。"

然后我们登上了上行列车，离开了给我留下诸多回忆的湖畔小镇。

三十

"啊，终于轻松啦。景色真美啊！为了那起案子，咱们都忘了欣赏这美景了。"眺望着窗外不断掠过的初夏风景，河野心情舒畅地说。

"你说得没错，简直是另一个世界啊。"

我随声附和道。不过，我内心对于本案如此出人意料的结局，总觉得有点儿不甘心。例如，为了证明凶手焚烧尸体这种异想天开的推测，便准备了所谓火葬场的气味这个证据；刚刚发现了凶手，人就变成了尸体；还有两个拿皮箱的男人（至少是皮箱本身）的下落根本找不到等，我越想越觉得哪里不对头。就拿眼前的事来说吧，此时坐在我对面的河野手里拿着的那个旧皮箱就值得怀疑。箱子里不过放了几本旧书、绘画工具，以及几件衣服，可是他为什么如此宝贝呢？每次打开后都要上锁，还把钥匙塞进口袋里。于是，我对河野的旧皮箱产生了怀疑。连带着，河野的态度也让我心生疑窦。

大概是看我的样子有点儿古怪吧，河野好像也警觉起来。更可笑的是，虽然他非常巧妙地装出若无其事的样子，但是我知道，他的目光（应该说是他的心思）似乎被放在头顶网架上的那只旧皮箱强有力地吸引着。

这的确是奇妙的变化。在湖畔亭旅馆的十几天里，在我被牵扯到杀人案之中的那段时间里，我不曾对他有过半点儿疑心，可是现在案件总算告破，坐在回程的火车上，我却突然感觉哪里不对劲。不过仔细想想，世间的怀疑大多产生于这种偶发的感觉吧。

那时候，如果河野的旧皮箱没有偶然从网架上掉下来，我这些似有若无的疑念或许会渐渐随风飘逝。然而在急转弯的时候，车身剧烈摇晃——对于河野来说，纯粹是可诅咒的意外。更不走运的是，河野的旧皮箱掉下来时，不知怎么搞的，偏偏没有锁好。

皮箱正好掉到了我的脚边，在我眼前打开，里面的神秘之物掉了出来。还有个东西骨碌骨碌地滚到了我的脚边。

各位读者，你们猜那箱子里的东西是什么？是被肢解的长吉的尸体吗？不是不是，那怎么可能！是足有几万日元的一大捆纸币。而滚到我脚边的东西，竟然是医生使用的玻璃注射器。

当时，河野惊慌极了，脸一下子变得通红，又马上变得惨白。他急忙捡起掉在地上的东西，将皮箱盖好，塞进自己的座位底下。我一直觉得河野这个人，是个非常理性的、有着钢铁般意志的人。可是他刚才怎么那么慌张呢？他在最紧要关头暴露了自己的弱点。

无论河野多么迅速地合上皮箱盖子，我也看到了皮箱里的东西。河野心里自然也明白。尽管如此，他的脸色很快恢复了正常，若无其事地继续谈论刚才的话题。

一大捆纸币和注射器。这些东西到底意味着什么呢？由于事出意外，我好一会儿没有说话，陷入了沉思。

三十一

即便河野带了很多钱，或者携带了与他身份不符的医疗器械，这些也不过是意外，不是什么必须怀疑的东西。话虽如此，不解开这个谜团，与他就此分手，我也觉得很遗憾。我苦苦思索，怎样才能将心里的巨大疑问说出来呢？

河野竭力装作泰然自若，至少给我的感觉是这样的。

"你没有忘记带走窥视镜吧。"

河野冷不丁地这么问道。虽说这不过是为了掩饰自己的狼狈、毫无意义的问话，但也不是不可以理解为"你不是也有窥视镜那个秘密吗？"这样带有威胁性的警告。

当我们陷入无言的对峙时，不知不觉间火车已经驶过了几十里山河，即将到达河野下车的那一站了。我竟然把这一站忘到了脑后，火车鸣响进站的汽笛时，我才意识到，一看河野，不知什么原因，他泰然自若地坐在座位上，没有要下车的意思。

"喂，你不是要在这里下车吗？"

其实，我也不希望他在这里下车，可一瞬间不由自主地这么问道。

河野不知怎么满面通红，辩解道：

"啊，已经到了？没关系。下站再下车吧。反正也来不及了。"

不用说，他是故意不下车的。这么一想，我不禁感到一丝恐怖。

距离下一站没有多远。转眼之间，火车就到站了。远远看到车站信号灯时，河野踌躇着对我提出了奇怪的请求：

"有件事，我想拜托你帮忙，能不能请你换乘下一趟车呢？在这站下车的话，距离下趟车到站，有三个小时的时间。在这三个小时里，我想和你说一些拜托你的事。"

对于河野突然提出的请求，我很惊愕，也有点儿害怕。可是看他的态度非常恳切，觉得不会有什么危险，加上无法按捺自己的好奇心，便同意了他的请求。

我们下车后，走进站前一家旅馆，对旅馆的人说，我们只是稍作休息，于是开了最里头的一个房间。隔壁房间里好像没有人，正适合谈私密的事情。

女佣送来了我们要的酒菜。等女佣离开后，河野非常难以启齿似的，迟迟不进入正题，向我不停劝酒来掩饰自己的难为情。终于，他痉挛似的抽动着苍白的面部肌肉，毅然决然地开口道：

"你看到我皮箱里的东西了吗？"

在他的盯视下，原本没有什么可心虚的我，想必脸色也变得煞白，只觉得自己心跳加快，腋下直淌冷汗。

"看到了。"

为了避免刺激他，我只能尽量压低声音，实话实说。

"你觉得奇怪吗？"

"是的。"

接下来是一阵沉默。

"你知道爱情这种感情的意义吗？"

"我想应该知道吧。"

这种对话，宛如学校里的口试或者法庭的审讯。换作平时，我早就憋不住笑出来了，因为我们就像决斗时那样，很严肃地进行如此滑稽的问答。

"那么，为了爱而犯下的过失，也有可能是一种犯罪吧？对于没有丝毫恶意的人所犯的这种过失，你能不能原谅呢？"

"或许会原谅吧。"

我用足以让对方放心的语气回答。因为即便在此时，我对河野也只有好感，没有任何反感。

"你难道跟那起案件有什么牵连吗？莫非是你扮演了最重要的角色？"

我壮着胆子问道。我相信自己的预感十有八九没有错。

"有这个可能。"河野充血的眼睛一眨不眨地盯着我,"如果是这样,你会报警吗?"

"我不会那么做的。"我当即答道,"那起案件已经尘埃落定,没有必要再找出新的牺牲品了。"

"那么,"河野多少放心了似的说道,"即便我犯了什么罪,你也会让此事秘而不宣吗?而且,你会将我皮箱里的东西忘掉吗?"

"咱们不是朋友吗?谁也不会愿意让自己喜欢的朋友成为罪犯吧?"

我竭力用轻松的语调表了态。实际上,这也是我的真实想法。

河野听了,好久没有说话,表情渐渐地难看起来,最后差一点儿哭出来,好不容易才这样开了口:

"我做了一件不可饶恕的事。我杀了人。起初这只是一时冲动做的事,没想到会酿成这样的大祸。我完全无法左右此事的发展趋势。怎么会引起这样严重的后果,我竟然连这点儿事都不懂得,真是个大笨蛋。因为我被爱蒙住了双眼,就像着了魔。"

河野也有如此脆弱的一面,让我太意外了。在湖畔亭旅馆时的河野,与此刻的他简直判若两人。奇怪的是,当我知道了河野的弱点后,反而对他比以前更有好感了。

"那么,人是你杀死的。"

我尽可能像聊天似的问道,以免刺痛对方。

"是的,等于是我杀的。"

"等于,是什么意思?"我不解地问道。

"就是说不是我亲手杀死的。"

我越来越不明白他的意思了。倘若不是他亲手杀的,那么出现在镜子里的手,到底是谁的呢?

"那是谁下的手呢?"

"没有人下手。那家伙是因自己的过失而死的。"

"你说是过失……"我猛然意识到自己犯了一个天大的错误,连忙问道,"啊,你说的是三造吧?"

"当然了。"

听他回答得这么肯定,我的脑子反而糊涂起来。

三十二

"你刚才指的是三造吗?"

"是啊,你以为是谁呀。"

"那还用问,当然是艺伎长吉了。这个案件中,除了长吉被杀外,还有其他人吗?"

"啊,对对,可也是啊。"

我吃惊得闭不上嘴,怔怔地瞧着河野那一反常态的表情。这到底是怎么回事?难道说这个案子,从根源上就搞错了?

"长吉根本没有死啊。连受伤都没有,她只是隐匿起来罢了。我只顾考虑自己的事,竟忘记把这么重要的事情告诉你了。其实死的人，只有三造。"

当初我看到窥视镜里的场景吓得魂不附体的时候，也不是没有想到过，以为那不过是什么人搞的一出恶作剧。但是，正如我前面说过的那样，由于各种情况干扰，根本就不允许我这样猜想。所以，一听到河野说得云淡风轻的这番话，我反而感到被愚弄了，一时间不愿意相信。

"是真的吗？"我半信半疑地反问道，"难道说，警方是为一个并没有被杀死的人大动干戈的吗？我完全被你搞糊涂了。"

"你说得没错。"河野非常歉疚地说，"由于我玩了一个无聊的诡计，原本不足挂齿的小事，竟然酿成了大祸，并且还夺去了一个人的性命。"

"请你从头说起好吗？"

我甚至不知该从哪里问起了，只好这样对他说道。

"你不问，我也会从头说起的。首先，我必须说一下我和长吉的亲密关系。其实她和我是青梅竹马。我这样一说，你应该明白了吧。我对她不能忘情，她去别的镇上工作以后，我们还经常幽会。可是，我太穷了（此时我不得不想起了他皮箱里的大量纸币），不能随心所欲地去找她。而且，我这个人喜欢到处走，有时候一年半载也见不到她一面。这次也是这样，好久没见了，听说她一年前换了雇主，来到了这个地方，却不知道她究竟在哪个镇上，用的什么艺名。直到案发前一天，我才知道长吉就是我的女友。按说在此之前，她也经常来湖畔亭旅馆，可不知什么原因，我一次也没有遇见过她。

"然而就在出事前一天,在旅馆走廊上和她擦肩而过时,我才发现了她,就悄悄地把她带到我的房间里。久别重逢,真是有说不完的话。那天说了些什么,今天时间有限,就不具体说了。当时,她突然哭起来,不停地说什么想去死,最后竟强迫我和她一起死。

"原本她就是个内向的女人,再加上有点儿歇斯底里,才会这样想吧。她从一开始就不愿意做艺伎,而且来到Y町以后,连一个要好的朋友都没有,还经常受到姐妹的欺负。更不顺心的是,她的雇主也很薄情。近来,那个叫松村的财主想为她赎身的事让她心烦意乱,是答应松村,还是双倍偿还雇主的借款——长吉陷入两难处境。考虑到她的悲苦境遇,特别是到现在她对我还念念不忘的这份情意,我想,只要我能够做到,就要牵着这个女人的手,一起逃往天涯海角。

"谁料想就在这个关头,突然发生了一件不知是幸还是不幸的事情。当然,即便发生了这个突发事件,但如果没有另外一个条件,也不会导致严重的后果。反正倒霉的事(其实也是很自私的)都凑到一块儿了。上面说的另外一个条件,其实就是你的窥视镜。这种装置,我以前就知道。这也是我的一个坏毛病,也可以说是窥探他人隐私的侦探癖吧,反正这个嗜好很强烈,所以我很早就知道你的那个装置,还趁你不在的时候,潜入你的房间里偷看过呢。"

"你等一等……"

我等不及地插嘴道。我实在没有耐心听他这冗长的坦白，因为总也得不到我想知道的关键问题。

"你刚才说长吉没有死，那更衣室里的大量血迹又是谁的呢？医科大学的博士不也证明是人血吗？"

"你先别着急嘛。不按照顺序讲下去的话，我的脑子也会混乱的。关于血的问题，我会马上说明。"

河野阻止了我的插话，继续他那冗长的坦白。

三十三

"因此，我知道人站在更衣室的穿衣镜的哪一边，身体的哪个部分会投射到窥视镜中。恰好那个时候，窥视镜变成了望远镜那样的装置，只有穿衣镜的中间部分被放得很大。恐怕你也是这样吧。在那种梦幻般的恐怖影像里，我体味到一种异样的魅力。不仅如此，我甚至这样想象，倘若在那如水底一样混浊不清的镜面上，出现一个血淋淋的场景该有多神奇啊。譬如一把闪着寒光的短刀，刺向女人肩头，瞬间鲜红的血流了下来。不言而喻，这不过是我的胡思乱想。如果没有刚才说的另一起突发事件，根本不会有我自导自演的这一幕。

"那天晚上，大概十点多钟，在杀人案发生之前，我已经睡下了。突然,长吉跑进了我的房间。她蜷缩在角落里,紧张地喊'快把我藏起来!快把我藏起来!',她脸色惨白,气喘吁吁的,肩膀一起一伏。因事出突然,我吓得呆若木鸡。不一会儿,走廊上传来急促的脚步声,一边还在问'长吉去哪儿了?',听声音像是拿皮箱的其中一个男子。

"那个人到处找长吉,但即使是女佣,也想不到长吉和我是情侣,所以没人知道她会跑到我的房间里。拿皮箱的男人最后只好作罢。我完全搞不清是怎么回事。长吉终于定下神来,从角落走出来。我立刻向她盘问了事情的经过。据长吉说,那天晚上,正好那个松村老爷也来宴席了,酒过三巡后,他说了些很过分的话,做了过分的事,因此长吉忍无可忍,离开了宴席,逃到了走廊上。经过拿皮箱的男人房间时,她看见拉门开着,屋里没有人,于是突然想起一件事。你也知道,长吉经常被那两个拿皮箱的男人叫去陪酒。有一次,她偶然发现皮箱里装着好多钱,看见里面有好几捆崭新的纸币,足有几万日元之多。你别急,正如你想的那样,我这个皮箱里的钱就是他们的。至于这些钱怎么会落到我手里,下面我就慢慢告诉你。

"长吉想起了皮箱里的那些钱,见周围没有人,便起了贪念。只要偷走其中的一两捆纸币,明天就可以给自己赎身,逃脱可恶的松村的魔掌。想到这里,加上那天松村那么粗暴地对待她,这些都让她昏了头。她立刻冲进房间,想把皮箱打开。但是皮箱上了锁,光凭女人的力气也不能打开它。她拼命地掀开箱盖的一角,从缝隙里伸进手指,终于从里面抽出了几十张纸币。可是她没有干过这种事,拿一捆纸币就花了好长时间。不知何时,皮箱的主人已经凶神恶煞地站在了她的身后。

"长吉因此不顾一切地逃进了我的房间。但是,让人不明白的是皮箱主人的态度。一般来说,如果找不到长吉,他们应该就会立即通过旅馆前台去查找。可是那晚没有一点儿动静。我看到长吉那么担心,还悄悄地进入拿皮箱男人的房间察看了一下。出乎意料的是,他们正急急忙忙地收拾行装准备离开。这也太不合情理了。可见他们一定有什么不可告人的秘密。说不定他们并非因为被长吉偷了钱而恼怒,而是害怕长吉知道箱子里的秘密。他们把长吉看到的大捆纸币装在皮箱里,提着到处走,的确很奇怪。说不定他们是大盗贼,要不然就是制造假币的。

"我回到房间一看,长吉已经哭得昏天黑地,她歇斯底里的病又发作了,开始叨叨什么'一起去死吧'。连我也受到了她的感染,觉得万念俱灰、无路可走,快要发疯了。这噩梦般的心情,促使我突然冒出一个无比可怕的念头。

"'既然你这么说,我就把你杀了吧。'我对她这样说着,把她带到了浴室。我窥探了一眼锅炉房,所幸三造不在。那个架子上放着他的短刀(我见过这把短刀,知道它放在那里),结果便上演了你已经知道的凶杀案。"

三十四

"即便是那样危急的时刻,我也想让你看看那无比刺激的美丽光景。说不定比起把长吉放跑,这才是我真正的目的。不过,我不知道你那时是不是在看窥视镜。如果你没在看,我这出专门为你进行的表演就没有任何价值了。因此,为了制造真实的证据,我事先在更衣室的木地板上洒了血。但是,这么做不过是我心血来潮,纯粹恶作剧性的突发奇想罢了。

"一次旅行时,有个朋友给了我一支注射器。我生性就对这类医疗器械有着强烈的喜好。我经常拿它当玩具玩,去哪儿都带着它。于是我用那支注射器,从我和长吉的胳膊上抽了满满一碗的鲜血,然后用海绵蘸上血涂在地板上。把恋人的血液和我的血液混在一起,这富有戏剧性的妙招让我兴奋极了。"

"可是,只不过一碗血,怎么会显得那么多呢?看上去足有一个人身体里的血那么多啊。"我忍不住插嘴道。

"窍门就在这里。"河野不无得意地回答。

"窍门就在于擦掉和涂抹开这两个做法的区别。因为谁也想不到有人会把流出的血涂抹开来。如果是擦掉的话,留下的痕迹的确相当于杀死一个人流的血。可是,假装是擦过后留下的痕迹,实际上尽量涂得到处都是,就连溅到柱子、墙上的血点儿,都非常仔细地伪装出来,余下的血就涂抹在短刀尖上,将它放进那个白铁皮箱里。不用说,当时我就把长吉放跑了。对她来说,这是背上小偷的污名还是获得自由的紧要关头，根本顾不上害怕。长吉趁着夜色，沿山路朝着与Y町相反的方向跑了。当然，我们预先商量好了碰头的地点。"

真相居然如此简单，我不禁感到有些失望。那么我的疑问就此彻底打消了吗？当然没有。如果那只是在演戏的话，就愈加令人费解了。

"那焚尸的气味又从哪儿来的呢？"我急切地问道，"还有，三造为什么会死于非命？为什么你说他的死是你的责任？我实在不明白。"

"我现在就告诉你。"河野声音低沉地继续说，"后来的情况，你差不多都知道了。幸亏拿皮箱的男人好像是有前科的罪犯。他们趁着夜色逃跑之后，尽管警方那样张网搜捕，还是不知去向，所以我的表演便越来越逼真了。人们认定长吉是受害人，拿皮箱的男人就是加害人，警察以及所有的人都深信不疑。可是，我作为该案的始作俑者，局面越是闹得沸沸扬扬，我就越是担心。事到如今也不能说那是恶作剧了。如果不坦白，万一哪天拿皮箱的男人被捕，难保不会弄清真相。因此，虽然长吉在约定的地方翘首以盼地等我，我还是不能去和她会合。在案件有眉目之前，我无论如何也不能离开湖畔亭旅馆。这十天来，我勉强装出一副满不在乎的样子，内心却受到地狱般的煎熬，这是局外人绝对无法想象的。

"我以业余侦探自居，和你一起搞了不少探案之事。可我无时无刻不在战战兢兢，不知自己的表演会从哪里露马脚。但是，当那天我们把窥视镜拆下来的时候,突然出现了一个新的人物。我有意对你隐瞒了那天晚上的奇怪人影,其实那人就是看澡堂的三造。他逃跑时把旅馆老板的钱包丢了——也不值得大惊小怪,因为我前面说过,这人有偷东西的毛病。问题是钱包里的五百日元钞票。旅馆老板说钱是他的,但是我总觉得他的表情不太正常。此人是出了名的贪财老头儿,所以他的话并不可信。因此,我认定三造与此案有关联,知道其中什么秘密,便开始对他进行跟踪和侦查。结果,我发现了一个令人吃惊的情况。"

三十五

"我发现三造把不知从哪儿捡来的那两个大皮箱,藏在了锅炉房的煤堆里。两个拿皮箱的男子,大概是害怕皮箱成为被人追踪的标志,将它们藏在山中,空着手跑掉了。也许被三造看到了,或是他后来去山里捡树枝时偶然发现的。总之,三造连钱带皮箱都偷走了。这样就可以解释那个钱包里的五百日元钞票了。但是,皮箱的主人纵然身处危急关头,也不可能毫不心疼地将那么多的钱轻易扔掉,这让我觉得颇为蹊跷。难道是假币吗?或者是打算日后再来取走,将它们暂时埋在一个不容易被人发现的地方?那个刮着大风的夜晚,拿着手电筒在森林里找东西的男人,说不定就是被他们支使来找箱子的同伙。

"案件越来越复杂，我完全没有想到这出不顾后果的恶作剧，竟会演变成如此大祸。四五天以前，警察开始大规模搜查皮箱的时候，三造对自己干的事也害怕起来。他想到必须把皮箱这件唯一的物证扔进锅炉里烧掉。趁着夜深人静，他把皮箱拆散，一块一块地烧掉。这是我亲眼窥见的，不过，我没有想到焚烧动物皮的气味会飘到湖对岸的村子去。不用说，那气味很像焚烧尸体的气味。我听说外国也发生过与此相似的事件。据说从乡下一户人家的烟囱里冒出滚滚黑烟，由于近似火葬场的气味，村里人议论纷纷，都认定是在焚烧尸体。结果一调查，简直是无稽之谈。原来这户人家把旧皮靴之类的扔进火炉里了。由于那家主人曾经被怀疑是某个杀人案件的嫌疑人，才引起了这场闹剧。

"但是，当时我并没有想到这一点，只觉得已经无路可走。我最担心的是，三造的这一愚蠢之举会不会导致事情败露。我为了尽可能地拖延时间，想办法逼着三造逃走。我暗示警方在怀疑他，想把他吓跑。三造虽是恶人，但毕竟比较傻，不但没有识破我的诡计，还对我说的'你偷了皮箱，肯定会被认定有杀人嫌疑'信以为真。加上那天村子里的警官正好来找我，三造慌忙把那些钞票用包袱皮包起来，逃往深山里的家乡。我为自己的计划顺利实现而窃喜，怀着护卫三造的心情跟在他后面。

"可是在途中，就是在那条栈道上，发生了意想不到的事。因为匆忙赶路，三造竟失足掉下悬崖摔死了。我急忙到悬崖下面去救他，可是已经救不活了。说实话，三造也是个可怜人，说他是个坏人，其实就和说他是个白痴一样，不是他自己可以左右的。正是我出于利己之心，敦促他逃跑，才让他意外地丢了性命，不然他可以活得长久一些。我觉得自己犯下了极大的罪过，不敢正视三造的尸体，便只是把装满纸币的包袱捡起来，打算返回旅馆去报告。

"可是，返回途中我突然想到一条妙计。虽说三造很可怜，可毕竟已经死了。如果能够把全部罪行都推到他身上，长吉就可以被看作已死之人，彻底解脱地过一辈子，而我也能品尝到梦寐以求的幸福。幸运的是，无论是短刀、手臂上的黑道，还是三造平日偷窃成瘾等，全都可以证明他有罪。于是，我打消了把三造的意外死亡告诉大家的念头，考虑起将罪行推给三造的说辞。此时，正好村里的警察来告知我火葬场气味一事。这样一来，万事俱备。在警察和你面前，我只需要陈述已想好的推理就可以了。

"那些纸币，大致一看很难断定是不是假币。如果是真币，我就一跃而成大富翁了。出于这样的贪心，真是丢人，最终我还是舍不得烧掉纸币，姑且藏到了皮箱最下面，结果这些钱被你看见了。就此和你分手的话，难保什么时候你会说出事情的真相，所以我想还是如实相告更安全，就让你跟我一起下车了。也就是说，这次案件根本没有一个可以叫作凶手的人。事件起始于长吉的歇斯底里和我耍的小把戏，加上多个偶然机缘，最终酿成了一桩看似非常血腥的大案子。"

河野叹了口气，结束了冗长的讲述。案件内幕太出人意料，让我好久没有说出话来。

"总而言之，我请你把这件事藏在心里，不要告诉任何人。如果事情败露，长吉被原来的雇主召回去的话，她就没有活路了，我也无颜面对世人。请你务必答应我的恳求，发誓不告诉任何人。"

"我明白了。"我受到河野这番倾诉的感染，伤感地答道，"我绝不会告诉别人的，你放心吧。你赶快去找长吉吧，也好让她放心，我祝福你们幸福美满。"

总之，我是怀着感动之心与河野道别的。我坐的车启动后，河野一直站在站台上，以充满感激的目光目送我离去。

自从那次分别以后，我再也没有见到过河野和长吉。虽然和河野通了两三封信，但他们的爱情结出了怎样的果实，不得而知。不过最近，我收到了河野一封罕见的长信。他先写了很多感谢我曾经对他的好意，然后告诉我恋人长吉已死的消息，他也因为参与朋友的事业，去了南洋的一个岛国。从信里的口气看，我感觉他可能再也不会回日本了。那么，现在将案件的真相披露出来也无妨。

各位读者，我的无聊故事终于讲完了。关于那一大捆纸币到底是真是假，最终也没有机会问河野。但我想，恐怕不是假币吧。

现在，只剩下一个重大的疑问。和河野分别以后，随着时间流逝，这个想解开疑问的念头变得越来越强烈，使我渐渐产生了难以形容的烦恼。如果我的推理正确，就等于无缘由地放走了不可饶恕的真凶。不过，现在还不是将此疑问公之于众的时候。因为河野还活着呢，而且他是为了国家去国外工作的。为了那个已死多年的傻三造，事到如今，有什么必要再去追究真相、增添新的牺牲者呢？

鬼

江 户 川 乱 步 诡 计 篇

断臂

　　事情发生在那一年的夏天，侦探小说家殿村昌一回故乡长野县S村省亲期间。

　　S村四面环山，生计几乎全靠梯田，是个十分荒寂的寒冷村落，但那里的阴沉空气却令侦探小说家很中意。

　　与平原相比，山里的白天要短一半。清晨雾气弥漫，待到晌午才可见稀薄阳光洒下，转眼间太阳已落山。

　　在呈锯齿形分布的梯田间隙，有着无论多么勤劳的农民都无法开垦的老林，千年巨木张牙舞爪地伸出黑黝黝的触手。

　　在层层梯田形成的土沟中，有两根与这座古老山村毫不搭调的钢铁轨道，犹如奇形怪状的大蛇一般蜿蜒横卧。每天都有八趟列车伴随着地动山摇，从这条铁道上驶过。黑色的蒸汽机车费力地爬上陡坡时，噗、噗、噗地喷吐出浓浓的黑烟。

　　山间的夏天早已过去，清晨时分已有些入秋的凉意。他必须回京城去了。又要短暂告别这阴郁的大山、森林、梯田和铁路了。年轻的侦探小说家漫步在两个多月来早已熟悉的乡间小路上，一边走一边依依不舍地望着四周的一草一木。

　　"老兄又要孤独了。你什么时候回去？"

一起散步的大宅幸吉在身后说道。幸吉是这个村庄首富大宅村长的儿子。

"明后天吧,反正待不了几天了。虽然没有人等我回去,但还有工作嘛。"

殿村一边用山竹拐杖随意扒拉着被朝露打湿的杂草,一边回答。

小道沿着铁轨路基的斜坡,穿过梯田边缘和幽暗森林,一直延伸到远在村外隧道旁的看守人小屋。

那是从五里外的繁华高原城市 N 市出发的火车,驶入山地时通过的第一条隧道。由此开始,火车渐渐进入深山,后面还有连续几个隧道口等待着它。

殿村和大宅经常散步到那个隧道口,和看守人小屋里的仁兵卫大爷聊聊天,再朝着黑暗的隧道深处走个十一二米,喊上两嗓子,然后溜达回村。

看守人小屋里的仁兵卫大爷,这二十多年来没换过工作,听说过也见识过各式各样吓人的铁路事故。比如蒸汽机车的大车轮上粘着被轧死者血肉模糊的肉片,洗都洗不掉;被列车碾过的人体七零八碎,分离的手脚都在痛苦地抽搐;还有人在望不到头的隧道里,遭遇了被轧死者的怨灵等,老爷子肚子里积攒了无数令人咋舌的铁道奇谈。

"听说你昨晚去 N 市了。回来得很晚吗?"

不知为何,殿村的发问似乎有些顾虑。小路钻进了稍显昏暗的森林里。

"嗯，有点儿……"

大宅像被触到痛点似的打了个寒噤，仍努力佯装平静。

"十二点之前，我一直听你母亲唠叨个不停。你母亲很担心你呢。"

"嗯，没有汽车了。我是走着回来的。"

大宅辩解似的答道。

连通 N 市和 S 村之间仅有一辆破旧的公共汽车，一过晚上十点，司机就回家了。即使名为 N 市，也不过是个山区小城市，能租用的小汽车只有四五辆，如果全都出车，确实就没有其他交通工具了。

"怪不得看你气色不太好啊。缺睡眠吧？"

"嗯，有点儿，倒也没么严重啊。"

大宅一边用手掌搓着苍白的脸颊一边笑道，像是在掩饰自己的难为情。

殿村对大宅的事略知一二。大宅很讨厌那个与他定了亲的同村大财主家的千金，一直在和住在 N 市的地下情人幽会。用大宅母亲的话来说，那个情人就是个"不知从哪儿来的，流浪汉的臭丫头"。

"还是别让你母亲太担心了。"

殿村生怕让对方觉得没面子，小心翼翼地道出一句稍带忠告意味的话来，权作临别赠言了。

177

"嗯，我知道。你就别管了。我自己的事情自己解决。"

大宅回答得很冲，语气有些不快，殿村就闭口不言了。

二人在昏暗潮湿的森林里默默前行。

由于时而能够瞥见铁轨，这一带不算是茫茫林海，但铁路另一头延伸至深不可测的群山之中，林立的参天大树都是一两个人才能环抱的老树，因此给人感觉就像踏入了大森林。

"喂，等一下！"

突然，走在前面的殿村猛地喊了一嗓子，叫住了大宅，声音里透着惊恐。

"有不好的东西。往回走、快往回走。"

殿村恐惧万分，即使林子里很暗，也能看到他的脸色变得惨白。

"怎么了？有什么东西啊？"

大宅也被他的样子吓到，慌慌张张地问道。

"那个，快看那个。"

殿村一边准备逃跑，一边指着前面十几米远的大树根部。

猛然看去，在那粗壮树干的后面，有一只从没有见过的可怕怪物正在窥视他们。

是狼？不会的，即便是小山村，也不会有狼出没。肯定是山里的野狗。但是，它的嘴巴是怎么回事？从嘴唇、舌头，到雪白的獠牙，都沾着鲜红的血，亮晶晶的。全身的棕色毛皮上也有黑黢黢的血点儿，面部仿佛是只沾满血污的小宠物狗，闪着鬼火似的圆眼珠正一动不动地盯着他们这边。鲜血顺着它的下巴还在滴滴答答地掉落。

"这是山里的野狗。肯定是吃了鼹鼠什么的。咱们还是别跑了，跑反而更危险。"

大宅毕竟是山里人，看来对山里的野狗比较了解。

"去、去、去。"

他一边呵斥驱赶，一边朝着怪物走了过去。

"嘿。我知道这家伙。它总在这附近转悠，挺温顺的。"

那家伙好像也认识大宅，过了一会儿，浑身是血的山中野狗磨磨蹭蹭地从树后走出来，在他脚上闻了一会儿，就跑回森林深处了。

"可是，你说怪不怪，它不就吃了只鼹鼠什么的吗，怎么弄得全身是血啊？好奇怪。"

殿村还是铁青着脸。

"哈哈哈，你胆子真小啊。这种地方怎么会有吃人的猛兽啊？"

大宅笑他想多了，但很快就发现事情根本没那么简单。

从森林出来后，他们走在一条杂草丛生的羊肠小道上，这时草丛中又冒出了一条浑身是血的大狗，不知是不是被人吓到，眨眼间就逃走了。

"喂，这家伙和刚才那条野狗的毛色不同啊。这个村子的狗怎么全都在吃鼹鼠啊，真稀奇。"

殿村扒开大狗出来的草丛，想看看里面是不是躺着什么大个头动物的尸体，他战战兢兢地来回找了半天，并没发现能被猛犬视为美餐的东西。

"我觉得挺可怕的。咱们回去吧。"

"嗯，你看那边。又来了一只。"

果然，从对面一百米开外的杂草丛中，又有一只不同毛色的家伙沿着铁轨斜坡走了过来。它在草丛里忽隐忽现的，看不到全身，像是一头巨大的动物，又像是除狗之外的其他生物，真是诡异。

小路早已远离村落，身处这四外无人的山里，狭窄草地两边的森林黑压压的，刀刃般反着光的两条铁轨直通远处的隧道入口，所有一切都昏暗而寂静，仿如梦中之景。此时，随着沙沙声，从那片草丛中窜出来一只妖犬，朝这边走过来。

"喂，你瞧，那家伙好像叼着什么呢，带血的白色东西。"

"嗯，是叼着呢。是什么啊？"

他们停住脚步，定睛望去，随着那狗逐渐走近，叼着的东西也渐渐清晰起来。

好像是根白萝卜。但如果是白萝卜，颜色又不太对。那东西像铅一样青白，说不上来是什么颜色。前端还有几个分叉。有长着五根手指的白萝卜吗？原来是手！是人的断臂！是一条垂死挣扎般五指弯曲的、铅色的断臂。从肘关节被咬断，断面还挂着红色棉絮似的肉块。

"啊，你个畜生！"

大宅大喊，捡起小石块猛地砸了过去。

那只食人犬发出"汪汪"的哀嚎，箭一般逃窜而去。看来被石块打中了。

无脸尸

"还真是死人。是人的手臂。从手指形状来看，好像是个年轻女子啊。"

大宅走近妖犬逃跑时丢下的物体，一边心惊肉跳地窥视，一边这样判断。

"是不是谁家的女儿被咬死了？还是饿极了的野狗把坟给刨了？"

"不会，这个村子里最近应该没有年轻女子死掉，而且山里的野狗也不可能把活人咬死。这也太离谱了，看来，殿村，果然如你所说，这事有点儿奇怪啊！"

就连大宅也大惊失色。

"你瞧它，如果只是吃只鼹鼠什么的，不可能弄得浑身是血呀。"

"反正先查看一下吧。既然有一只胳膊，就说明那胳膊断掉之前的身体肯定在附近。走，咱们去看看。"

二人高度紧张，俨然自己是某部侦探小说中的人物，急忙朝着妖犬刚才过来的方向走去。

漆黑的隧道入口好似怪物的血盆大口，逐渐变大，越来越近了。能看见仁兵卫大爷正在看守人小屋里干着编织副业。

　　再一看，距离那间看守人小屋不到五十米远的地方，在靠近铁轨路基坡面的一片深色草丛中，有三根或黑或白的牛蒡模样的东西不停地晃来晃去。这幅离奇景象无法用语言形容，不久他们发现，虽然看不到草丛里的身体，那三根牛蒡，原来是专注于美餐的三条狗的尾巴。

　　"就是那边。那边可能有什么东西。"

　　大宅照着刚才的样子，先扔了两三个小石头过去，三只狗便从草丛中齐刷刷地抬起头来，六只吃红了的眼睛瞪着二人。从它们龇着獠牙的血红大口里，有液体滴滴答答地落下来。

　　"畜生！畜生！"

　　二人被这情景吓了一哆嗦，又捡起小石头朝野狗投掷过去。几只狗害怕石子，很不舍地逃之夭夭了。

　　二人急忙跑过去，分开草丛一瞧，在草根湿漉漉的地上，躺着一个鲜红的人形东西，黑发凌乱，鲜艳的铭仙和服前襟敞开着。

　　眼前之物已被六只大狗啃食过，所以才变成这副惨状。看起来刚死不久，肋骨暴露，内脏被拽出，面容成了无法识别的红色秃头，小茶杯大小的滚圆眼珠瞪着虚空。

　　殿村和大宅自生下来起，就从没见过这么荒唐、不可名状、恐怖至极的景象。

　　从没有被犬牙啃过的皮肤来看，死者体态丰腴，不像是有病的人。除了刚才那条狗叼来的一只手臂外，躯干和其余肢体都还在，所以也不像是被轧死的。难道是六只野狗把一个健康的女人咬死了？不对，这也不可能。如果一个人被活活咬死，再怎么说，旁边看守人小屋里的仁兵卫大爷，也不会听不到那个动静。他听到惨叫后不可能不赶来施救。

"你怎么看？那些狗并没有咬死一个活着的女人，而是在分食一具已被杀死的尸骸吧？"大宅幸吉沉思良久，才开口说道。

"当然是这样。我也想这么说呢。"青年侦探作家答道。

"所以说……"

"所以说，这是一件可怕的杀人案啊！有人把这个女人杀了，比如下毒或者掐死等，然后搬到这个人迹罕至的地方，偷偷弃尸在草丛里。"

"嗯，只能这么想了。"

"看她的穿着像是乡下人，估计是这附近的女人吧。这个村子连车站都没有，不可能有旅人迷路到此。你对这个女人有印象吗？我觉得大概是住在S村的人。"殿村问道。

"这也没法看啊，没有脸也没有其他可以判断，已经变成一个红色的肉团了。"

大宅这话没错，虽然有脑袋，却是个既没有面部也没有可辨认之物的红秃头。

"我是问你和服和腰带什么的。"

"嗯，我对那些东西也没什么印象。我可从来不注意女人的衣服什么的。"

"这样的话,还是先问问仁兵卫大爷吧。老爷子离得这么近,看来完全没注意到呢。"

二人便跑到隧道入口的看守人小屋,喊出举旗的仁兵卫,带他来到现场。

"哇,这可不得了!怎么这么残忍……"

大爷一看到血红的尸骸,就被吓得丢了魂,惊叫起来。

"这个女人在被狗啃食之前已经被杀死。凶手把她弄到这里扔下就走了。你回想一下,有没有发生过什么特别的事?"

大宅问道,大爷便歪着头思考起来。

"我啥也不知道啊。知道的话,肯定不能让那些山里的野狗吃啊。哎呀,小少爷,这一定是昨天夜里发生的事。要说为啥,我昨天在这附近走了好几个来回呢。傍晚丢了点儿东西,对了,我正好在这里来回找过,如果有这么大一具尸体,我不可能发现不了。这一定是昨天半夜里发生的事。"

他斩钉截铁地说道。

"有道理。纵然是荒郊野岭,那么多只狗聚在这里,你不可能一整天都察觉不到。不过,大爷,你对这身和服有印象吗?我觉得可能是村里的姑娘。"

"这个嘛,要说穿着这种柔软布料的女孩,村子里只有四五个……哦,对了,问问我家阿花吧。她是年轻人,肯定会注意同龄女孩的和服,会有印象的。喂,阿花啊……"

听到大爷的吼声，他女儿阿花很快从看守人小屋里跑了出来，说道：

"什么事啊，爸爸？"

她一看到草丛里的尸骸，就尖叫着想往回跑，被她父亲一把拽住，只好胆战心惊地窥向和服下摆，立刻认出了衣服的主人。

"哎呀，这个图案是山北鹤子小姐的啊。村里有这个图案的和服的，除了鹤子小姐以外没有别人了。"

听了这个，大宅幸吉的脸色唰地变了。这也情有可原。这位山北鹤子，就是那个被大宅厌恶至极的与他定亲的女孩。恰好在他们因结婚之事闹得不可开交的节骨眼上，鹤子居然惨遭毒手。

"你没有看错吧，想好了再说。"

经仁兵卫大爷提醒后，女孩逐渐胆大起来，仔细瞧了瞧尸骸的全身后，还是肯定地说：

"是鹤子小姐没错。这腰带我也记得，掉落在那里的镶嵌着彩石的发卡，也只有鹤子小姐才有。"

不在场证明

由于阿花的证言，人们知道了这具惨不忍睹的尸体是财主山北家的千金。传信人即刻奔向山北家，骑自行车的人飞快地前往派出所，警察署的电话铃声此起彼伏，家家户户都有人神情紧张地赶到

185

现场。过了不久，坐满办案人员的警车从总署赶过来，一时人心惶惶，乱成一锅粥。

　　警方对案发现场进行了缜密勘查，尸体被运送到 N 市的医院解剖。为了向相关人员调查取证，作为临时措施，警方破例借用了村里小学的接待室，鹤子的父母山北夫妇、家里的用人、发现尸体的大宅和殿村、仁兵卫大爷和他女儿阿花等人，被依次叫进去接受讯问。

　　虽然讯问花费了相当长的时间，但是除了被害人鹤子的母亲提供的一封信以外，没有其他有用的线索。

　　"我在女儿书桌抽屉中的信件里发现了这个，放在其余信件的最上面，像是放进去不久，肯定是她出门前刚刚收到的，是男人叫她出去见面的书信。"

　　母亲说完，拿出一封没贴邮票的信来。

　　"是差人拿来的吧。是谁把这封信交给您女儿的呢？您问过用人们了吗？"

　　检察官国枝轻声细语地问道。

　　"是的，关于这个都一一问遍了，奇怪的是，大家都说不知道。也没准是我女儿出门时，那人直接交给她的。"

　　"嗯，很有可能。不过，你觉得这封信会是谁写的？"

　　"不知道，这话从父母嘴里说出来可能有点儿不应该，不过我闺女绝不会做出那种下贱事。写这封信的男人，也绝不是旧相识，我觉得孩子很可能被他的花言巧语给迷惑了。"

但那封所谓花言巧语的约会信，不过是下面几行极为简单的句子而已。

> 今晚七点，在神社的石灯笼旁等你。
> 请务必前来。不能告诉任何人。
> 有非常非常重要的事跟你说。
>   K

"你对这个字迹有什么印象吗？"

"什么印象也没有。"

"听说鹤子小姐和大宅村长的儿子幸吉定了亲，对吧。"

国枝检察官总有些在意这一点。他觉得这个写信人 K 和幸吉日语读音的第一个字母一致，而且如果是订婚对象写来的信，女孩马上去赴约也不奇怪。

"是的，我们也觉得可能是这样，所以一开始就问了阿幸。但他说：'我不可能邀她赴约。因为那时候我去 N 市了……最重要的是，伯母您也知道，我写不出这么难看的字。再说，如果我想见鹤子小姐，不必大费周章地写信相邀，定会直接上门去请她。'所以我想，这封信大概是哪个坏人故意伪造成阿幸写的，为了把鹤子骗出去。"

检察官和被害人母亲之间的问答没有任何进展。国枝感到，有必要将最早审问过的大宅幸吉再次叫进调查室。坐在一旁的警察署长等人也表示同意。

　　大宅幸吉看了那封蹊跷的约会信后，给出了和刚才鹤子母亲所说的大致相同的回答。

　　"你昨晚去N市了吧。这确实是很确凿的不在场证明。你去N市是为了拜访什么人吧？我们并不是怀疑你，只是案情比较重大，所以必须按程序问些问题。"

　　检察官不经意地问道。

　　"没有拜访什么人。也没和谁说过话。"

　　"那么，你是去买东西了？那样的话，那家店的店长或者店员应该记得你吧。"

　　"没有，我也不是去买东西，只是想去城里转转，就在N市的本町大道上闲逛了一会儿便回家了。要说买了什么东西，也就是在路过的香烟店买了包蝙蝠烟[1]。"

　　"哦，那烟可不好抽。"

　　国枝用怀疑的眼光直勾勾地盯着对方的脸，思忖了一会儿后，突然想起来似的高声说道：

　　"那倒是无所谓。你坐了往返N市的公交车吧。司机肯定认识你的脸。只要问问那个司机就好了。"

1　指金蝙蝠（Golden Bat）牌香烟。

听检察官的语气仿佛心里的石头落了地，出乎意外的是，幸吉脸上顿时露出狼狈之色，脸色苍白，连话都说不出来了。

检察官的唇角浮上一抹狡黠的微笑，以穿透对方心脏般锐利的目光，观察着幸吉的表情。

"这是偶然，可怕的偶然。"

幸吉嘟囔着令人费解的话，求救似的望向站在国枝检察官后面的人物。

幸吉的好友——侦探小说家殿村昌一静静地伫立着，脸上浮现出怜悯的神情。他之所以出现在这间讯问室，并且站在审问官这边，是因为昌一和国枝检察官是高中同学，现在也是有书信往来的朋友。作者为了不影响故事的进度，故意省略了这两人偶然邂逅的场景。

因为这层关系，检察官在审问时就方便快捷了许多；而对于侦探作家殿村来说，这也是一次参观审案现场的好机会。他作为案件的证人，也接受了检察官朋友形式上的审问，但结束后并未离席，而是在众人的默许下留了下来。

然而，刚才大宅幸吉在被问到往返N市的汽车时变了脸色，还嘀咕着一些奇怪的话。殿村听见，蓦然想到一个问题。他大致猜到了幸吉痛苦的缘由。昨晚他肯定去见了住在N市的恋人。幸吉为了掩盖这件事，甚至做好了牺牲不在场证明的准备。

"你不会是没坐公交车吧？"

国枝因对方的踌躇之态起了疑心，用稍显讥讽的口吻催促道。

"可是，我的确没有坐车。"

幸吉好不容易才这样回答道，不知为何满面通红。原本苍白的脸突然泛起潮红，把人们吓了一跳。

"听起来好像我在撒谎，但这是真的。很偶然地，我碰巧昨晚没坐上公交车。去村公交站时，刚好前往 N 市的最后一班车已经出发，又没有其他的车，我就走着过去了。坐车绕远，步行抄近道的话，只有六千米左右的路程。"

"你刚才说去 N 市没有任何目的，只是为了在热闹的小镇上散散步。如果没有任何目的，哪怕只有六千米，又何必特意走路去 N 市呢？"

检察官的追问越来越尖锐了。

"是的，因为对于我们乡下人来说，走这点儿路算不了什么。村里人有事要去 N 市，也会为了节省车费而步行的。"

问题是，幸吉是村长的公子，而且看起来身体也没健壮得走几千米都不在话下。

"那回程呢？你不会是往返都走路吧？"

"回来也是走路。因为太晚了没有公交车，本想打出租车，不巧全都出车了，就干脆走了回来。"

关于这件事情，在早上发现鹤子的尸体之前，已经通过幸吉和殿村的对话告知读者了。

"嗯，这么说来，你的不在场证明就彻底没有了，对吧。就是说，在实施犯罪的当晚，你不在这个 S 村的证据，一个也没有嘛。"

检察官的态度眼看着变得冰冷起来。

"就连我自己也觉得奇怪。至少在往返的路上遇到个熟人就好了，偏偏就没有遇到。"幸吉像是在感叹自己倒霉，"但是，哪怕没有不在场证明，也不能因为那封伪造信，就把嫌疑扣到我头上吧。哈哈哈哈……"

他显得有些惊慌不安，故作欢笑。

"你说这是伪造的信，可是没有任何证据显示这信是假的。"

检察官很冷淡地断然说道。

"虽说和你的字迹不像，但你也可以故意改变字体写出来啊。"

"太好笑了。我为什么非要改变字体呢？"

"我没有说你改变了字体，只是说也可以改变……好了。你先回去吧。但是，回到家后尽量不要外出，因为还可能再找你问话。"

幸吉走了以后，国枝先生和警察署长交头接耳了几句，不久，一个便衣警察收到署长命令，不知去了哪里。

稻草人偶

"殿村，今天差不多告一段落了。办案和小说不一样，没太大意思吧。"

闲下来的国枝检察官，把曾经的校友侦探小说家叫到走廊里说道。

"告一段落？你说这话是不是要赶我走啊？哪里告一段落了，这才刚刚开始嘛。"

"哈哈哈，我不是这个意思，但是今天已经没什么可查的了。明天就能知道解剖结果，一切都要等到那之后。我在N市订了间旅店，这两三天就从那里来村子。"

"你好热心啊。对每起案子都是这样吗？剩下的交给署长就行了嘛。"

"嗯，不过这起案子挺有意思的。我准备稍微跟进一下。"

"你好像在怀疑大宅……"

殿村为了朋友，试探了一下检察官的想法。

"没有，我并不是怀疑他。这种事情如果靠先入为主来下结论，正如你总是在小说里写的那样，是非常危险的。要说怀疑，我怀疑所有的人，可能连你也怀疑。"

检察官开玩笑似的说道，拍了拍殿村的肩膀。

"你现在如果没什么事的话，我想给你看样东西。咱们一起散散步，去隧道旁边的看守人小屋吧。"

殿村不理会对方的玩笑话，说出了早就想说的话。

"仁兵卫大爷的看守人小屋吗？那里有什么可看的？"

"有个稻草人偶。"

"你说什么？"

国枝吓了一跳，望着殿村一本正经的脸。

"在勘查现场时,我跟你提过,但是你没听进去,还说稻草人偶什么的待会儿再说。"

"是这样吗?我一点儿也不记得了,那么,那个稻草人偶有什么问题吗?"

"哎呀,别问那么多了,先去看看再说吧,说不定能成为解决这起案子的关键呢。"

国枝本来不想理会这个荒唐无稽的请求,但也没有理由拒绝殿村的热情提议,就一边嘟囔着"小说家就是这样",一边跟着殿村出了小学校门。

到了看守人小屋后,刚刚从小学调查室回到家中的仁兵卫父女俩以为又要接受调查,惴惴不安地把二人迎进屋里。

"大叔,我们想看看刚才那个稻草人偶。"

殿村这么一说,仁兵卫大爷表情奇怪地说着"哦哦,那个啊",把他们带进了后面的储物小屋。

仁兵卫咔嗒咔嗒地打开门板后,只见在堆满劈柴和木炭的昏暗储物架的角落里,一个一人多高的稻草人偶威风地立着。

"我当是什么呢,不就是个稻草人嘛。"

国枝先生失望地说道。

"不是,这不是一般的稻草人。上哪儿去找这么好看的稻草人啊。还挺重的呢,这是诅咒人偶哦。"

殿村仍然神情严肃地说道。

"那么,这个稻草人偶和这次的杀人案有什么关联呢?"

"要说有什么关联，我也不知道。不过肯定不是毫无关联的……大爷，您能把发现这个人偶时的情况，再跟这个人说一遍吗？"

于是，仁兵卫大爷就稍稍弓着身子，向国枝检察官讲了起来。

"正好是五天前的早上，我有事要去村里，路过那个大拐弯……就是发现鹤子小姐的尸体的铁轨弯道那里，我们叫'大拐弯'。我经过那里时，看到铁轨旁边的草地上，躺着这个稻草人偶。"

"正好在鹤子小姐的尸体附近是吧？"

殿村插嘴道。

"是的，但是鹤子小姐的尸体是在靠近铁轨斜坡的下面，而这个人偶是躺在距离铁轨一百米外的草地里。"

"胸膛插了刀吧？"

"对，就是这里。在稻草人偶的胸膛位置，插着这样一把小刀。"

大爷走进小屋，将稻草人偶抱了出来。果然，胸部附近的稻草被扎得一塌糊涂，中央插着一把白鞘[1]小短刀，以挖出心脏的形态戳在那里。

"这是诅咒人偶……恰巧就在杀人案发生的四天前，被扔在杀人现场附近，这难道没有什么特殊含义吗？"

---

1 多以天然干燥而成的朴木为材料制成的刀鞘，用于长期保存刀身。

"嗯，有道理。"

国枝也不能无视这两件杀人案（人偶和真人）之间不可思议的一致性。甚至可以说，胸膛被挖的稻草人偶的尸骸，更给人一种诡异到不可言说、令人汗毛倒竖的感觉。

"然后你干什么了？"

"我以为是村里孩子们的恶作剧，就没放在心上，打算当柴火烧，就扔到这间小屋里了。我忘了把短刀拔出来，就那么放着了。"

"那，这个稻草人偶的事情，你没有和任何人说过吧？"

"是的，我也没想到这玩意儿会成了这个案子的预兆。啊，对了对了，只有一个人见过这个。不是别人，就是山北鹤子小姐。刚好在我捡到人偶的第二天，那位小姐突然来看守人小屋玩，我女儿对她说了人偶的事，她说想要看看，女儿就打开这间小屋给她瞧了一眼。这可真是有缘啊。小姐万万想不到，自己竟然和这个人偶遭遇同样的厄运啊。"

"哦，鹤子小姐，来你家……她经常来玩吗？"

"不是，不怎么来。那天她说要给我闺女阿花什么东西，就拿着过来了，距离上次来，过了好久了。"

问了几句之后，国枝先生说待会儿让警官来取人偶，要大爷妥善保管好，就离开了看守人小屋。

"很偶然的巧合啊。恐怕就像大爷说的，肯定是村里小孩子的恶作剧。凶手在实际杀人之前，先用稻草人偶做试验本来就很好笑，还把人偶扔在同一个地点，实在是蠢到家了。"实干家国枝检

195

察官，对于侦探小说家喜欢故弄玄虚不能苟同。

"你这么想的话，它看起来是和此案风马牛不相及。但是，也不能断定就没有其他的思路。我感觉有点儿眉目了，尤其是鹤子小姐特意来看稻草人偶这一点，非常有意思。"

"不会是特意来看的吧？"

"有可能是特意来看的。从大爷的语气判断，鹤子小姐没什么特别的事，来找阿花的真正目的，没准就是来看这个稻草人偶。"

"你胡乱想些什么呀？破案可不像变魔术哦。"

国枝检察官对殿村的臆想一笑置之。这到底是不是臆想？后面就会揭晓。

恐怖的陷阱

第二天，国枝检察官和警察署长一同来到了小学里的临时搜查总部。当他们走进那间调查室时，得知靠着刑警们的彻夜奔波，已经找到了十分重要的物证。

案情由于该物证的发现而急转直下，完结得似乎有点儿不够尽兴。令人生畏的杀人犯得以确定，是因为出现了确凿的证据。

不久，大宅幸吉被叫到了调查室的桌子前，和昨天一样，与国枝检察官面对面坐着。

"请你说实话。你那天根本没有去N市吧？即便你去了，七点之前也回到了村里，然后一直待在村里的什么地方吧。你说那天晚上回到家是十二点左右，那之前你是不是待在某个神社院内或森林之类的地方？"

国枝检察官和昨天截然不同，以深信不疑的态度开始了沉着冷静的审问。

"您问多少次也一样。我是从N市一直走回家的，不可能在神社或森林里停留。"

幸吉坦然答道，但苍白的脸色没能掩盖内心的忧愁。他已经意识到检察官手里掌握的物证。为了解释那件如山的铁证，他绞尽了脑汁。

"啊，有件事需要让你知道一下。"检察官选择了另辟蹊径的切入口。"鹤子小姐的死因是被一把细长的刀具刺入心脏。估计是一把短刀。这是刚刚得到的解剖结果。简而言之，这是起血腥的罪案，被害人因失血过多而死。据此，我们理所当然地认为，在加害者的衣服上可能附着血痕。"

"是……是吗？果然是他杀吗？"

幸吉绝望地喃喃道。

"如果加害者的衣服等物品上有血痕，他会怎样处理掉呢？如果是你，会怎么做？"

"不要问了。"

幸吉像疯子般突如其来地大叫了一声。

"请别用这种方式问我了。我都知道。我看见刑警从我房间的地板下面爬出来之后就走了。我真的什么也不记得,大概他们在地板下面发现了什么东西吧?请告诉我是什么。请让我看看吧。"

"哈哈哈,你可真会演戏啊。你说不知道藏在你房间地板下面的东西是什么。好吧。给你看看。就是这个。我们已经调查过了,这就是你常穿的单和服。你说说这血痕是怎么回事?你敢说这不是鹤子小姐的血吗?"

检察官威严地说道,随后从桌子下面取出一件皱皱巴巴的单和服,伸到了幸吉眼前。只见衣服袖子和下摆上都是斑斑点点的黑色血痕。

"我什么都不知道。这东西为什么会在我房间的地板下面。衣服是我的,但我完全不知道血痕是怎么回事。"

幸吉像是一头走投无路的野兽,满眼血丝,情绪激动地喊道。

"说不记得可不顶用哦,"检察官冷静地说道,"首先是署名K的邀请信,其次是匪夷所思的不在场证明,最后是这件衣服。你不是一件反证都没能提出来吗?证据这么齐全,又无辩解,按说就可以定罪了。我只能把你作为杀害山北鹤子的嫌疑人拘捕了。"

检察官说完,署长使了个眼色,两位警官立刻走到幸吉两侧,一左一右抓住了他的胳膊。

"请等一下。"

幸吉露出让人后背发凉的狰狞表情声嘶力竭地叫道:

"请等一下。你们搜集的证据都不过是偶然的巧合。怎么能因为这些巧合,就诬陷我杀人呢。首先,我没有犯罪动机。我为什么非要杀害一个和我无冤无仇,而且定了亲的少女呢?"

"你说没有动机?别太狂妄了。"署长忍不住吼道,"你不是有个情妇吗?因为不想和她分手,才把被催逼的婚期一拖再拖,不是吗?但是眼下已经到了不能再延期的关头了。由于你家和山北家的复杂关系,结亲已经一天也不能延后了。如果这个婚最终结不成,不用说山北家了,你家在村子里也将抬不起头来。你被逼到了悬崖边,于是就产生了只要除掉鹤子小姐,就万事大吉的疯狂念头。这还说没有动机吗?我们已经全都查清楚了。"

"啊,这是陷阱!我掉进可怕的陷阱里了。"

幸吉突然不再反驳,半疯癫地浑身扭动起来。

"阿幸,你振作一点儿。你肯定是忘了。已经到了这个地步,你就说实话吧。快点儿,你不是有确凿的不在场证明吗?让住在N市的女人给你证明不就好了吗?"

殿村昌一从众人后面跳出来喊道。他不忍心看朋友受苦。

"对呀。检察官先生,请调查一下N市×町×番地。那里住着我的恋人。我在案发之夜,一直在她那里。我说去散步什么的都是谎言。她名叫绢川雪子。请问一下雪子吧。"

幸吉终究无法隐瞒地下情人的名字了。

"哈哈哈……你在说些什么,你的情妇的证言怎能算数。那个女人没准是你的同谋呢。"

署长付之一笑。

"好吧,要拿到那个女人的证言易如反掌。既然你说得这么肯

199

定，我就用警方专线打电话给总署，命他们紧急调查一下，尽快回复如何？"

在国枝的安排下，警方决定先去询问一下这个叫雪子的女人。毕竟雪子也属于早晚要调查一下的人物。

度过漫长的一个小时后，派出所收到了回复电话，一名刑警专程来报告：

"绢川雪子说，大宅前天晚上没有来过，还说是不是哪里搞错了，而且问了几次都是相同的回答。"

"那么，雪子那晚是否一直待在家里？"

"关于这个问题，问了雪子租住房间的房东老婆婆，她说雪子确实一直在家。"

如果雪子当晚外出，那么她也有杀害鹤子的嫌疑。因为她也有着和幸吉一样的动机。但是，她不曾外出过，又做出了对恋人幸吉最不利的证言，看来雪子一无所知。可以说她与这次的案件毫不沾边。

国枝再次把幸吉叫到面前，将刑警的报告转告给他。

"好了，这回对你也是仁至义尽了。你没什么可说的了吧？就连你的情妇都不为你做不在场证明。我看你还是放弃吧。"

"骗人。雪子不可能这么说。让我见见她。请让我见见雪子。她绝不可能说出这种傻话。肯定是你们说了什么过分的话，想要冤枉我。快点儿，带我去 N 市。让我和雪子当面对质。"

幸吉一边跺脚一边叫道。

"好好好，让你见她。会让你见她的，可你得老实点儿。"

警察署长一边和言细语地安抚他，一边向部下递去一个锐利的眼神。

两名警官抓住东倒西歪的幸吉的手臂，粗暴地把他拉出门去了。

大宅村长的公子幸吉，真是残忍的杀人犯吗？他莫非落入了什么人设下的无法逃脱的陷阱？真正的凶手究竟藏身于何处？侦探小说家殿村昌一在此案中又扮演了什么角色？他那么重视的稻草人偶到底有何深意呢？

雪子消失

S村村长的儿子大宅幸吉，因涉嫌残忍杀害定亲对象山北鹤子而被拘捕。

虽然幸吉从始至终都坚称自己是清白的，但是警方有那件无可抵赖的染血和服作为物证，以及犯罪当晚的不在场证明不成立，加上他还具有杀害未婚妻的动机。

幸吉对鹤子厌恶至极。他在N市有个名叫绢川雪子的秘密情人，要想维持这段恋情，向自己逼婚的未婚妻便是最大的绊脚石。而且，幸吉一家对鹤子家有着难以违背的道义，不能取消这门亲事。如果幸吉不履行婚约，父亲大宅先生就要放弃村长的职位，离开S村。

另一方面，山北家以此为理由，对婚期步步紧逼，所以大宅夫妇苦口婆心地劝说幸吉同意。被爱情冲昏头脑的年轻人陷入这般窘境时，对那个即将嫁进门的女人产生怨恨、诅咒甚至杀意，不是顺理成章的吗？这就是检察官和警方的看法。

有动机，有物证，无不在场证明，幸吉的犯罪看起来早已坐实，任何人也无法推翻了。

但是，这里除了幸吉的双亲大宅夫妇以外，还有一个人不相信他有罪。那就是幸吉的好友——来S村省亲期间偶然碰到此案的侦探小说家殿村昌一。

他和幸吉是竹马之交，熟知对方的心性。他无论如何不能相信，幸吉会对无辜的未婚妻鹤子下杀手，哪怕他深陷爱情旋涡，也绝对不可能。

殿村对于此案有着不可思议的看法。那就是在命案发生的四天前，几乎在同一场所，扔着一个真人高的稻草人偶，而且被短刀刺进了胸膛，这件事催动了他的奇想。如果将此事告诉国枝检察官等人，定会被他们视为小说家的凭空想象而嗤之以鼻，所以他没有透露半个字。然而好友幸吉坚称无罪，却仍被拘捕，为了帮助好友脱罪，他决定从这个稻草人偶出发，探究一下这起案子。

那么，从哪里开始呢？没有经验的殿村一筹莫展，但他感到有必要先去拜访一下N市的绢川雪子，别的姑且先放一放。

幸吉坚称他在案发当晚去找过雪子，但雪子却向警察全盘否定了这件事。这令人不解的矛盾究竟因何而生？他认为，解开这个谜题是当务之急。

于是，在幸吉被拘捕的次日清晨，殿村坐上了前往 N 市的公交车。这是他第一次和雪子见面。关于恋人的事情，幸吉没有和任何人说过，S 村的人自不必说，就连幸吉的双亲也不知道雪子的存在。要不是检察官调查时幸吉不得不说出来，殿村也不会知道她的住处和姓名。

殿村到了 N 市后，立刻前往车站附近的雪子的住处。她住在被熏黑了似的二层简易公寓里，夹在乌七八糟的小工厂等建筑之间。

他叫门时，一位年过六旬的婆婆眨巴着昏花老眼来开门。

"您好。我想见见绢川雪子小姐。"

告之来意后，老婆婆把手放在耳朵上，伸长脖子问：

"啊？你是哪位？"

看来老婆婆眼睛不好，耳朵好像也背。

"你家二层是不是住着一位叫绢川的女孩啊？我想见见她。我叫殿村。"殿村把嘴靠近老婆婆的耳朵，大声喊道。

这时，不知是不是声音传到了二层，从玄关能看到的楼梯上探出一张苍白的脸，说了句：

"请上来吧。"

那女子肯定就是绢川雪子了。

他走上熏得黝黑的楼梯，二层只有六叠和四叠半大的两间屋，那个六叠的像是雪子的房间，布置得很漂亮，一看就是女孩子住的地方。

"抱歉突然打扰。我叫殿村,是 S 村的大宅幸吉的朋友。"

寒暄之后,雪子优雅地行礼道:"我是绢川雪子。"之后腼腆地低下头,沉默不语。

殿村看到雪子的样子有点儿出乎意料。在殿村的想象中,让幸吉如此心心念念的姑娘定是很美丽的,但呆然坐在面前的雪子,却不太能称之为美丽。

她梳着西式发型,却梳得很难看,弯弯曲曲的刘海从额头垂下,几乎挡住了眉毛,脸上厚厚地涂着粉底和腮红,不知道是不是牙疼,右脸颊上还贴着一块大大的膏药。

殿村不禁怀疑起幸吉莫非有什么癖好,才会爱上这样的女人。尽管这样想,殿村姑且和她讲了幸吉被拘捕的始末,并询问在犯罪当天他是不是真的没来找过她。

没想到,这个女人冷漠到了如此地步。听到恋人被拘捕,雪子没有显露出多少悲伤,三言两语地回答了当天幸吉从未来过之意。

殿村在谈话时逐渐感到哪里不对劲。雪子这个女人,简直就像个没有情感的假人。殿村不由得萌生了不寻常的诡异感。

"那么,你对这起案件怎么看?你觉得大宅是个敢杀人的男人吗?"

他有些气愤,以责备的口吻问道,但对方仍旧一脸淡然地说:

"我当然不认为他会做出那样无法无天的事……"

这回答一点儿也不爽快。

也不知这个女人是因为害羞而压抑着情绪,还是本来就冷血,又或者她就是教唆幸吉杀害鹤子的幕后黑手,因害怕承担罪责,才故作冷漠的。这实在让人一头雾水,匪夷所思至极。

可以确定的是,她在恐惧着什么东西。她家后面是停车场,蒸汽机车进进出出的声音不绝于耳,时而从窗户传来尖锐的汽笛声。就连听到这个声音,雪子也会吓得浑身一颤。

雪子好像独自租住在这户人家的二层。从陈设等物品来看,她应该有工作。

"请问,你在哪里工作吗?"殿村问道。

"嗯,前一段时间给人当秘书,现在没有工作……"

她含混不清地回答。

为了尽可能让她说实话,殿村东拉西扯地说了好多,但雪子始终寡言少语,他也无计可施。她总是低眉垂眼,说话时也从不正眼看殿村,像是在和榻榻米对话。

面对雪子执拗的沉默,殿村也别无他法,只得暂且离开。告辞后,他走下一半楼梯时,雪子一直坐在坐垫上低着头,没有半点儿下来送客的意思。

站到玄关的地上时,那位老婆婆倒是出来送他了,殿村把嘴巴凑近她的耳朵再次确认:

"三天前,也就是大前天,有没有男客人来找过绢川小姐?像我这个年龄的。"

他留意着二层的雪子,重复了两三次,最终得到的答复是"哎呀，不太清楚啊"。

他又继续问了几句，了解到老妇人独自生活，把二层租给了雪子，但是因为腿脚不便，她不能每次都出来迎客。若是雪子的客人，会自行上楼去，到了夜晚，客人很晚回去时，都是雪子去锁大门。也就是说，二层和楼下似乎是两个毫无关联的公寓，即使那天幸吉来找过雪子，这位老妇人也很可能不知道。

殿村失望至极，离开了这个房子，然后一边思考一边盯着脚下往前走。

"喂，你也来这儿啦。"突然有人叫住了他。

他惊讶地抬头一看，原来是在S村小学的调查室里认识的N市警署的警官。他心想，真是冤家路窄，但也不能说瞎话，就如实相告了来找雪子的事情。

"就是说她现在在家是吧。那正好。其实上头要传唤那个女人，我正要去找她。我得赶紧走了，不好意思。"

警官说完便朝前面五六百米远的雪子的住处跑去。

不知为何，殿村并不打算就此离开，他仍旧站在原地，目送警官的身影消失在格子门里。

被警官带走的雪子出来时会是什么神情呢？出于好奇心，他等了一会儿，听到格子门再次打开的声音，警官出来了，但是没看到雪子。不只如此，警官发现殿村还站在原处，就愤愤地说：

"你怎么骗我呢，真是捣乱！绢川雪子明明不在家嘛。"

"什么，不在家？"殿村非常吃惊，"不，不可能啊。我刚刚见过她的。我才走了五六百米远,她怎么可能外出呢。真的不在吗?"他实在难以置信。

"真的不在。问了老婆婆也是鸡同鸭讲,所以上二层看了看,连只猫崽都没看见。很可能是从后门出去了吧。"

"说不好啊,虽说是后门,可后面是停车场呀……反正咱们再回去调查一下吧。她不可能不在。"

二人再次打开这家的格子门,问了老婆婆,把家里找了个遍,结果就是,绢川雪子像烟一样消失得无影无踪了。

刚才警官进去时,送走殿村的老婆婆还站在玄关处,而且就在楼梯口,所以即使是耳聋眼花的老人,也不可能没注意到雪子下楼梯。

为了以防万一,他们还检查了鞋子,别说雪子的,连老婆婆的鞋也一双都没少。

雪子并没有外出,这是毋庸置疑的。那就再搜查一遍二楼吧。他们上了楼梯,还察看了壁橱里和天花板上面,仍然没有发现她。

"是不是从这扇窗户出去,顺着房檐跑了?"

警官望着窗外,随口说道。

"跑了?她为什么要跑呢?"

殿村惊讶地反问道。

"如果那个女人是从犯,听到我的声音后,很有可能会跑啊。但是,即便如此……"警官来回张望附近的房檐,"这种房檐,应该逃不了啊。而且,下面的铁道上有很多工人呢。"

确实，窗户下面就是火车站，排列着好几条铁轨，其中一条看样子正在维修，四五个工人都手握锄头在干活儿呢。

"请问，刚才有没有人从这个窗户跳下铁轨啊？"

警官大声问工人们。

工人们吓了一跳，都抬头看窗户，回答什么也没看到。也是，雪子当然不会傻到往这么容易被人看到的地方跳。而且，雪子若是沿着房檐逃跑，工人们也不可能注意不到。

也就是说，那个把脸涂得像鬼一样惨白，形同妖魅的女孩除了变成气体蒸发了，没有其他可能。

殿村仿佛被狐狸迷了心智，又像是置身梦境，心神恍惚，目光空洞地望着窗外。

他脑子里无数微生物在蠕动着，从它们中间不断地闪现出胸前刺着短刀的稻草人偶、涂得宛如一块白墙的雪子的脸、从红秃头的面部中央掉出来的鹤子浑圆的眼珠等。

然后，他的脑袋里变成了暗夜，伸手不见五指。从这昏暗之中，慢慢地浮现出了非同寻常的物体轮廓。是什么呢？好像是一个棒状物，反射着暗淡光泽的棒状物，还是并排的两根。

殿村为抓住这棒状物的实体而苦苦思索。

突然间，脑袋里骤然亮如白昼。谜团解开了。宛如奇迹一般，所有谜团都解开了。

"是高原疗养所！我知道了。告诉你，我知道凶手在哪儿了。国枝君还在这里吗？在警署里吗？"

插画师：朱雪荣

听到殿村疯子似的狂叫，警官不知所措，回答国枝检察官正好刚到警察署。

"太好了。那就请你马上回去，告诉国枝君一定要等着我。你就说我要把杀人案的凶手交给他。"

"什么？你说凶手？凶手不是大宅幸吉吗？你说什么傻话？"警官惊讶地大喊。

"不，不是那样的。凶手另有其人，我现在才明白。真是超乎想象的邪恶。哇，真的好恐怖！总之，你先这么告诉国枝君吧。我随后就回去跟他解释。"

殿村好像已陷入了疯癫状态，反复拜托了好几次。警官不明就里，摸不着头脑，但还是急急忙忙回警署了。对于国枝检察官的好友殿村的话，他实在不能置之不理。

中途和警官分开后，殿村突然跑到车站，抓住站员，问了个奇怪的问题。

"今天早上九点发车的上行货车上，是不是装了木材？"

站员吓了一跳，直勾勾地盯着殿村的脸，然后不知怎么想的，态度和蔼地回答道。

"装了。装着木材的敞篷车厢应该有三节。"

"那么，那辆货运列车是在下个站U站停车吗？"

U站是位于与S村相反的方向，是N市的下一个车站。

"是的是的，会停车的，会在U站卸下一些货物。"

听了这个回答后，殿村马上跑出车站，冲进站前的自动电话亭，给坐落在 U 町郊外的著名的高原疗养所打了个电话，接二连三地询问了一些关于住院患者的事情，看样子得到了满意的答案。通完话以后，他就飞快地跑进了警察署。

署长室里只有国枝先生一人孤零零地坐着，突然看见殿村不经通报地闯进来，他惊得站起身来。

"殿村，你魔怔了吧？真让人头疼。上头的事情就交给上头去办。身为小说家，靠着过把刑警瘾是不会有什么作为的。"

国枝极为不悦地斥责道。

"不是，不管我想过把瘾还是什么，但是知晓了犯罪真相后，还不去揭发，那才是罪恶。我发现了真正的凶手！大宅是清白的！"

殿村过于兴奋，也不看地点就高声喊道。

"你给我安静点儿。还好咱俩是心照不宣的朋友，如果让那帮警察看到了，可不太妙啊。"

国枝面露难色地安慰疯子般的殿村，然后问道：

"那么，你说的真凶到底是什么人啊？"

"这个嘛，还是你亲自去看看比较好。只要去一趟 U 町即可。凶手就是住在高原疗养所的患者。"

殿村的话愈加不着边际了。

"是个病人？"

国枝惊讶地反问道。

"嗯，算是个病人。本人可能是想装病，但实际上就是个无药可救的精神病患者，是个疯子。若非如此，怎能想出这么可怕的杀人手法来？连我这个侦探小说家都惊讶到这个地步，就知道有多可怕了吧。"

"我完全不知道你在说什么……"

国枝反而为殿村担心起来，怕他的精神出了问题。

"你当然不知道了。这起案子无论在哪个国家的警察卷宗里都是史无前例的。你知道吗，你们的思路大错特错！如果继续这么审理下去，你就会在任期内犯下一个无法挽回的错误。你就当被我蒙骗，跟我一起去高原疗养所看看吧。如果不信任我，就不要以检察官的身份去，微服出行好了。即便我的推理有误，你也不过浪费两个小时而已。"

最后，国枝还是抵挡不住老友的热诚，出于保护一个疯子的心情，同意一同前往疗养所。当然，他没有对其他警察吐露半个字，只是借用了一辆汽车，假装出去办私事。

真正的凶手

要去高原疗养所，需要在国道上驱车四十分钟左右。由于在雪子家寻人浪费了一个多小时，说服国枝检察官又耽误了一点儿时间，当他们到达疗养所时已经过了中午。

疗养所位于车站前面，是一座建在美丽山丘中腹如画卷般展开的白色建筑。他们的车径直驶入大门内，对接待处说明来意后，立刻被领到了院长室。

院长儿玉博士除了医学专业以外，在文学上也颇有造诣，和殿村等人又是旧识，一听说刚才殿村打来的电话，就一直在等待他们。

"容貌符合你刚才在电话里描述的女人，是以北川鸟子的名字住进医院的。我们按照您的吩咐，已经暗中对她安排了监控。"

寒暄之后院长马上说道。

"那个女人来这儿的时候，大概是几点？"

殿村问道。

"好像是今早九点半左右吧。"

"请问，她的病是什么情况？"

"嗯，估计是神经衰弱吧，像是受了什么刺激，异常兴奋。虽然症状也没有严重到必须住院的程度，但是您也知道，这里说是医院，更像是温泉旅馆，只要本人愿意，就可以接收住院……那个女人做了什么坏事吗？"

院长还什么也不知道。

"她是个杀人犯。"

殿村低声说道。

"啊？杀人犯？"

"是的。就是那起S村杀人案的凶手，相信您也听说了。"

院长惊诧不已，慌忙叫来护工，带领他们去北川鸟子的病房。国枝和殿村站在即将打开的病房门前，感到心脏乱跳。

他们猛地一下打开房门，这位北川鸟子不是别人，正是绢川雪

213

子。她正睁大惊恐的眼睛看着他们。

她不可能忘记早上才见过面的殿村。虽然不认识他后面站着的国枝检察官，但也明白他们如此匆忙地闯进来，肯定来者不善。她瞬间全明白了。

"啊，不好……"

殿村突然朝着雪子扑过去，从她手上抢下了一个蓝色小玻璃瓶。为防万一，她早早备好了毒药，不知她是从哪里弄来的。

被夺走毒药的女子气力用尽，软绵绵地瘫倒在地，鬼哭狼嚎起来。

"国枝兄，我想你已经听说今早绢川雪子在房间里消失的事了吧。从那个房间里消失的这个女人，居然摇身一变，成了疗养所的住院患者。"

殿村这样说明。

"可是，你等一下。这有点儿奇怪啊。"

国枝俯视着不停哭泣的女人，仍然想不通地说道。

"绢川雪子在案发那天应该没出过门。而且被害人山北鹤子对雪子来说也算不上是情敌。因为大宅的心完全属于雪子。雪子何必要冒险犯下杀人罪呢？太奇怪了。这个女人莫不是因为神经衰弱，看到了什么奇怪的幻象？"

"对，问题就在这儿。这里有个不寻常的误判。罪犯在这里设置了一个卓越的圈套。你始终认定罪犯就是大宅幸吉，这是错误的。你认定被害人是山北鹤子，更是犯了一个重大的错误。无论是被害人还是罪犯，都跟你们所想的毫不沾边。"

殿村说的话让所有人都很吃惊。

"啊？啊？你说什么？"

国枝惊叫道，差点儿跳起来。

"你说被害人不是山北鹤子？那被杀的到底是谁？"

"那具尸体在被狗啃食之前，估计面部已经被胡乱砍过。犯人给这具看不出面容的尸体穿戴上鹤子的和服和饰品后，将其扔在了那里。"

"但是，又怎么解释鹤子下落不明的事？乡下女孩也不和父母打招呼，三四天都不回家，这不符合常理啊。"

"因为鹤子小姐绝对不能回家。我从大宅那里听说，鹤子小姐是个侦探小说迷，好像还收集英美国家的犯罪学书籍。据说，连我的小说都一本不落地看过。那个人可不像你所想的，是个单纯乡下姑娘哦。"

殿村特意高声说道，就好像还有其他什么人在场。

国枝越听越蒙了，反问道：

"怎么听起来你好像在责备鹤子小姐啊。"

"责备？岂止是责备，那女人可是个杀人凶手啊，是个惨无人道的杀人魔鬼。"

"啊？你是说……"

"对呀。山北鹤子并不像你想的那样是被害人，而是加害者。她没有被杀，而是杀了人。"

"杀了谁？杀了谁？"

国枝检察官被殿村的兴奋状态吊足了胃口，急切地追问。

"杀了绢川雪子呀。"

"喂喂喂，殿村兄，你瞎说什么呢？绢川雪子不就在咱们眼前趴着哭吗？但是，啊，还是说，你难道想说……"

"哈哈哈，明白了吗？在这里的绢川雪子，其实就是戴着绢川雪子面具的山北鹤子本人！曾经深爱着大宅，逼迫双亲定下婚约的也是鹤子。这个女人对占据大宅之心的绢川雪子有多憎恶，对连正眼都不瞧自己一眼的大宅又有多怨恨，并不难想象，所以才对他们二人起了可怕的复仇之心。她计划了杀害情敌雪子，为尸体穿上自己的和服，并将杀人嫌疑嫁祸到大宅身上等一系列的罪行。把一个人杀掉，让另一个人作为杀人犯受到可怕的惩罚，这确实是一个完美的复仇计划，而且手段极其复杂巧妙，不愧是侦探小说和犯罪学的研究者啊。"

殿村靠近那个俯身哭泣的鹤子，把手搭在她肩膀上说道：

"鹤子小姐，你都听到了吧。我说的有什么错吗？不会有错的。我可是侦探小说家。我特别了解你的奇思妙想。今早在绢川雪子的房间里见面的时候，我被你巧妙的变装欺骗了，一时没能察觉，但和你分开后，我就突然醒悟了。我在S村只和山北鹤子说过一次话，她的面容，从那难看的西式发型和涂得厚厚的粉底下面，清晰地浮现出来了。"

鹤子也许已经放弃了，一边哭泣，一边注意听着殿村的话。那副模样仿佛在肯定殿村的推理没有半点儿差错。

"这就是说,鹤子把绢川雪子杀害后,假扮成了那个被杀死的女人?"

国枝插嘴道,竭力掩饰着惊愕的表情。

"是的。她必须这样做。"殿村立刻接过话茬回答道,"好不容易将死去的雪子毁了容,伪装成鹤子,如果雪子本人失踪的话,马上会受到怀疑。不仅如此,既然要伪装成鹤子被杀的样子,那么鹤子就必须行踪不明。所以,鹤子只要暂时扮装成雪子,这两项难题不就迎刃而解了吗?此外,她还有必要伪装成雪子,来否定大宅的不在场证明,让他不得不承担罪名。真是个绝妙的主意啊。"

原来如此,原来如此,国枝本来就奇怪雪子为何要否定恋人大宅的不在场证明,这回说得通了。

"还有就是,"殿村继续说道,"那个雪子的住处,也正合乎她作案的需求。楼下只有一个眼睛耳朵都不好使的老婆婆。只要自己不外出,就不用担心被揭开真面目。即便有人看出她不是雪子,谁又能想到,她会是那个已被残忍杀害的山北鹤子呢?再说N市这么大,认识鹤子的没几个人。

"也就是说,这个女人宁肯一辈子活在背阴处,和父母断了联系,也要向负心人报仇雪恨。当然,她不可能永远变身为绢川雪子。我估计等她看到大宅被定罪后,就会远走他乡,隐姓埋名。啊,这是怎样的深仇大恨啊。爱情真是可怕!竟然将这个少女逼疯了。不,应该说是魔鬼才对。把她变成了一个被嫉妒冲昏头脑的魔

217

鬼。这种罪行绝不是人类能干出来的，是从十八层地狱爬出来的恶鬼所为。"

无论遭受怎样的唾骂，悲哀的鹤子始终趴在地上纹丝不动，仿佛因巨大的打击丧失了思考能力，所有神经都麻痹了，她连动弹的力气也没有。

国枝怀着极其惊诧甚至是恐惧的心情，听着小说家讲述其猜想的接连命中，不过，他还是觉得很多地方说不通。

"殿村兄，照你这么说，大宅幸吉就没有必要说谎了，或者他根本就没有说谎？你回忆一下，大宅说事发当晚，他在绢川雪子家待到很晚才离开。就是说，雪子那天晚上至少在十一点之前一直在 N 市。但是如你所说雪子是同一个夜晚，在遥远的 S 村被杀的，不是有点儿对不上号吗？即便是租了车子，深更半夜，一个年轻女子前往遥远的山村，这实在说不通。况且，不管多么老糊涂的老婆婆，雪子要在深夜外出，也会和房东说一声，老婆婆也不可能忘了呀。但是老婆婆的证言却说，那天晚上雪子绝对没有外出啊。"

不愧是国枝，问到了点子上。

"对，就是这点。我所说的无论哪国的警察卷宗里都没有先例，说的就是这一点哟。"

殿村仿佛一直在等着这个问题，劲头十足地说起来：

"这个圈套确实是异想天开。这是只有杀人狂才能想到的令人拍案叫绝的计策。前几天，我曾经提醒过你注意仁兵卫大爷捡到的稻草人偶，就是那个被短刀扎破胸膛的人偶。你认为那是干什么

218

用的呢？那是凶手为了验证她天马行空的想法做的实验。也就是说，她想通过实验确认，把那个稻草人偶放在货运列车上的话，到底会在哪个路段从车厢上掉落。"

"啊？你说什么？货运列车？"

国枝禁不住又大吃一惊。

"说得简单点儿，就是这么回事。凶手作为一个侦探小说爱好者，非常清楚无论作案时多么小心翼翼，现场还是会留下一些线索。所以，她想到制造出一种看上去完全不可能实现的犯罪，即自己尽量远离现场，只有被害人横尸荒野。

"要说鹤子为什么会想到那么变态的主意，这个女人凭着对恋人特有的敏感，不知何时知晓了绢川雪子的住址，甚至趁着雪子外出时，她还溜进过二层的房间。喂，是这样吧，鹤子小姐？并且，你有了惊人的发现。那就是，估计你也知道，雪子的房间正对着车站。窗户下方就是货运列车的专用轨道。所以，当列车驶过时，由于铁轨的地基较高，货物车厢和窗户又非常近，几乎是贴着雪子的房间行驶。这是我今早进入那个房间时亲眼所见。还有，因为是在站内，货运列车为了更换车厢，有时会恰巧停在雪子房间的窗外。鹤子小姐，你就是看到了那个情况，然后决定实施这恐怖罪行的吧？"

殿村一边和哭泣的鹤子说话，一边进行复杂的说明。

"然后，这个人又趁着雪子不在家时，将稻草人偶拿进去，悄悄放在正好停在窗户下的无盖火车的木材上。由于不用绳子固定，随着火车的晃动，人偶一定会被甩落在什么地方。只是不知大致会掉在哪里，所以她想做一下实验。

"由于货运列车很长，而且在进入 S 村的隧道之前是上坡，车速很慢，人偶很难掉落。而在即将到达那个隧道时，列车已经爬上了坡道，速度会逐渐加快。这时，列车驶入俗称'大拐弯'的弯道，会剧烈摇晃。人偶自然就会在那里掉落。

"特别不走运的是，当凶手知道了人偶正好掉在 S 村鲜有人去的寂寥之处时，她就坚定了杀人之心。然后，她耐心等到大宅去找雪子那天，便尾随大宅。确认他和雪子分别并离开后，便闯进二层的房间里，趁雪子不备，轻而易举地刺死了她，然后把死者的脸弄得面目全非，换上自己的和服，等到事先查好运行时间的夜间货运列车在窗外停下时，她便把尸体顺着屋脊扔到货车上。行凶过程就是这样的。鹤子小姐，我说的没错吧？

"正如她事先算计好的那样，尸骸被甩落在了隧道边。更如有神助的是，尸体的皮肤被那一带的野狗啃食得无法辨认。而此时，凶手鹤子一直留在雪子的房间里，改变了发型，涂上白色粉底，往脸上贴片膏药，穿上雪子的和服，装出雪子的声音，扮作雪子。

"国枝，对于你们这些实干家来说，这是超乎想象的。但是对于一个沉迷侦探小说的女孩来说，绝对不是空想。这个人是不计后果，一定要付诸行动的。普通人可做不出这种勾当。

"还有，今天她是如何从二层消失的，也无须我给你解开这个秘密了吧。其实，她还是使用相同的方法，只不过这次她是搭乘堆满木材的敞篷货车，去了和Ｓ村相反的方向。好了，鹤子小姐，如果我的推理有误，请你指正。估计也没什么要指正的吧？"

殿村说完，再次靠近鹤子，把手搭在她肩上，想把她扶起来。

说时迟那时快，趴着的鹤子像触了电似的突然浑身抖动，发出令人汗毛倒竖的尖叫，猛地跳起来，垂死挣扎般跳起了疯癫的舞蹈。

看到这一幕，殿村和国枝都被吓得大叫一声，倒退了几步。

鹤子脸上厚厚的粉底，被眼泪浸润得斑驳剥落，眼珠充血，头发乱成一团。她的嘴角有如夜叉般裂到耳根，从咬得嘎吱作响的牙齿中间汩汩地冒出鲜红的血汁。鲜血把嘴唇染得火红，呈网状顺着下颚流下来，啪嗒啪嗒地滴在亚麻油毡地板上。

鹤子竟试图咬舌自尽。

"喂，来人哪！不好了，她咬舌自杀！"

殿村被这意外的结局吓着了，冲出走廊，声嘶力竭地喊人来帮忙。

到此为止，Ｓ村的杀人案件终于宣告结束。试图咬舌自尽的山北鹤子悲惨地没有死成，成了疗养所一个永远的累赘。她的伤口虽然愈合了，疯癫病却治不好，除了口齿不清地胡乱叫唤、哈哈大笑外，她已经变成了一个不能自理的疯女人。

这是后话了。那天，国枝检察官把咬掉舌头的鹤子托付给院长，给鹤子家发了封长电报，在返回Ｎ市的火车上，他向好友殿村问道：

"即便如此，我还是有一点不太明白。鹤子是躲在敞篷车厢的木材里逃跑的，这个我理解，可你是怎么推断出她的目的地是高原疗养所呢？"

由于鹤子的自杀闹剧，终于破案的愉悦被无端糟蹋，殿村苦着个脸，硬邦邦地回答：

"那是因为我知道上午九点发车的货运列车，恰好会在疗养所门口因调度而停一会儿车。如果藏身在木材之间直接去U站，就有可能被卸货的工人发现。鹤子小姐无论如何都必须在抵达U站前，从货运列车上跳下去。那么在疗养所门口停车，不就是绝佳的机会吗？而且，医院这种地方，对于罪犯来讲，确实是个牢靠的藏身之处。侦探小说迷鹤子小姐不可能没发现这一点。我就是这么推想的。"

"原来如此，听你这么一说，真是茅塞顿开。但是，这么简单的伎俩，我和那些警察却没有想到。还有一个疑问。鹤子留在自己书桌抽屉里的署名为K的约会信，不用说，肯定是鹤子自己伪造的，但是另一个物证，那件在大宅房间地板下面发现的带血的衣服，有点儿不好解释啊。"

"那个也很简单呀。鹤子小姐和大宅的父母关系亲密，大宅不在家时肯定也是常来常往的。在来玩的时候，找准机会把大宅常穿的单和服偷出来非常容易。然后把血涂在那件衣服上，揉成团，在犯罪前一天左右，扔进那个地板下面也易如反掌。"

"原来如此，原来如此，不是在犯罪之后，而是之前就制造好一件物证放在那里了。原来如此，原来如此，但是，那么多的鲜血是从哪儿弄来的呢？为谨慎起见，我找人化验过，确实是人血啊。"

"关于这点，我也不能确切地回答你。但是要获得那些血，也不是多么困难的事哦。比如只要有一根针管，就能从自己手臂的静脉抽出一小茶杯的血。仔细涂抹开来的话，就能轻松地造出那件衣服上的血痕了。如果检查一下鹤子小姐的手臂，恐怕还残留着针眼呢。她毕竟不可能去偷别人的血，所以用的多半是这个方法。因为此法在侦探小说等书中也经常被用到。"

国枝非常感佩，数次点头。

"我必须向你道歉。我还轻蔑地说，这都是小说家的妄想什么的，看来是我错了。对于这种空想式犯罪，我们这些实干家全无用武之地。今后在解决实际问题时，我要更加尊敬你。而且，从今天开始，我也要当一个侦探小说迷。"

国枝检察官天真地脱帽致意。

"哈哈哈，那可真是难得啊。这样一来，侦探小说迷又增加了一位啊。"

殿村比他更天真地哈哈大笑起来。

二废人

江户川乱步诡计篇

二人泡完温泉出来，下了盘棋后，点上烟，一边喝着苦涩的煎茶，一边像以往那样闲聊起来。冬天和煦的阳光洒在隔扇上，将八叠的房间照得暖融融的。大桐木火盆上的银壶里的水滚开了，发出让人昏昏欲睡的嘘嘘声，这是冬日温泉浴场里的一个如梦般悠长舒适的午后。

无意义的闲聊不知不觉转向了怀旧。客人斋藤谈起了过去的事情，房间的主人井原朝火盆伸出手取暖，默默地倾听着。远处隐约传来黄莺的啼声，仿佛在随声附和，此情此景的确蛮适合回首往昔。

斋藤脸上布满疤痕，回顾这类当年之勇简直再适合不过了。他指着据说是被弹片划破的右脸上的一道伤疤，生动地讲述当年打仗时的情景。他还说，除脸部外，他身上还有好几处刀伤，每到冬天便会隐隐作痛，所以才会来泡温泉，还脱下浴衣给井原看那些旧伤。

"由此也看得出，我年轻的时候相当有野心呢，可变成现在这样子，也就死心了。"斋藤这样结束了这段冗长的回忆。

井原仿佛在回味那些回忆的余韵似的沉默了好一会儿。

——此人的人生因为战争全毁了，我们都成了废人。但他至少赢得了名誉，而我呢……

井原内心深处的旧伤被再次触碰,不由得打了个激灵。他觉得,因肉体所受的旧伤而烦恼的斋藤,比起自己来还是幸福多了。

"接下来,我给你讲个我的忏悔故事吧!不过跟你刚才勇武的回忆相比,可能过于阴郁了些。"

又换了壶新茶,抽了根烟后,井原兴致勃勃地说道。

"那可太好了。"

斋藤立刻回答,摆出洗耳恭听的架势,看了井原一眼,马上若无其事地低下了头。

一瞬间,井原心里一惊,觉得斋藤刚才看他时的表情好像在哪里见过。从第一次见到斋藤的时候开始——其实也就是大约十天前的事——他就感觉到两人之间仿佛有种前世有约般的关联。而且随着时间流逝,那种感觉越发强烈。不然的话,住宿的地方不同、身份也不相同的两人,怎么可能在短短几天时间就变得这样亲密呢。井原暗自思忖。

真是奇怪,这个人我肯定在哪里见过,可是怎么回想也想不起来。说不定,这个人和我在很久以前,莫非在不懂事的幼年曾经一起玩过?这样一想,似乎也有这种可能。

"哎呀,一定是非常有意思的故事吧!如此说来,今天这好天气,正适合聊呢!"斋藤催促道。

井原从来没有对别人讲起过自己令人羞耻的过去,或者应该说自己一直尽可能加以隐瞒,也想要忘记的那些过往。可是,今天也不知怎么搞的,他突然产生了一股想要倾吐出来的冲动。

"真不知该从哪儿说起……我出生在××町的旧式商人家庭，大概是父母对我太娇惯吧，我从小就病恹恹的，因此晚了一两年才上学。但除此之外，我倒也没遇到过太不顺的事。从小学到中学，后来考入东京的××大学，虽说比别人晚上了几年学，但我还算是顺顺当当地长大了。来东京之后，我的身体也比较健康，而且在选择了专业之后对学业渐渐有了兴趣，开始交了几个好朋友，所以觉得受约束的寄宿生活也变得愉快起来。总之，我就这样度过了无忧无虑的学生时期。现在回想起来，那段时期确实是我一生中最美好的时光。谁料想，来东京后差不多一年吧，我突然发现了一件可怕的事情。"

说到这里，不知为什么井原微微颤抖了一下。斋藤把刚抽了两口的烟卷摁灭在火盆里，全神贯注地听起来。

"那是一天早上发生的事。我正在穿衣服，准备去上学，住在同一家民宿的同学走进我的房间，一边等着我换衣服，一边跟我说笑：'昨晚你可真是好口才啊！'我不明白他在说什么，困惑地反问他：'什么口才？你是说我昨晚特别能说？'同学立刻捧腹大笑起来。'你今天早上还没洗脸吧？'他这样问我。我仔细一问，才知道原来前一晚的深夜，我走进同学睡觉的房间，将同学拍醒后，就长篇大论起来，好像是关于柏拉图与亚里士多德的比较论什么的。据说我滔滔不绝地说完后，也不听同学的看法，便转身离开了，就像鬼魂附体似的。我回复道：'我看倒是你在做梦吧。我昨晚很早就上了床，一直睡到早上，怎么可能做那些事？'我这么一

229

说,朋友立刻生气地说:'可是我有证据证明我不是在做梦,因为你走之后我怎么也睡不着,只好看了好久的书,再说了,你看看这张明信片,就是我睡不着时写的,哪有人会在梦中写明信片呢?'

"那天双方就这样争执起来,最后谁也说服不了谁,就去上学了。在教室等老师的时候,那个同学若有所思地看着我,问道:'你以前有没有说梦话的习惯?'听他这么一问,我就像想起了什么可怕的东西似的吃了一惊……因为我的确有这种习惯。我小时候好像爱说梦话,有人故意在我说梦话的时机跟我对话,我在睡梦中也能有问有答,而且早上醒来后,对夜里的事情一点儿也不记得。这种事太少见了,所以我在街坊四邻里都出了名。不过,那是小学时的事了,长大后就不怎么说了。可是如今被同学这么一问,才意识到小时候的这个毛病似乎与昨晚的事有着某种联系。于是,我把这件事告诉了他。'这么说,你那个毛病复发了,就是说,那是一种梦游症。'同学同情地说道。

"于是我开始担心了。对于梦游症是怎么回事,我的确搞不清楚,脑子里却浮现出梦中游走、离魂病、梦中犯罪等令人惊悚的词语。不说别的,对于年轻的我来说,梦游是一件很可耻的事。这种事要是屡屡发生可怎么办呢?想到这里,我整天都坐立不安。过了两三天,我鼓起勇气去跟认识的医生咨询,没想到,医生的看法倒是很乐观:'看你的情况很像是梦游症,但是偶尔发作一次,不用这么紧张,太紧张的话,反而会导致病情加重。要尽量保持平静,精神放松,生活有规律,把身体锻炼得健康些。能做到的话,这种病自然就好了。'我只好无奈地回了学校。不幸的是,我这个人天生就特别神经质,一旦遇到这种事,总是挂在心上,连书都没心思念了。

"那阵子我每天都提心吊胆,但愿那个毛病不再发作。幸而一个月平安无事地过去了。我总算松了口气,可是你猜怎么着?那只不过是片刻的安宁,没多久梦游症又发作了,比上次还要过分——我竟然在睡梦中偷了人家的东西。

"早上醒来后,我竟然发现枕头下面有一块从来没有见过的怀表。这是怎么回事?我正纳闷呢,听到住在同一寄宿人家的一个某公司职员大声嚷嚷:'我的表不见了!我的表不见了!'我心里一惊,羞愧得无地自容,实在不好意思去道歉,最后只好拜托以前那位同学帮我证明我有梦游症,把表还给人家,才好歹了结了这件事。从那天起,'井原是梦游症患者'的消息一下子传开了,甚至成了同学们议论的话题。

"我想,无论如何也要治好这令人羞耻的毛病,便买了好多有关梦游方面的书籍。我尝试过各种健康疗法,当然也看过多位医生,可以说能想到的我都做了,可病情不但不见好转,反而每况愈下。每个月至少发作一次,严重时甚至会发作两次,而且梦游的范围还越来越大了。每次发作,不是拿走他人的东西,就是把自己的东西遗失在去过的地方。若没有留下这些证据,还不至于被别人知道。麻烦的是,我几乎每回都会留下证据。说不定每月还不止一两次,只是有些没留下证据罢了。对这个病,我感到惶恐不已。有一次，我甚至半夜三更跑出寄宿屋，在附近寺院里的墓地来回转悠。也是不走运，偏偏有个当时住在同一寄宿人家的租户参加完宴席回来，路过墓地外面的马路时，透过低矮的篱笆看见了我的身影，便到处宣扬那里有幽灵出没，后来得知那个人影是我的之后，我的病更是尽人皆知。

"就是这样，我成了人们的笑料。的确，在别人看来，这或许比曾我乃家[1]的喜剧还有趣；但是对当时的我来说，这是何等痛苦、何等可怕的事啊。这种心情，只有当事人才能明白。最初一段时间，我特别害怕，总是担心今晚又出丑，就渐渐发展到害怕睡眠本身来了。到了这个地步，说句不怕你见笑的话，只要看到被褥什么的，哪怕不是自己的，也会莫名觉得厌恶。对于一般人而言，那是一天最放松的休息时间，对我来说却是最痛苦的时候。这是多么不幸的遭遇啊。

"而且，自从患上这种梦游症以来，我就一直担忧一件事，那就是，倘若只局限于搞笑的喜剧程度，成为他人的笑料也就罢了，怕只怕这个毛病早晚有一天会造成无法挽回的悲剧。前面我也提到过，我想方设法收集了许多关于梦游症的书，翻来覆去地看了很多遍，所以也知道很多梦游症患者的犯罪案例，其中包括各种令人恐惧的血腥案件。我这么懦弱的人害怕极了。后来我意识到不能再这样下去，更坚定了中断学业、回老家去的决心。可是有一天，

---

[1] 主要指曾我乃家五郎，日本喜剧作家、演员。

距离我初次发作过了半年有余吧，我给父母写了一封长信商量此事。没想到就在我等回信这段时间，你猜怎么着，我最最害怕的事到底还是发生了。毁掉我一生的、无可挽回的悲剧，还是发生了。"

斋藤一动不动地洗耳恭听着，但是他的眼神里不仅仅是对故事的兴趣，似乎还有其他什么东西。早已过了新年旅游高峰的温泉浴场，泡汤客稀少，四处静悄悄的，连小鸟的叽叽喳喳声都听不到。在这与世隔绝般的世界里，两个废人之间气氛异样，紧张地面对面坐着。

"那是二十年前的事了。一天早上我醒来，发觉民宿里好像很嘈杂。心虚的我立刻生出一种不祥的预感，莫非自己又闯祸了？我仍然躺在床上左思右想，越想越感到一定发生了什么大事。一种难以描述的可怕预感袭上心头。我提心吊胆地环视房内，忽然感觉有些不对劲，觉得房间里和我昨晚睡觉时的样子不大一样。我赶紧爬起来察看，果然看到了一个奇怪的东西。在我的房门口，竟然放着一个从没见过的小包袱。一看到它，不知怎么想的，我立刻抓起扔进了壁橱里，然后关上壁橱门，像小偷似的环顾四周，这才松了口气。就在这当儿，一位朋友毫无声息地拉开隔扇，探进头来，煞有介事地压低声音说：'不得了了！'我不知自己刚才的举动是否被他发现，正心神不定，于是没有接他的话。他继续说：'房东老头被人杀了，昨晚好像进小偷了，你快来看看吧。'说完便转身出去了。我听了这话，仿佛喉咙里卡了东西，好半天都动弹不了，终于回过神来，才走出房间去看出了什么事。接下来，你猜我看到了什么？当时那种难以形容的惊恐，即便是到了二十年后的现在，依旧像昨天发生的事一般历历在目。尤其是那个老人凄惨的死相，无论是睡着了还是没睡着，总是在我眼前闪现。"

井原异常恐惧似的环顾四周。

"我把那事的经过简单跟你说说吧！那天晚上，恰好房东的儿子儿媳去串亲戚，当晚不回家，所以老房东独自睡在玄关旁的房间里。可是一向早起的老人，那天却一直没有起床。女佣觉得奇怪，就去他的房间察看。只见老人躺在床上，被他平日围着睡觉的法兰绒围巾勒死了，身子早已变得冰凉。经过警方搜查发现，凶手杀害老人后，从老人的腰包里取出钥匙，打开柜子的抽屉，从里面的手提保险箱里偷走了许多债券和股票。由于这家民宿为了方便深夜晚归的租客，从来不锁大门，因此给窃贼开了方便之门。不过，遇害的老房东是个非常警觉的人，因此民宿向来安全，租客都很放心。现场虽没有发现特别有用的线索，但听说老房东的枕边有一条脏手帕被警方拿走了。

"过了一会儿，我回到了自己的房间，站在壁橱前，惶恐不安地犹豫着要不要打开壁橱的门。因为壁橱里有刚才说的那个包袱。我想打开它看看，万一里面有遇害老人的财产……啊，请想象一下我当时的心情，那真是面临决定生死的关键时刻啊。我久久地站在壁橱前，紧张得要命，最后终于下决心打开了那个布包。那一瞬间，我一阵眩晕，昏厥了片刻……果然在里面。在那个包袱中，果然有债券和股票……事后我才知道，遗落在现场的手帕也是我的。

"结果，我当天就去警察局自首了。经过多名警官的多次讯问后，我被关入了每次回想起来就浑身发抖的拘留所。我觉得自己就像在大白天做了一场噩梦。由于梦游症患者的犯罪少有先例，所以警方请专业医生做鉴定，还请民宿的房客做证，进行了多方面的调查取证。好在我是富家子弟，表明我不可能为了钱财而杀人。再加上，父亲从家乡赶来东京，聘请了三位律师为我辩护。此外，还有第一个发现我有梦游症的同学——他姓木村——也代表寄宿同学积极地为我作保，以及其他种种对我有利的情况凑到一起吧，我熬过漫长的拘留所生活后，终于被判无罪。虽说是无罪，但毕竟造成了杀人的事实。这是多么匪夷所思的遭遇啊。我早已疲惫不堪，就连为无罪获释感到欣喜的心气都没有了。

"一被释放，我就立即随父亲回到了乡下。然而，我原本已是半病之身，一跨进家门，便彻底病倒了，在病床上足足躺了半年……因为这件事，我的一生都被毁掉了。父亲的家业由弟弟继承，从那之后，这二十年漫长的岁月，年纪轻轻的我一直过着养老生活。到现在，我已经不会再为这件事而烦恼了，哈哈哈哈……"

井原发出苍白无力的笑声，结束了他的故事，然后一边说着"这么无聊的故事，你听得厌烦了吧。来，我给你再重新沏壶热茶吧"，一边把茶具拉过去。

"是吗？看上去你过得悠游自在，听了你讲的遭遇，才知道你也是不幸的人啊。"斋藤意味深长地叹了口气，"那么，你的梦游症，已经完全治愈了吗？"

"说来也奇怪，自从闹出那场杀人风波后，就像遗忘了似的，再也没有发过病。医生说，可能是因为当时我受的刺激太大了。"

"你的那位朋友……你刚才说他姓木村吧……他是第一个发现你有梦游症的人吧？还有那起怀表事件、墓地闹鬼事件，以及其他的梦游是什么情况呢？如果你还记得，说来听听好吗？"

斋藤突然有些口吃地提出这样的要求，他的独眼里闪过一道奇特的光。

"情况都差不了多少，除了那起杀人事件外，要数在墓地里徘徊那次最不可思议。其余的场合，大多是跑到其他租客的房间去。"

"那么，每次都是因为你拿走别人的东西，或是把自己的东西遗忘在别人房间里，才被人发现的？"

"是的。不过，除了上面那些之外，可能还发生过多次。说不定，不只是墓地，我还跑到更远的地方去转悠过呢。"

"除了最初你曾与那位姓木村的同学谈论过，以及在墓地被那个公司职员撞见外，其他梦游没有被人看见过吗？"

"好像还被不少人看到过呢。有人说听见我半夜在民宿走廊来回走路的脚步声，也有人亲眼看见我进入别人的房间。可是，你为什么问这样的问题呢？我感觉就像在接受讯问。"

井原随意地笑了笑。

"真是对不起，我绝对没有那个意思。只是像你这样的人品，即便是梦游，我也不相信你会做出那么可怕的事。但我觉得有一点非常可疑。请你不要生气，听我说完。我因身患残疾而远离尘世，故而逐渐变得多疑……不知你是否认真思考过这么个问题，即梦游症患者是绝对不可能发现自己这一症状的。即便半夜里四处走动或是说梦话，早上醒来也会忘得干干净净。就是说，只有其他人告诉他，他才会意识到'原来我是个梦游症患者'，对吧？用医生的话说，身体也会出现各种征兆，但很难做出确切的判定，因此只有在发病时才能做出诊断，对吧？也许我这个人太多疑，可我总觉得你太轻率地相信自己有病了。"

井原开始感到某种说不清的不安。与其说这不安来自斋藤刚才说的这番话，不如说是对方那可怕的外貌，以及隐藏在外貌后面的什么东西带来的不安。但是他努力克制着内心的惶恐，回答道：

"你说得不错，我第一次发病时也这样怀疑过，我甚至祈祷这只是一场误会。可是，在那么长的时间里接二连三地发病，我哪里还能让自己宽心呢。"

"可是，我觉得你好像忽视了一个非常重要的问题，那就是，亲眼看见你梦游的人很少。其实，说到底，只有一个人见过。"

井原感到对方的假设简直是异想天开。这的确是一般人绝对想不到的可怕念头。

"你说只有一个人见过？那是绝对不可能的。刚才我也说过，看到我进入别人房间的背影，或者听见走廊有脚步声的，都不止一个人。还有就是在墓地梦游的事，的确是那个公司职员亲眼所见，他还对我描述过当时的情景。这些先不谈，每次发病后，必定有别人的东西留在我房间里，或是我的东西丢在很远的地方。所以，没什么好怀疑的吧。那些东西不可能自己移动位置啊。"

"我倒是觉得你每次发病时都会留下证据这一点太反常了。你好好想一想，那些东西并不一定是你自己拿的，别人也可以偷偷改变它们的位置呀。还有，你说有许多目击者，可是无论是墓地那次，还是有人说看到你的背影等，都有疑点。即使他们看到的是别的什么人，也很可能先入为主，认定是你在梦游。因此，这种场合，即便他们认错了人，也不用担心会被人责怪。人们往往认为只要能发现新情况便是值得炫耀的事，这就是人性。如此看来，也就可以说，无论是自称看到你梦游的那几个人，还是那些证物，都有可能是某个人玩的花招。那无疑是极其巧妙的圈套。但是，再怎么巧妙，圈套毕竟是圈套。"

井原似乎被这个推论吓坏了。他呆呆地瞧着对方的脸，看样子是受到了太大的打击，已经无法进行思考。

"说说我的看法吧。我觉得这说不定是你那位姓木村的朋友，经过周密计划编造出来的圈套。出于某种理由，他想神不知鬼不觉地干掉民宿的房东老人。可是，不管采用多巧妙的方法杀人，只要是杀了人，警方不找出凶手就不可能完事。所以，他必须找个人代替自己充当凶手，而且尽量不给对方带来麻烦……假设，我是说假设木村就是那个人,那么他将容易轻信别人、性格懦弱的你设计为梦游者,演一出偷梁换柱的好戏,岂不是绝妙的计策吗?

"我们姑且先这样假设,再从理论上确认该假设是否能够成立。假设木村找到某个机会,对你编了那么个瞎话,碰巧你童年时代的确有说梦话的毛病,这就帮了木村的忙,这个试探收到了意外的效果。于是,木村从其他租客屋里偷走怀表等物品放进你的寝室,或者趁你不在时偷了你的东西,丢到其他的地方,甚至打扮成你的模样在墓地或是民宿走廊等地方走来走去,搞出各式各样的花招,逐渐增强你的这一错觉。另一方面,他对你周边的人大肆宣传此事,让他们深信不疑。当你和你身边的人都完全相信你有梦游症之后,木村再找个最适当的时机,杀害了那个他视为仇人的老人,然后将老人的财物偷偷放进你的房间,把以前从你房里偷走的手帕留在命案现场。如此推论的话,是不是很符合逻辑呢?找不出任何不合理之处吧?而最终的结果,当然是你去自首了。这样的结局对你来说,的确是相当痛苦的折磨,虽说刑罚上不可能判无罪,但能够判得轻一些,这一点木村心里有数。即便受到惩罚,在你看来也是因为梦游症而无意犯下的罪行,不至于像一般的犯罪那样,使你受到良心的谴责。至少木村是这么相信的吧。因为他对你并没有任何敌意。不过,他若听到你刚才的那番告白,一定会很后悔。

"我说了这么多冒昧的话,请你不要生气。我说这些,都是因为听了你的忏悔后,非常同情你的遭遇,才忘乎所以地胡乱推测起来。然而,倘若让你烦恼了二十年的事能这样设想的话,就会彻底放下吧！我刚才说的即便是推测，也合乎逻辑，若能让你释怀，不是也很好吗？

"至于木村为何要杀死老人，我不是木村，不可能知道，但我想一定有其无法告诉别人的重大理由。比如，为了报仇什么的……"

察觉到井原的脸色此时已变得惨白，斋藤立刻闭上了嘴，惧怕什么似的垂下了头。

两人默然对坐了很久。冬日天黑得早，照在纸拉门上的日光也渐渐暗淡，屋内流动起了寒气。

最后，斋藤战战兢兢地鞠了个躬，逃也似的走了。井原连眼皮都没有抬。他仍然坐在原地，竭力压抑着涌上心头的愤怒。他拼命地控制自己不要因意外的发现而太受刺激。

过了好久，他那血脉偾张的脸色慢慢恢复了平静，嘴角渐渐露出了苦涩的微笑。

"虽然他的长相完全认不出来了，但是那家伙，那家伙……纵然他就是木村本人，我又拿什么证据去向他报仇呢？我这样的傻瓜，也只能束手无策地，对他给予我的自私自利的怜悯感激涕零吧。"井原没有比此时更深感自己的愚蠢了。

二钱铜币[1]

江户川乱步诡计篇

---

[1] 日本1953年之前的货币单位。

上

"真羡慕那个窃贼啊！"那个时候，我们俩都穷困潦倒，以至说出这种话来。

在市井地区贫穷的木屐店二楼，我们两个共租一个六叠大的房间，房间里并排摆着两张破旧的一闲张[1]桌子，松村武和我整天无所事事地想入非非。

我们两个已经到了山穷水尽、一筹莫展的境地，竟然羡慕起了当时搅得世人不得安生的大盗贼。

那起盗窃事件与我下面要讲的这个故事有很大关系，所以在这里先简要介绍一下。

那件事发生在芝区的一家大发电厂。在给职工发薪水那天，十几名薪金会计正根据近一万名职工的计时卡，核算每个员工本月的薪水。会计们汗流浃背地从满满一大木箱纸币里——这是当天从银行里取来的——拿出二十日元、十日元、五日元，分别装进堆积如山的薪水袋里。就在此时，办公室门前来了一位绅士。

接待处的女员工询问来意时，对方说自己是朝日新闻社的记

---

[1] 一种贴上一层纸后再涂漆的工艺。

者,想见见经理。于是,女员工拿着印有"朝日新闻社社会部记者"头衔的名片,向经理报告了这件事。

碰巧这位经理深谙操纵新闻记者的方法,并以此为傲。不仅如此,虽然他觉得对新闻记者大肆吹嘘,把自己说的话作为"某某人一席谈"被登在报纸上等做法比较幼稚,但是谁也不会讨厌这种事情。于是自称是社会部记者的男人很顺利地被请进了经理的办公室。

这个男人戴着一副大大的玳瑁框眼镜,留着一撮漂亮的小胡子,穿着讲究的黑色晨礼服,手提时髦的折叠皮包,沉着老练地在经理面前的椅子上坐了下来。然后,他从烟盒里抽出一根昂贵的埃及卷烟,拿起放在烟灰缸上的火柴潇洒地一擦,随后将一缕青烟噗地吹到经理的鼻子底下。

"我想请教一下经理先生对于贵公司职工待遇的看法。"

男子摆出一副新闻记者特有的强势派头,却又以率真且和蔼可亲的口吻这样开了口。

于是,经理就劳工待遇问题,主要是劳资协调、温情主义方面的话题滔滔不绝地大谈起来。不过,这些内容与本故事无关,姑且省略。在经理办公室坐了大约三十分钟后,这位报社记者在经理的高谈阔论告一段落时,说了声"失陪一下",就去了厕所,再没有回来。

经理只是觉得这家伙太没礼貌,并没有特别介意,正好到了吃午饭的时间,他就去了食堂。可是,就在经理大嚼着从附近西餐馆里买来的牛排时，会计主任脸色煞白地跑到他面前报告：

"准备支付薪水的钱都不见了！被人偷走了！"

大为震惊的经理当即放下午餐，赶去钱款失窃的现场察看。关于这突如其来的盗窃事件详情，大致可以推测如下：

那个时候，该工厂的办公室正在修建中，所以以往在房门紧锁的专门房间里进行的薪水计算事务，那天临时改在经理办公室隔壁的接待室里进行。但是不知哪里出了问题，到了午餐时间，接待室里竟然一个人都没留。会计们都以为会有人留下值班，便一个不剩地去了食堂，结果，塞满成捆钞票的箱子被扔在这个没有上锁的房间里长达半小时。一定是有人趁着房间里没人的间隙，偷偷进来拿走了那笔巨款。但是那个人没有拿已放入薪水袋的和零碎的纸币，只拿走了皮箱里的二十日元和十日元的成捆钞票。一共损失了约五万日元。

经过一番调查，大家发现刚才的那个记者实在可疑。给报社打电话一问，果然收到报社里没有此人的回复，于是经理赶忙报警，还因薪水不能延迟发放，再次请求银行准备二十日元和十日元的钞票等，忙活了一通。

闹了半天，那个自称是报社记者，让没有防人之心的经理白费了一番唾沫的男子，原来就是被当时报纸大加渲染的"绅士盗贼"。

所辖警署的司法主任等人赴现场进行了勘查，没有发现任何线索。窃贼既然准备了报社的名片，可见是个不易对付的家伙。

当然更不会有什么遗留物。只有一点很清楚,即留在经理记忆中的那个男子的容貌打扮,但这东西很靠不住。因为服装等可以更换,就连经理提供的少数算是线索的玳瑁框眼镜或是小胡子等,仔细想想,也是最经常用于伪装的手段,所以不足以作为其特征。

警方无奈之下只好进行筛查,派人四处寻问附近的车夫、香烟铺的老板娘、摆摊商贩等人,有没有看到过如此这般打扮的男人,也给市内的各警察岗亭送去了此人的画像。虽然布下了天罗地网,警察却一无所获。一天、两天、三天……各种手段都用尽了。各个车站都派了人进行监视,并向各府、县警察署发出了协查通报。

这样忙活了一周,还是没有抓住窃贼,警方好像已经绝望了。工厂的办公室每天都打电话给警察署,像是在责怪警方办案不够积极。署长就像自己犯了罪似的伤透了脑筋。

在这种绝望状态中,该警署的一位刑警,一直坚持不懈地挨家挨户走访着市内的香烟铺。

在市内,进口烟比较齐全的烟铺,各区多则几十家,少则十家左右。这位刑警几乎跑遍了所有的烟铺,现在只剩下山手地区的牛込和四谷了。

如果今天跑完这两个区,还是没有任何发现,他也打算放弃了。越来越绝望的刑警,抱着看中奖号码时那种说不上是期待还是害怕的心情,不停地走着。他时而在交警岗亭前停下,向警察打听烟铺的地址,时而再接着往前走。他满脑子都是FIGARO、

FIGARO、FIGARO 这个埃及香烟的牌子。

他打算去位于牛込神乐坂的一家烟铺,便从饭田桥的电车站,沿着大马路朝神乐坂下方走去。这时,刑警突然在一家旅馆前停住了脚步。因为在那家旅馆前兼作下水道盖子的花岗石板上,有一个烟蒂,不是特别细心的人不会注意到,而它竟然与刑警到处寻找的埃及烟是同一个牌子。

结果,他就凭这个烟蒂找到了突破口,终于使那个有神通的绅士盗贼锒铛入狱。由于从烟蒂到逮捕盗贼的过程如侦探小说般有趣,所以当时的某报纸连续报道着那名警察的功劳——我的记述其实也是根据那些报道——我为了尽快往前赶,在这里只能简单地说个结论,真是令人遗憾。

正如读者想象的那样,这位令人佩服的刑警,是从盗贼留在工厂经理办公室里的一个少见的烟蒂入手展开侦查的。他几乎走遍了各区的大烟铺。虽然也有烟铺出售相同的香烟,但那个牌子在埃及烟中也不太好卖,所以最近卖出过的店铺屈指可数,而且都是卖给有名有姓、无可怀疑的人。

可是到了最后一天,正如刚才所说,刑警偶然在饭田桥附近的一家旅馆前发现了相同的烟蒂。他不过是碰碰运气地向这家旅馆打探了一下,竟然侥幸获得了逮捕犯人的线索。

于是,警方费尽周折——比如说,曾经投宿那家旅馆的那个烟蒂的主人,与工厂经理描述的窃贼长相大不相同等诸如此类的麻烦事——终于从那个男子房间里的火盆底下,发现了他偷窃时穿的晨礼服，及玳瑁框眼镜、假胡须等东西。根据这些确凿的证据，才将"绅士盗贼"逮捕归案。

据该盗贼接受审讯时的坦白，偷窃当天——当然，他知道那天是职工发薪水的日子，所以去采访——他趁经理不在办公室之机，进入隔壁的财务室拿走那些钱，然后马上取出折叠皮包中装着的风衣、鸭舌帽，将偷来的部分纸币装进皮包中，然后摘下眼镜，取下胡须，在晨礼服外面套上风衣，用鸭舌帽替换了礼帽，若无其事地从另一个出口逃之夭夭。当被讯问为什么能够在光天化日之下偷走那五万日元的小额纸币时，绅士盗贼得意地嘿嘿一笑，答道：

"干我们这行的，浑身上下都是口袋。不信的话，请你们看一下没收的晨礼服。乍看是件普通的晨礼服，但实际上它就像魔术师的衣服一样，里面布满了内袋，藏个五万日元钞票还不是小菜一碟。中国的魔术师，不是连装着水的大海碗都能藏进衣服里吗？"

这起盗窃案如果就此完结，也就没有什么意思了，但是此案有着和普通盗窃案不同的蹊跷之处。而且这一点，与我下面要讲的这个故事有很大的关联。

那就是，这名绅士盗贼对于偷窃的五万日元的藏匿场所只字不说。警察署、检察厅、法庭这三个部门，用尽了各种办法逼问，他始终一口咬定不知道。最后，他甚至胡说什么在短短一周之内就把钱花光了。

作为警方，只有依靠侦探之力去寻找那笔钱的下落了，可是花费了很大精力，仍然一无所获。因此，那个绅士盗贼因隐匿五万日元而罪加一等，被判处了对于盗窃犯来说相当重的刑罚。

最苦恼的还是被盗窃的工厂。比起找到犯人，工厂更希望找回那五万日元。警方虽说并没有停止对这笔钱的搜查，但总给人不够用心的感觉。于是工厂的负责人——那位经理发表了悬赏声明：如果有人找回那笔钱，奖励该钱款的十分之一，即五千日元。

下面我要讲的有关松村武和我之间的有趣故事，就发生在该盗窃案进展的这个阶段。

中

正如这故事一开始提到的那样，当时，松村和我住在穷街陋巷的木屐店二楼的六叠房间里，已沦落到了穷途末路、捉襟见肘的境地。

不过，在种种不幸之中还算幸运的是，此时正值春季。这是只有穷人才知道的秘密。从冬末到夏初，穷人可以赚到很多钱。不，只是感觉赚到钱而已。这是因为，只有寒冷的时候才需要和服外套、内衣。最惨的时候，连寝具、火盆之类，都可以拿到当铺去换钱。我们也受到气候的恩惠，可以暂且不去担忧"明天怎么过呢？""月末房租费怎么办呢？"这些烦恼。于是，我们去了久违的澡堂，还去了理发店。下馆子时，我们居然奢侈地点了生鱼片，外加一盅酒，取代平日的大酱汤和咸菜。

有一天，我神清气爽地从澡堂回来，一屁股坐在满目疮痍、晃晃悠悠的漆面桌子前时，刚刚独自在家的松村露着特别兴奋的表情，对我问道：

"喂，是你把二钱铜币放在我桌子上的吧？你是从哪儿拿来的？"

"啊，是我呀。是刚才买烟时找的零钱呀。"

"是哪个烟铺？"

"饭馆隔壁的老太婆开的那家店，没什么人去。"

"哦，是吗？"

不知为什么，松村沉思了半晌后，仍然固执地问我：

"你当时，就是买烟的时候，还有别的顾客吗？"

"好像没有别人。对了，肯定没有。因为当时那老太婆在打盹呢。"

听了这个回答，松村好像放下了心。

"可是，那家烟铺里，除了老太婆以外，应该还有什么人吧？"

"我和那个老太婆很熟识。她那张爱搭不理的面孔，我倒是挺喜欢看的，所以对那家烟铺我很了解。除了老太婆以外，家里只有一个比老太婆更不爱搭理人的老头。我说，你打听这些，到底想做什么呢？你没事儿吧？"

"没事儿。只是想了解一下。既然你很熟悉那家烟铺，能不能再详细给我说说?"

"好吧。老头和老太婆有一个女儿,我见过他们的女儿一两次,长得还不错。听说她嫁给了一个给服刑人员送货的人。老太婆曾跟我说过,那个送货的收入不错,靠着他的接济,这家买卖冷清的烟铺才没有关门,勉强维持到现在……"

令人吃惊的是,我刚开始说关于那家烟铺的情况,要我介绍烟铺的松村却不想再听下去似的站了起来,在不大的客厅里,像动物园里的熊那样,慢吞吞地从这头踱步到另一头。

我们两个平时都是没准性子的人,说着说着突然站起来也不算什么稀罕事。但是,今天松村的样子不同以往,连我都不敢再吭声了。松村在屋子里来来回回走了大约三十分钟。我在一旁饶有兴致地看着他。若是有第三者在场,一定以为他发疯了。

我的肚子咕咕叫了,正好是晚饭时间,加上刚泡过澡,更觉得肚子饿。于是我对像有精神病似的转来转去的松村建议:"你想不想去饭馆?"可他回答说:"对不起,你一个人去吧!"我只好一个人去了。

等我吃饱了从饭馆回来一看,真是太阳打西边出来了,松村居然叫来按摩师按摩呢!一个以前我们就熟识的盲哑学校的学生,正一边给松村揉肩,一边和他聊得起劲。

"喂,你可不要以为我奢侈,我自有我的道理。你先什么也别问,旁观即可,回头就明白了。"

松村先发制人,防备我指责他似的说道。昨天我好不容易才说

251

服了当铺的老板，强抢一般到手了二十多日元作为我们的共同财产，现在却被他六十钱的按摩费给弄缩水了，在这么缺钱的时候，这不是奢侈是什么？

然而，我对松村这一连串非同寻常的表现，产生了说不清道不明的兴致。于是我在自己的桌前坐下，装出专注读书的样子，一边看着从旧书店买来的讲谈本[1]，一边偷看松村的一举一动。

按摩师一走，松村立即坐到他的桌子前，好像在读一张纸片上的什么东西。然后，他又从怀里掏出一张纸片，放到了桌子上。那是一张极薄的两寸见方的纸片，上面写满了小字。他似乎在全神贯注地比较研究着这两张纸片，并用铅笔在报纸的空白处写了什么又擦掉，擦掉又写。

天渐渐黑了，大街上卖豆腐的吹着喇叭，从大门外经过。渐渐地，行人少了，街上便传来荞面铺凄凉的唢呐声，不知不觉间夜深了。然而，松村仍旧废寝忘食地埋头于这古怪的工作。我只好默默地铺好自己的床，倒在床上，百无聊赖地重读一遍讲谈本。

"喂，你有东京地图吗？"突然，松村回过头问我。

"我可没有那东西。你去问一下楼下的老板娘吧。"

"好的。"

他立即站起身来，踩着咯吱作响的梯子走下去了。不大一会儿，他借来了一张折叠处快要断掉的东京地图，又一屁股坐在桌

---

1 类似中国的话本。

前，继续研究了起来。我怀着越来越强烈的好奇心，望着他那怪异的样子。

楼下的钟敲了九下。松村长时间的研究终于告一段落。他从桌前站起来，坐到我的枕边，有点儿不好开口似的说道：

"喂，你能不能拿出十日元来？"

对于松村不可思议的举动，我怀有尚不能对读者明说的浓厚兴趣，因此毫无异议地给了他十日元巨款——对于当时的我们来说，那是全部财产的一半。

松村从我手里接过十日元纸币，立即穿上一件旧夹衣，戴上皱巴巴的鸭舌帽，什么话都没有交代，径自出了门。

我一个人留在房间里，对松村下一步的行动进行种种猜想。我独自胡思乱想，暗自窃笑着，不知不觉进入了梦乡。尽管半梦半醒之间我知道松村不多久就回来了，但对后来的事浑然不知，一直酣睡到早晨。

我是个爱睡懒觉的人，一觉睡到差不多十点吧，睁眼一看，被枕边站着的一个怪模怪样的人吓了一大跳。那是个商人打扮的人，穿一件条纹和服，束着腰带，还系了一条藏青色围裙，背着个小包袱，站在我跟前。

"瞧你，什么表情啊。是我呀。"

让我吃惊的是，这男子发出松村武的声音说道。我仔细一看，他确实是松村武，但由于穿着完全变了，我半天没有反应过来。

"你想干什么啊？怎么还背着个包袱，打扮成这个样子。我还以为是哪个铺子的掌柜呢！"

"嘘！嘘！别那么大声。"松村双手捂住我的嘴，耳语般的小声说道，"我带回了特别好的礼物哦！"

"你一大早跑哪儿去了？"

看他神神道道的样子，我也不禁压低声音问道。松村满脸洋溢着控制不住的怪笑，凑近我的耳边，用比刚才更低的、似有似无的声音说道：

"老兄，你知道吗，这个包袱里面，装着五万日元呢！"

下

读者大概已经猜到了。原来，松村武不知从什么地方，把上面提到的那个绅士盗贼藏匿的五万日元搞了回来。那笔钱要是送到发电厂去，能得到五千日元赏金。但是，松村说他不打算那样做。他这样解释道：

"把这笔钱老老实实送去，不单单是愚蠢，而且非常危险。因为这是一笔警方足足花了一个月时间到处寻找都没有找到的巨款。即便我们现在拿了，有谁会怀疑呢？对我们来说，五万日元可比五千日元多了好多啊。

"更可怕的，是那个绅士盗贼的报复。这是最可怕的！一旦知道自己不惜被延长刑期而藏匿的这笔钱被人拿走，那家伙——那个在做坏事方面可以说是天才的家伙，是不会放过我们的。"

听松村的口吻，他好像十分敬畏盗贼。因此，若是把它送到失主那里领取赏金，松村武的名字立即会登在报上，这不是相当于把仇人住在什么地方直接告诉了那家伙嘛。

"至少现在，我战胜了那家伙。对，就是说战胜了那个天才盗贼！有五万日元当然值得高兴，但比起钱来，我更为这一胜利而兴奋不已。你必须承认我很聪明，至少比老兄你要聪明。引导我发现这笔巨款的，是昨天你放在我桌子上买烟找零的二钱铜币。就是说，对于那二钱铜币上的细微之处，你没有注意到，而我注意到了。并且，我就是从这区区一枚二钱铜币上，找到了五万日元这笔巨款。你知道吗，这可是二钱铜币的二百五十万倍啊。这说明了什么？至少说明，我的脑袋比你的脑袋要聪明些吧！"

两个多少有点儿知识的青年蜗居在一间屋子里，比谁脑子聪明是再自然不过的了。松村武和我那时候闲得无聊，总是为此争论不休，常常争得面红耳赤。不知不觉天就亮了，而松村和我都互不相让，坚持说自己的脑袋更聪明。所以，松村想以这个功劳——这确实是个大功劳——证明我和他的脑袋谁优谁劣。

"知道了，知道了。先别嘚瑟了，还是说说你是怎么把这笔钱弄到手的吧。"

"你别急嘛。我倒是更想琢磨琢磨这笔钱怎么花。不过，为了满足你的好奇心，我就先简单说说吧。"

其实，他不只是为了满足我的好奇心，还为了满足他自己的虚荣心。这个就不说了，反正接下来，他扬扬自得地说起了辛苦搜寻的过程。我兀自躺在被窝中，仰视着他那上下张合的嘴巴。

"昨天你去洗澡以后，我玩着那枚二钱铜币时，偶然发现铜币边缘有一道纹。我觉得有点儿可疑，便仔细察看了一下。我吃惊地发现那枚铜币竟然裂成了两半。你瞧，就是这个。"

他从桌子的抽屉里拿出那枚二钱铜币，就像打开宝丹[1]的容器那样，用螺丝刀把它打开。

"你瞧，这铜币中间是空心的。这实际上是一种用铜币做的容器，多么精致呀！乍一看，跟普通的二钱铜币没有丝毫不同。看到它，我想起了一件事。我曾经听说过一种越狱高手使用的锯子。那是在怀表的发条上刻出齿轮的微型锯条，就像小人国用的东西。据说它可以放进用两枚铜币磨薄后合成的一枚铜币中，只要有了它，无论多么森严的牢房铁窗，都能轻而易举地锯断后越狱。听说那玩意儿是外国的窃贼发明的。于是我就猜想：这枚二钱铜币，大概也是通过这种窃贼不小心流通到了市面上。蹊跷的不光是这一点。相比铜币，更引起我好奇心的是，我发现了里面还有一张纸片。就是这个。"

这就是昨晚松村研究了一晚上的那张极薄的小纸片。在这张小小的日本纸上，用细小的笔画写了下面这些字：

---

[1] 治疗胃酸过多和胀气的药。

> 陀、无弥佛、南无弥佛、阿陀佛、弥、无阿弥陀、无陀、弥、无弥陀佛、无陀、陀、南无陀佛、南无佛、陀、无阿弥陀、无陀、南佛、南陀、无弥、无阿弥陀佛、弥、南阿陀、无阿弥、南陀佛、南阿弥陀、阿陀、南弥、南无弥佛、无阿弥陀、南无弥陀、南弥、南无弥佛、无阿弥陀、南无陀、南无阿、阿陀佛、无阿弥、南阿、南阿佛、陀、南阿陀、南无、无弥佛、南弥佛、阿弥、弥、无弥陀佛、无陀、南无阿弥陀、阿陀佛。

"这个和尚说梦话似的字面,你知道是什么吗?我起初以为是胡乱写的,估计是悔过自新的盗贼什么的,为了消除罪孽而写了好多遍'南无阿弥陀佛',把它放入铜币里。如果是这样,为什么不完整地写'南无阿弥陀佛'呢。'陀'也好,'无弥陀'也好,虽说都在'南无阿弥陀佛'六个字里,却没有一组是完整的。既有一个字的,也有四五个字的。我意识到,这并非一般写着玩儿的。

"这时,我听到你洗澡回来的脚步声,就赶紧把二钱铜币和那张字条收了起来。我也不知道为什么,大概是想独占这个秘密吧。我想等到一切都弄清楚了之后,再给你看,好炫耀一番。可是,你走上楼梯的时候,我脑子里突然闪过一个绝妙的想法,就是那个绅士窃贼的事。虽然不知道他把钱藏在哪儿了,可是再怎么样,那家

257

伙也不会在刑满出狱之前，把那些钱一直放在那儿不管吧。因此，那家伙一定有替他管钱的手下或同伙。现在，假设那家伙由于突然被捕，来不及把五万日元的藏匿场所通知同伙，会怎么做呢？对他来说，只能在坐牢期间，把这个情况通过某些渠道通知外界。这张神秘莫测的纸条，说不定就是那则通知……

"这个想法在我的头脑里一闪而过。当然这只是我的猜想，的确有点儿天真。于是，我就问了你那二钱铜币的来处。没想到你说起了烟铺的女儿，她嫁给了给监狱送货的人。坐牢的盗贼若想和外界通信，通过送货人传递是最容易的。而且，假设他的这个企图因故出了差错，通信便会留在送货人手里。而这二钱铜币通过他的婆娘被带到了亲戚家，也不是不可能。总之，我为了琢磨这件事，简直像着了魔一样。

"倘若这张纸条上无意义的文字是暗语，那么解开它的钥匙是什么呢？我在这房间里来回踱步，绞尽脑汁思考着。要想破解暗语非常有难度。全部暗语只有'南无阿弥陀佛'六个字和标点符号。用这七个密码，能组成什么句子呢？

"我以前研究过密码。我虽然不是福尔摩斯，倒也知道大约一百六十种密码[1]呢。于是，我一个个回想着所知道的信息，从中寻找与这张纸条相似的密码。这个花了我很多时间。当时你好像叫我

---

[1] 福尔摩斯在其短篇《跳舞的小人》（*The Dancing Men*）中曾提及一百六十种密码。

一起去外面吃饭吧？我还让你自己去，继续苦苦思索。终于，我发现了两种与之相似的密码。

"一种是培根[1]发明的'两个字母'（two letters），那是一种只使用 a 和 b 两个字母，便可以进行各种组合、表达任何意思的密码。比如，要表示 fly 这个词，拼成 aabab、aabba、ababa 即可。

"另外一个是查尔斯一世王朝时代经常用于政治方面的机密文件的形式，即用一组数字代替罗马字拼写。比如说——"

松村在桌子一角展开一张纸，写了下面的字：

A	B	C	D ……
1111	1112	1121	1211 ……

"这是一种用 1111 代替 A，用 1112 代替 B 的表现方法。我推测，这个铜币里的密码也和上述例子一样，是将'南无阿弥陀佛'进行各种组合，来替代'伊吕波'[2]五十音。

"至于解开此密码的方法，若是英语或是法语、德语，正如爱

---

1 弗朗西斯·培根（1561—1626），英国哲学家，政治家。他对密码学的兴趣很浓，设计出的密码也丰富了密码学。培根的密码本质上是用二进制数设计的。
2 出自日本平安时代的《伊吕波歌》。"伊吕波"是该诗歌开头三个音"いろは"的音译。此和歌将日语五十个假名不重复地全部编入歌中。

伦·坡的《金甲虫》[1]中所写的那样,只要找出'e',就能轻而易举地解开。让我头疼的是,这种密码肯定是日本语。为了确认这一点,我还尝试了爱伦·坡式的解码方法,可是根本不对路。我在那时遇到了瓶颈。

"六个字的组合……我想,六个字这一点,是不是有什么暗示?于是我在记忆中搜寻起由这六个字组成的词语。

"就在我绞尽脑汁挖掘带有六字的词语时,突然想起了看讲谈本时曾经看到,真田幸村[2]的旗印'六连钱纹'。这种标记按说与密码挨不上边,但不知为什么,我嘴里一直念叨着'六连钱''六连钱'。

"突然,就像来了灵感似的,有个东西从我的记忆中蹦了出来。那就是将'六连钱'原样缩小的盲人使用的点字。我情不自禁地喊了一声'妙啊'。这可是关乎五万日元的大事啊!

"对于点字,我懂得不多,只记得是六个点的组合,于是赶紧叫来了按摩师,请他传授给我。这就是按摩师教给我的点字符号。"

说着,松村从桌子抽屉里取出了一张纸,上面写了一行行点字的五十音、浊音符、半浊音符、拗音符、长音符、数字等。

---

1 《金甲虫》(*The Gold-Bug*)是美国作家埃德加·爱伦·坡的中篇小说,讲述了通过破解密码去寻宝的故事。
2 真田幸村(1567—1615),本名真田信繁,是日本战国末期名将。六连钱纹是真田家纹,两排三枚一文钱并列,合计六枚。

陀	弥无佛	南弥无佛	陀阿佛	弥无阿	南无陀佛	弥无陀	弥无陀佛	陀	南无陀阿	南无陀	南陀佛阿	无陀	南陀佛	南弥佛	南弥无	弥无陀阿佛	弥无	南弥阿	无陀	南弥阿	南弥无阿	南弥陀阿
● ●	● ●	● ● ●	● ●	●	● ● ●	●	● ●		● ●	● ●	●		●	●	● ●	● ● ●	●	● ●	●	● ● ●	● ●	● ●
浊音符号	ゴ	ケ	ン	チ	ヨー	シ	ヨー	ジ	キ	ドー	カ	ラ	オ	モ	チ	ヤ	ノ	サ

陀阿	南弥	南弥无佛	弥无陀阿	南弥阿	南弥	南弥无	弥无陀	弥无	陀阿佛	弥无阿佛	弥陀佛	南无	南陀	陀	陀佛	南无	弥无佛	弥无陀阿	弥无陀	南弥陀阿佛	弥无佛	南弥无佛	陀阿佛
●	● ●	● ●	● ●	● ●	●	● ●	●	●	● ●	● ●	● ●		●		●	● ●	● ●	● ●	●	● ●	● ●	● ●	●
ヲ	ウ	ケ	ト	レ	ウ	ケ	ト	リ	ニ	ン	ノ	ナ	ハ	浊音符号	ダ	イ	コ	ク	ヤ	シ	ヨー	テ	ン

"现在，将'南无阿弥陀佛'六个字，从左往右，按三个字一行，排列成两行，就成了与这点字一样的排列形式。'南无阿弥陀佛'的每个字与点字的六个点相互对应。这样，点字的'ア'相当于'南'，'イ'相当于'南无'，以此规律类推下去就行。这就是我昨晚破解这密码的结果。表格的最上面，是将原文的'南无阿弥陀佛'变成与点字相同的排列形式，中间是与之相吻合的点字，最下面是将点字翻译出来的字母。"

说着，松村又取出了一张纸片。

ゴケンチヨーシヨージキドーカラオモチヤノサ
ツヲウケトレウケトリニン ノナハダイコクヤシヨー
テン

261

"意思很清楚了,'从五轩町的正直堂取回玩具纸币,领取人之名是大黑屋商店'。可是,为什么要取回玩具纸币呢?我又陷入了思考,不过这个谜比较轻松地解开了。我对绅士盗贼的聪明、机敏,以及具有小说家的情趣不得不肃然起敬。你不觉得这'玩具纸币'妙不可言嘛!

"我再次进行了推理,而且幸运至极,都被我猜中了。绅士盗贼为了防止万一,肯定事先找好了藏匿赃款的安全之所。要说这世上最安全的隐藏方法,莫过于以不藏匿为藏匿。那种暴露在众目睽睽之下,人们却毫无察觉的隐藏方法,反而是最安全的。

"我猜那个聪明过人的家伙想到了这一点。于是,他想出了玩具纸币这一巧妙的把戏。我猜测这家正直堂,大概就是印刷玩具纸币的店铺——这个也被我猜中了——原来那家伙以大黑屋商店的名义,在正直堂订购了一些玩具纸币。

"近来,听说有一种可以乱真的玩具纸币在花街柳巷十分流行。是从谁那儿听来的?啊,对了,你曾经对我说过。你说那是风流玩家逗弄女孩子寻开心的玩具,就和什么'吓人盒子'、逼真的泥土点心水果、玩具蛇等东西一样。所以,那家伙即使订购了和真钞一样大小的假纸币,也丝毫不会引起别人的怀疑。

"做好以后,那家伙大概是顺利地偷出了真纸币,立刻潜入那家印刷店,与自己订购的玩具纸币悄悄掉了包。这样,在订购人去取货之前,五万日元这一大笔钱,就作为玩具纸币安全地存放在了印刷店的仓库里。

"这也许只是我的猜想,却是极有可能的。我决定不管怎样先去打听打听。我在地图上找到名叫'五轩町'的这条街,得知它位于神田区内。于是,我准备去取玩具纸币。这事可有点儿棘手,因为绝对不能留下我去取过钱的痕迹。

"如果此事被对方察觉,那个凶恶的坏人会怎样报复?光是想想,胆小怕事的我都吓得浑身直哆嗦。所以,要尽可能不让对方知道是我。因此,我今天才化装成这个样子。我用跟你要的那十日元,从头到脚换了一身打扮。你看看我这模样,这个主意不错吧。"

说着,松村露出整齐的门牙笑了。我刚才就注意到有颗金牙闪闪发光。他得意地将它取下,伸到我眼前,说道:

"这是夜市上买的玩意儿,在白铁皮上镀了层金儿,只是套在牙齿上的假牙。二十钱的一小块白铁皮,居然有这么大的作用。金牙这东西,很惹人注意的。所以,日后如果有什么人想找我,首先会把这金牙作为寻找的线索。

"做好了这些准备后,我今天早上就去了五轩町。唯一让我担心的,是这笔玩具纸币的货款。我想,那个盗贼一定害怕纸币被转卖出去,估计会预付货款,但是如果没有预付,至少需要二三十日元。不凑巧,我们没有这么多的钱。怕什么!设法糊弄一下好了。不出所料,印刷店对于钱款一个字都没提,就把纸币交给了我。就这样,我神不知鬼不觉地把那五万日元搞到了手。……好了,下面该想想这笔钱要怎么花了。怎么样,你有什么想法吗?"

松村从来没有这样兴奋、这样侃侃而谈过。我为这笔钱的巨大魔力惊叹万分。为了省去屡次描述的麻烦,我一直克制着没有提及,其实松村在炫耀自己这番辛苦的过程中,脸上露出的欢喜表情太让我开眼了!他似乎在拼命地克制自己不露出丑陋的狂喜之态,可越是极力克制,越是无法掩饰从内心涌出的笑容。

看着他在讲述的过程中,时不时龇牙一笑的亢奋,我竟害怕起来。听说从前曾有穷人中了一千两彩票而发疯,那么,松村为这五万日元而狂喜也不是不可能。

但愿这一喜悦可以永远持续下去,我为松村祈祷。

但是,我发现了一个无法解决的问题。我突然爆笑起来,无论如何也控制不住。不许笑!不许笑!我虽然这样训斥自己,但心中那喜爱搞怪的恶魔仍在逗我发笑,并没有因我的训斥而泄气。我发出更大的声音,仿佛在看一出可笑至极的滑稽剧,哈哈大笑着。

松村目瞪口呆地看着我,露着一副见了鬼似的表情,问道:"你这是怎么啦?"

我好不容易忍住笑,回答他:"你的想象力实在太棒了!干了一件了不起的大事。我一定会比以往加倍地尊敬你的聪明才智。不错,正如你所说,在聪明这点上我不如你。可是,你不会真的相信吧?"

松村没有回答,以异样的表情呆望着我。

"换句话说,你认为绅士盗贼真的具有那样的才智吗?我承认,你的猜想作为小说题材实在是无可挑剔,但是生活远比小说现实得多!如果只是谈论小说,我想提醒你注意一个问题，那就是这密码是否还有其他解法？是否有可能把你翻译的句子再翻译出另一层意思？比如说，你能不能间隔八个字母，读一下这段话呢？"

我说着，在松村写的密码译文下面打出了几个圈：

>   ゴケンチヨーシヨージキドーカラオモチヤノサ
>   ○   ○   ○   ○
>   ッヲウケトレウケトリニンノナハダイコクヤショー
>   ○   ○   ○
>   テン
>   ○

"ゴジヤウダン[1]。你知道这'开玩笑'是什么意思吗？你觉得这是偶然吗？难道不会是什么人搞的恶作剧吗？"

松村一言不发地站起身来，把他坚信装有五万日元钞票的包袱拿到我的眼前。

"可是，这个事实你怎么解释呢？五万日元这笔钱，从小说中不可能产生哦！"

他的声音里充满了决斗时那种毅然决然。我害怕起来，不由得对我这个小小的恶作剧带来超出预想的效果感到后悔不迭。

"我做了一件非常对不起你的事。请你原谅我！你那样宝贝地拿回来的，其实仍旧是玩具纸币。你还是先把它打开仔细看一

---

1 此处为"开玩笑"一词的旧式日语用法。

下吧。"

松村就像在黑暗中摸索东西一般，动作笨拙地——我看着越发过意不去了——花了很长时间才解开了包袱皮。包袱里面有两个用报纸包得很漂亮的四方纸包，其中一个纸包的报纸破了，露出了里面的钞票。

"我半路上打开了这个，亲眼看过。"

松村说话声音就像喉咙里卡了什么东西，然后他将报纸全打开了。

那是做得非常逼真的假钞。乍看之下，没有一处不是真的，但仔细一看，在那些纸币的正面，印着很大的"团"[1]字，而不是"圆"字。不是十圆、二十圆，而是十团、二十团。

松村不相信似的反反复复地看起来。看着看着，笑容从他的脸上完全消失了，剩下的只有沉默。我心里充满了歉意，对自己做得过头的恶作剧进行了解释，但是松村根本不听，一整天他都像哑巴一样沉默着。

我的故事，到此就讲完了，不过为了满足各位读者的好奇心，我还是有必要说明一下我的恶作剧。

正直堂这家印刷店其实是我的一个远亲开的。一天，因生活窘困至极，我冷不丁地想起了多次欠他钱不还的那个亲戚。于是，抱着多少借到一点儿钱的期望，我还是硬着头皮拜访了这位久违的亲

---

[1] 日语"团"字的旧体写作"團"，与"圆"字很接近。

戚——当然，这件事我没有告诉松村——不出所料，借钱的事无功而返，但是当时，我偶然看到了正在印刷的和真纸币一模一样的玩具纸币。听亲戚说，那是多年老主顾"大黑屋"订的货。

我把这一发现和我们俩那时候每天谈论的绅士盗贼事件联系起来，就想出了这个无聊的玩笑，跟朋友闹着玩。这么做也是因为我和松村一样，平素一直希望抓住一个机会，好显示一下自己的头脑更聪明。

那套拙劣的密码当然是我编造出来的，但是我并不像松村那样精通外国的密码史，不过是偶然的灵感罢了。烟铺的女儿嫁给了监狱送货人那件事，也是我胡编的。连那家烟铺的主人有没有女儿，我都不清楚。

在这出戏里，我最担忧的不是戏剧冲突方面，而是最现实的、从整体来看又是最难把握的桥段，那就是，我所看到的那些玩具纸币，在松村去取钱之前是否还在印刷店里，是否还没有寄给订货者。

关于玩具纸币的货款，我丝毫不担心。因为我的亲戚和大黑屋之间是货卖出后结账，最便利的是，正直堂使用的是一种极原始、不严谨的经营方式。因此，即使松村没有带大黑屋老板的取货条，也不会空手而归。

最后，就是关于这出恶作剧的源头——那枚二钱铜币了。很遗憾，我在这里不能如实说明。因为，如果我贸然写下什么不该说的话，日后可能会给送我铜币的某人带来很大的麻烦。读者只需认为，我是偶然持有那枚二钱铜币，就可以了。

盗难

江户川乱步诡计篇

我知道一个有趣的故事，是我的亲身经历。你把这个故事稍作加工，没准能成为写侦探小说的素材呢。你想听吗？什么，很想听听。好吧，那我就给你说说。我这人口才很差劲，可能不入你的耳，将就听听吧。

故事绝对不是我瞎编的。这话得说在前头，因为我曾经给很多人讲过这个故事，他们听了都说，这故事太有趣了，就像虚构的一样，莫不是你从哪本小说里看来的吧。总之，人们大多不把这事当真。可是，我保证是真人真事，绝无半点儿虚言。

别看我现在的工作不怎么样，三年前，我可是宗教方面的从业人士。这工作听起来挺风光吧，其实无聊透顶了。并不是什么值得自豪的宗教——号称××教，像你这样的人大概没听说过。当然了，若论教义，自然有一套冠冕堂皇的理论。

虽说不到可称为总坛那么了不起的程度，其传播教义的总部位于××县，下属各分会几乎遍布那个地区的小镇。我就职的便是其中的N市分会。这个N市分会在众多分会之中，也属于相当红火的。我这么说是因为那里的主任——教会内部人员的称呼很拗口，说白了就是主任——和我是同乡，又是旧识，此人绝对称得上是一位干才。说他有才并不是夸他宗教方面多么有悟性，而是他具有精明的商业头脑。宗教界里混进一个商业奇才，虽说有些奇怪，但在招募信徒和募集善款等方面，他确实是花样繁多、本领超群。

就像刚才说的那样，靠着我和那主任是同乡的关系——那是哪一年啊，好像是我二十七岁那年，也就是说，正好是七年前——我住进了那个分会。当时，我因为出了点儿岔子，丢了工作，无奈只好暂时寄人篱下，苟且度日。谁知一旦进去，便无法轻易脱身，只好一天天混日子，时间长了，耳濡目染，我居然也逐渐熟悉了教义，时常被派去处理些琐碎事宜。一来二去，我就成了那所教会的勤杂人员，在那里安定下来了。这一待，就是五年！

当然了，我并没有成为信徒。我原本就没有信仰之心，加上又知晓内幕，别看主任在人前道貌岸然地传教解惑，其实生活中又是饮酒作乐，又是玩女人，夫妻俩的吵架声不绝于耳。看他这德行，我怎么可能想要信教。这恐怕是那些有才干之人的通病吧，主任就是这种男人。

不过，说到信徒，该教信徒和别处的全然不同。狂热的信徒可多了。对于一般教会的情况，我不了解，但是该教信众的捐款确实是大手笔。捐那么多钱，连眼睛都不眨，让我这种无神论者百思不得其解。托他们的福，主任的生活过得十分滋润。他甚至用搜刮信徒得来的钱炒股票呢。我这人干什么都是三天热乎劲，干一份工作从来没有超过两年，却在这所教会里忍耐了五年，究其原因，可能是自己也跟着主任沾了不少光，所以待在这儿还挺舒服的吧。那么，为什么我又放弃了这么好的工作呢？这就是我下面要讲的了。

那所教会的宣教堂是十几年前建的，我去的时候，已经破损严重，脏得不堪入目了。加上换了主任后，信众猛然增多，空间变得更狭窄了。于是，主任决定扩建讲堂，同时整修一下损坏之处。说是修缮，其实并没有什么修缮基金，即便向总部申请，多少能得点儿补助，但不可能支付全部扩建费用。最后只得靠着号召信众捐款来筹集。说到费用，不过是扩建，一万日元足矣。但一家乡下的分教会，想要募得那么多捐款也并非易事。如果主任没有刚才说的那种商业头脑，恐怕不会那么顺利。

要说主任采取的募捐手段，那是别具一格，说穿了就和欺诈差不多。他先找到信众里的首富，据说是N市某一流商家的老爷子，故弄玄虚地对那位老人说什么神灵给自己托了梦如何如何，凭借三寸不烂之舌，顺利说服对方率先捐赠了三千日元。他干起这种事来才叫得心应手呢。其实这三千日元就是个诱饵。主任把这笔现金直接放入教会的小保险箱里，每逢有信徒来教会，便对其炫耀一番：

"真是太虔诚了，某某先生已经捐赠了这么一大笔钱。"

然后再把那个虚构的神灵托梦的故事重复一遍，无论谁都不好拒绝，只能尽各自所能捐出钱来。有的信徒甚至把压箱子底的钱全都拿出来彰显信仰之心，因此眼看着捐款日益增多。想想看，没有比这更好赚钱的买卖了。短短十天便筹集了五千日元啊。照这个速度，用不了一个月，就能轻松筹集到所需的扩建费了。主任整天乐呵呵的。

不料，有天发生了一件大事。这天，主任收到了一封奇怪的信。在您写的小说里，这种事也许用不着大惊小怪的，可要是真收到这么一封信，着实叫人害怕呢。信里写着："今夜敲响十二点钟时，敝人将准时前去收取阁下募集到手的捐款，请务必准备好。"居然有这等狂妄至极的疯子，来盗窃捐款还事先告知对方。怎么样，有意思吧。仔细想想，真是荒诞不经，可是当时我们都吓得脸白如纸。我刚才也说了，募集的捐款全都以现金形式放进了保险柜里，由于向众多信徒大肆炫耀过，所以，如今教会里有一笔巨款的事已经不是秘密，很难说不会传到心怀叵测的家伙耳朵里。由此，把贼招来也不奇怪，只是窃贼连盗窃的时间都特地告知，也未免太匪夷所思了。

主任却很淡定地说："没事，多半是哪个家伙搞的恶作剧。"有道理，若非恶作剧，哪有窃贼会特地写这样一封信来提醒呢？可转念一想，虽说主任说得在理，但我仍然担心得不得了。俗话说小心无大过。我劝说主任还是暂时将这笔钱存入银行比较稳妥，可他完全不以为意。我又提议向警方报案，主任终于同意了，指派我去警察局报案。

到了下午，我穿戴整齐，出门去警察局，走了一百来米后，恰好看见四五天前来查过户籍的巡警从对面走过来，我就迎上前去，将收到那封信的事对他说了一遍。这位强壮的大胡子武夫巡警，听了我的话之后，竟然哈哈大笑起来。

"我说，你真的以为这世上有这等愚蠢的小偷吗？哈哈哈哈……你们都被他给唬住啦！"

这家伙虽然长相凶狠，性格倒是挺爽快的。

"不过，在我们看来，还是觉得很吓人的，为保险起见，能不能请你们调查一下？"

在我的坚持下，巡警总算应了下来。

"那好吧，正好今晚我在教会那一带执勤，到点儿我会过去瞅一眼。小偷什么的肯定是不会来的，反正是顺便的事，到时候想着给我沏壶茶啊。哈哈哈哈……"

这家伙根本就没当回事。所幸他说会过来看看，我也就放了心，再三叮嘱他千万别忘了，然后便回了教会。

话说换作平日，只要晚间没有布道，一到九点我会睡下，可是，那晚我总是心神不定，无法安睡。由于和那个巡警有约在先，我要为他准备茶水和点心，所以一直待在里面的房间——曾经用来接待信徒的会客室。我坐在桌前，一心等候晚上十二点的到来。奇妙的是，我的眼睛一刻也离不开放在壁龛处的保险箱，总觉得里面的金钱会在不知不觉间不翼而飞。

主任毕竟有些放心不下，时不时来房间里跟我没话找话。我感觉时间特别漫长。临近十二点时，白天遇到的那个巡警果然如约而来。于是，我们赶紧请他进入里间，主任、巡警和我三个人，围坐在保险柜前，一边喝茶，一边看守保险柜。其实只有我一个人这么想吧。因为主任和巡警根本没有把白天那封信放在眼里。这位警官谈兴十足，不失时机地与主任展开了热烈的宗教辩论。警官先生仿佛就是为了这场论战才光临教会的。也难怪，比起在黑乎乎的街道上走来走去地巡视，一边喝茶一边高谈阔论，自然是相当愉快。看样子，只有我一个人瞎操心，真是可笑至极。

不久，警官觉得聊得差不多了，忽然想起什么似的看着我说：

"哟，已经十二点半了。瞧瞧看，我就说是恶作剧嘛。"

我也有些不好意思，回了几句"是啊，多亏了您了"之类的客套话。这时，警官看着保险柜，竟然问了句莫名其妙的话：

"说起来，钱确实放进这里面了吗？"

我觉得他是在嘲讽我，不觉有些不快，便讥讽地反驳：

"当然放进去了。要不给您过过目？"

"不用了。在里面就好。不过，为了谨慎起见，还是确认一下比较好吧，哈哈哈。"

听他一直这样话里带刺地讥讽，我越来越生气，便一边说着"那就请看吧"，一边旋转保险柜的开锁暗码，打开了保险柜，取出里面成捆的纸币给他看。警官说：

"还真在里面。这样你们就可以彻底放心了。"

我模仿得不好，那家伙真是让人讨厌，说话腔调就像牙槽里塞了什么异物，别有用意似的嘿嘿窃笑。

"不过，说不定窃贼会使用什么手段呢？你以为看到钱在里面就放心了，可是，这个钱——"说着巡警拿起桌上那捆钞票，"有可能已经成了窃贼的囊中之物呢。"

听他这么一说，我不禁打了个激灵，只觉得有种深不可测的恐怖。现在这样讲故事，你可能体会不了那种心情。

足足几十秒的时间，我和他都默不作声地四目对视，试图从对方的眼睛里探究出什么东西来。

"哈哈哈哈……明白了吧，那么，我就告辞了。"

巡警说完突然站起来，手里还拿着那捆钞票呢。与此同时，他的另一只手迅速从口袋里掏出手枪对着我们。这个浑蛋太可恶了！即便在这种时候，他仍旧操着巡警的腔调说什么"那就告辞了"。真是个胆大妄为的家伙！

不言而喻，面对手枪，主任和我都不敢出声，呆呆地坐着没动。我们已经吓破胆了。万万想不到，竟然还有这种先来查户籍，形成一面之识的新骗术。我们一直以为他就是真正的巡警呢。

这家伙走出房间后，我以为他离开了，谁知他出去之后，将拉门留了条缝隙，将枪口伸进那条缝隙，一动也不动地对准我们。很长时间都是这样一动不动的。虽然屋里太黑看不清楚，但我总觉得那个坏蛋正从手枪上方的缝隙，眯着一只眼在瞄准我们……什么，你已经明白了？不愧是小说家啊。就是这么回事。他是用细绳将手枪吊在门框的钉子上，让我们以为他在瞄准呢。可是，当时我们害怕挨枪子，哪顾得上想这些。过了好半天，主任的老婆打开露着枪口的拉门，走进屋来，我们才搞清楚了状况。

滑稽的是，主任的老婆竟然还很客气地把这个窃贼巡警，不对，是化装成巡警的窃贼送到了玄关。因为刚才我们并没有大声吵嚷，也没有闹出什么动静，所以在客厅里的妻子完全不知道里面发生了什么。她说，窃贼从她身边走过时，还堂而皇之地对她说

277

了句"打扰了"。她心里也有点儿纳闷,"丈夫怎么也不出来送客呢?",只好自己把他送到了玄关。简直笑死人了。

然后,我们把正在睡觉的用人都叫了起来。可那个时候,窃贼已经跑到一千米开外了。大家一窝蜂地朝大门跑去,站在昏暗的街上东张西望,有的说往这边跑了,有的说往那边跑了,这样争来争去地耽误了半天。正是深夜时分,街道两边的店铺也都关了门,街上漆黑一片。间隔四家或五家铺子,只有一盏圆形门灯发出暗淡的光。这时候,从对面的巷子里忽然冒出一个黑影,往我们这边走过来。看样子像是一名巡警。一看见他,我以为是刚才那个窃贼,又返回来想将我们俩灭口呢,吓得腿都软了。我下意识地抓住主任的胳膊,指了指那个巡警。

幸好那人不是窃贼。这回,是真的巡警。那个巡警大概是发现我们大呼小叫地闹腾,觉得奇怪,便过来询问我们发生什么事了。于是,主任和我对他说:

"您来得正好,情况是这样的……"

主任就把钱款被抢走的经过一五一十地说了一遍。

巡警说:

"现在去追赶也来不及了,我现在就回警署,尽快申请通缉布控,那个贼人装扮成警官,只要他还穿着那身警服,就会成为显眼的目标,抓到他不是问题,你们就放心吧。"

他详细询问了被抢走的金额和盗贼的外貌,记在本子上后,便急匆匆地朝来的方向返回去了。听巡警的口气,仿佛抓住盗贼,找回那笔钱，根本不成问题，我们也觉得他特别值得信赖，松了一口气，谁知，事情并没有那么顺利。

那时候，我们每天谈论的都是这件事："今天会接到警方通知吧？""明天会返还被盗款吧？"然而，五天过去了，十天过去了，一直杳无音信。在这期间，主任曾多次去警察局询问情况，都没有消息。

"那些警察真冷淡啊。看这样子，根本找不到窃贼了。"

主任渐渐对警察的态度失去了信心，一味抱怨起来，什么刑警主任是个蛮横的家伙啦；上次那个巡警信誓旦旦地打包票，现在一看见我就躲起来了；等等。转眼半个月过去了，一个月过去了，仍然没有抓住盗贼。信徒们在聚会时虽然大发议论，但都没有想出好办法来。因此，大家只得顺其自然，交给警察去办理，重新着手募集捐款了。而且主任凭借巧舌如簧，依旧取得了可喜的成果，最终募集到了所需的绝大部分善款，扩建工程如期顺利实施，此事与故事不相干，姑且略去。

却说抢钱案过去两个月后的一天，我有事去了一趟离A市二十多千米的Y町。Y町有一座十里八乡都闻名的净土宗寺院，恰好我去的那天，开始举办一年一度的盛大法会，一连七天，在那座寺院附近都有热闹的祭祀活动，临时搭建了好几间杂耍或表演魔术的小屋，售卖各种食品或玩具的小摊一字排开，叫卖声此起彼伏，好不热闹。

办完事后，我不急着往回赶，又正值春暖花开时节，我被好听的音乐和喧闹的人群吸引，不由自主地走进了庙会，站在人群后面看看那边的表演，再看看这边的小摊，四处转来转去。

那是卖什么的来着？记得好像是卖牙疼药的摊子，看热闹的人围得里三层外三层的。我从人头攒动的缝隙间，看见一个高大的男人挥舞着粗手杖，口若悬河地说着什么。我觉得很有趣，便围着那圈人墙转悠，想找个看得清楚的地方。这时候，看热闹的人群中有个绅士模样的男人，突然回头张望，看到他的相貌，我吃了一惊，不由自主地想要逃跑。要问我为什么害怕，因为那个人的脸和上次那个窃贼简直一模一样。不同的只是化装成巡警的时候，他从鼻子下面直到下巴都留着大胡子，现在却刮得光光的。莫非这家伙为了改变容貌，贴了假胡须？真是太让人惊愕了。

我本想逃跑，但仔细端详对方的模样，觉得他好像并没有发现我。他又回过头去专心听那卖药的神侃了，我暂且放了心，离开那个场子，到稍稍有点儿距离的关东煮帐篷后面，从那里偷偷观察那个男人。

我紧张得心脏怦怦乱跳，一是因为害怕，二是因为发现了窃贼而惊喜。我必须设法跟踪这个家伙，要是能确定他的住处，报告警察，而且能找回一部分被他抢走的钱，主任和教徒们该有多高兴啊。想到这里，我感觉自己成了剧中的人物，异常兴奋。可是，我有必要再仔细观察一下，确认这个男人到底是不是当时的窃贼。万一认错了人，可就麻烦了。

等了一会儿，我看见他离开人群便信步走去。可是，再一看，还有一个人和他同行。我这时才意识到,刚才他旁边站着一个穿着同样衣服的男人,看样子是他的朋友。怕什么,一个人也好,两个人也罢,该跟踪还得跟踪。我小心翼翼地不让他们发现我,可由于人多,只能间隔五六米的距离尾随着他们。你有过跟踪的经验吗?跟踪实在是一件困难的差事。太谨慎的话,可能会跟丢;想要不跟丢,就有暴露自己的危险,绝不像小说中描述得那样轻松。他们走了二三百米后,进了一家饭馆,我才终于松了口气。谁料想,就在他们正要进入饭馆的时候,我又有了惊人的发现。你猜怎么着,二人中不是窃贼的那个男人的相貌,居然和当时说要去抓窃贼的巡警毫无二致。是不是太神奇了!等一下,等一下,你说已经明白了?就算你是小说家,脑子也太快了吧。我还说没完呢。再耐心听一会儿吧。

话说看着两个男人走进饭馆后,我是怎么做的呢?要是写小说的话,我会塞给那个饭馆的女招待一点儿小费,请她带我去他们隔壁的房间,隔着拉门偷听他们说话。好笑的是,我当时身上带的钱根本不够进饭馆吃饭,钱包里只有火车的回程车票和不到一日元。虽说如此,不知为何,我怎么也下不了决心去警察局报案;而且担心去报案时,他们会逃掉。所以,虽说很辛苦,我也只好死死地守在饭馆门前。

思来想去,这只能说明,那时后来出现的巡警也是冒牌的。实在是高明的招数啊!前一半骗术是常见的套路,倒是不足为奇,但是后半段,即冒牌货之后再次推出同样的冒牌货,这一手才叫人拍案叫绝！同样的戏法重复两次，一般人根本想不到，况且对方又是巡警，就以为这回是真警察了，不论是谁都会放松警惕。这样一来，真正的警察得知消息会耽误很久，他们就可以逃之夭夭了。

然而，此时我忽然发觉，如果他们是同伙，有一点就说不通了。对呀，就是这一点。教会的主任从那以后经常去警察局询问情况，所以，如果后面那个巡警是假货的话，主任应该立刻察觉呀。完了，我真是堕入五里雾中了。

我足足等了一个小时，二人才满脸通红地从饭馆出来。我当然继续尾随在他们后面。他们离开闹市后，朝着僻静的地方走去，来到一个街角时，二人停下脚步互相点点头便分开了。我不知道该跟踪哪个好，犹豫了一下，最后决定跟踪最初发现的那个男人。他喝醉了，跟跟跄跄地朝着市郊走去。四周越来越偏僻，跟踪也随之变得更难了。我离他约莫五十米，尽量在屋檐下的阴影里走，提心吊胆地跟着。这样走着走着，不知不觉走到了没有人家的郊外。只见前方是一小片森林，因为森林中有一座神社，大概是叫什么镇守之森吧。那个男的竟然迈着大步径直走了进去。我感觉有些害怕了。那家伙该不会是住在那片森林里吧。要不干脆放弃跟踪，回去算了。可是好不容易跟踪到此，这样半途而废，未免遗憾。于是我鼓起勇气，继续跟住男人。没想到，就在我刚踏入森林的时候，突然惊得呆住了。本以为远远走在前边的男人，竟出乎意料地从一棵大树后面跳了出来，站在我的面前。他露出狡猾的微笑，直盯盯地看着我。

我以为他会马上朝我扑过来，不由得摆出了防备的架势，万万没想到，他竟然像遇到老朋友似的对我问候道："哎呀，好久没见啦。"

嘿，这世上还真有如此厚脸皮的家伙，这回我可算开了眼。

"本来想专程去向你们致意呢。"那家伙说，"上次的事，输得真叫痛快淋漓啊。就连我这么精明的人，也被你的头儿狠狠摆了一道。拜托老弟回去后向他问好。"

我完全不知道他在说什么。见我满脸迷惑不解，那家伙扑哧一声笑了出来，然后说道：

"怎么，连你都被他骗了吗？没想到啊。其实那些都是假钞哦。要是真钞的话，有五千日元呢，还算值得一干。真是够倒霉的，谁知道都是逼真的假钞呢。"

"什么？你说是假钞？怎么可能呢？"我忍不住吼叫起来。

"哈哈哈哈，你没想到吧。要不给你看看证据？你看，一张、两张、三张，这里有三百日元。其他的都给人了，只剩下这几张。你仔细瞧瞧，做得虽然很像真的，可确实是假钱啊。"

那家伙说着从钱包里拿出三张一百日元的纸币递给我。

"你对此事一无所知，所以才跟着我，想要找到我的住所吧。这么做可是太危险了。这可事关你们头儿的安危呢。将骗取信徒的捐款换成假钞的人与盗窃假钞的人相比，获罪孰轻孰重，我不说你也知道吧。老弟，还是趁早回去吧。回去跟你们头儿问个好，就说改日我一定登门拜访。"

说完，男人便快步走掉了。我手里拿着三张一百日元纸币，呆

283

若木鸡，伫立在那里。

原来如此，真是他说的那样吗？果真是那样的话，所有的疑问就都说得通了。即便刚才的二人是同伙也不奇怪。主任说他经常去警察局打听情况，现在看来都是他瞎编的。他不这么做的话，万一惊动了警察，抓住了窃贼，假钞的事就会彻底暴露。怪不得接到偷钱通知信时，他丝毫也不紧张。因为是假钞，没什么可怕的嘛。虽说我确实觉得主任挺能哄骗信徒，可是他干出这样十恶不赦的事还是让我很意外。主任说不定是炒股票赔了钱吧。因此，他很可能从哪儿进了一批假钞，在我和信徒面前却装腔作势。回想起来，的确有不少可疑的迹象。更有意思的是，时至今日，居然没有一个信徒去报告警察。直到窃贼主动说穿为止，我居然都没有意识到这一点，实在是愚蠢到家了。那天回家之后，我还在跟自己生闷气，一天都不愉快。

从那以后，我便陷入了尴尬的处境。我当然不能将主任的恶行公之于世，可是闭口不说，又坐立不安。迄今为止自己不过是寄人篱下而已，可发现了这件事之后，这教会我一天也待不下去了。过了不久，我另外找到了工作，便立刻以告假之名离开了教会。我可不愿意给盗贼当帮凶。我离开教会就是这个原因。

可是你知道吗？这故事，还有后续呢。

人们觉得子虚乌有的桥段就是下面这部分。前面说到的那三百日元假钞，我为了留作纪念，一直塞在钱包最里头，结果，被我老婆——搬来这里之后娶的——不知是假钞，月底使用其中一张付了账单。碰巧是我发奖金的月份，所以即便是我这样的穷人，钱包也鼓了一点儿，老婆搞错了也情有可原。可问题是，那假钞居然顺利地花出去了。哈哈哈哈，怎么样？这故事有点儿意思吧。什么？你问是怎么回事？那几张假钞我没有找人验证过，到现在也搞不清楚到底是真是假。但至少可以肯定，我手里的三百日元不是假钞。因为，剩下的两张也陆续被老婆拿去添置春装了。

其实那窃贼当时抢走的就是真钞，可是为了摆脱我的跟踪，故意将真钞说成是假钞，来蒙骗我也未可知。他那样毫不吝啬地甩给我那么多钱，可不是十日元那样的小钱，无论是谁都会信以为真的。我不就轻易相信了窃贼的话，没有再进行深入的调查吗？倘若是这样，我怀疑主任在搞鬼，就太对不住他了。还有个疑问。第二个拍胸脯保证抓住窃贼的巡警，到底是真的警察，还是冒牌货呢？我之所以怀疑主任，就是因为看到那名巡警和窃贼一起下馆子，可现在回头想想，那个人也有可能是真警察，只是后来被窃贼给收买了。还有一种可能，他是在执行任务，为了破案才和嫌疑人交往。要不是主任平日里行不正坐不端，我也不会做出那样的判断。

除此之外，还有各种各样的可能性。比如窃贼本打算给我假钞，却不小心把真钞给了我，也不是没有可能。总之，这个故事直到最后都是稀里糊涂的，好像没有像样的结尾。不过不要紧，如果你想把它写成侦探小说，从中随便选一种作为结局就可以了。无论哪种结局，不是都很有趣吗？反正我用窃贼给我的钱，给老婆买了春装，哈哈哈哈……

一张收据

江 户 川 乱 步 诡 计 篇

上

"其实,那件事,我也多少知道一些。那可是近来少见的奇闻啊。社会上众说纷纭,传言满天飞。不过,想必没有你知道得那么详细。能不能说来听听?"

年轻的绅士说着,将滴血的肉片塞进嘴里。

"好吧。那我就说说。喂,服务生,再来杯啤酒。"

这位穿着体面、头发却乱蓬蓬的青年人讲了起来。

"时间是大正某年十月十日的凌晨四点,地点是某町近郊的富田博士宅邸后面的铁路。冬天的(不对,好像是秋天,这也无所谓啦)上行列车打破了黎明前的静寂,疾驰而来。这时,不知什么缘故,突然响起了刺耳的汽笛声,列车紧急制动刹了车,因惯性前行了一段才停住,结果,一位妇人被轧死了。我去看过现场。我是第一次看到这样血腥的场景,真是大受刺激。

"死者就是下面要谈到的博士夫人。接到乘务员的紧急报告后,警察立刻赶来了。附近也聚集了不少看热闹的人。有人通知了博士宅邸,异常震惊的博士和用人立即跑来现场。在这个骚乱的时候,你也知道,当时我已到某町来游玩,按照习惯早晨出去散步,路上碰巧遇到了这件事。警方当即进行了验尸。法医模样的男人检查了伤口之后，尸体便被抬到了博士宅邸。在旁观者眼里，此事极为简单地了结了。

"我看到的只有这些。其余都是参照报纸上的报道，加上我个人的猜想得出的，你姑且听之吧。法医认为，死因肯定是轧死。其根据是右大腿从根部被碾断这一点。关于事情发展到这一步的原因，从死者怀里搜出来的东西是有力线索，那就是一封夫人写给丈夫博士的遗书。遗书里提到，由于长期以来深受肺病之苦，让身边的人也备尝煎熬，实在无法忍受，遂下决心自我了结。大致就是这个意思。这的确是很常见的事件。如果此时没有一位名侦探出现，这个故事便画上了句号。接下来，关于博士夫人厌世自杀之类的报道，会以寥寥数笔登在社会版上。然而，多亏了这名侦探，我们才得以看到不一样的情况。

"他就是在报上受到盛赞的刑警——黑田清太郎。

"这位老兄可是个奇人。此人如同外国侦探小说里描写的那样，像狗似的趴在事发现场地上嗅来嗅去。然后，他进入博士宅邸，对主人以及用人提出种种问题，还拿着放大镜把每个房间的犄角旮旯看了一个遍。你就当是新式的侦探技术吧。然后，那位刑警对长官说：'看样子，还需要做进一步的检查。'在场的人一听这话，都脸色骤变，决定对尸体进行解剖。在大学医院里由某某博士执刀，进行解剖之后，果然证明了黑田名侦探的推断无误。他们发现夫人被轧死之前曾经服用过一种毒药。就是说，有人先毒死了夫人，再将尸体运到铁轨上，伪装成自杀。原来这是一起可怕的杀人案。于是，在当时的报纸上，以'凶手是何人'这样耸人听闻的标题登出此案件，越加煽起了我们的好奇心。最后，检察官要求黑田刑警收集相关证据。

"且说黑田刑警扬扬自得地拿出来的物证是：一双皮鞋、用石膏采取的足印、几张皱皱巴巴的废纸——是不是有几分侦探小说的味道？他居然用这三件物证，证明博士夫人不是自杀，而是他杀，甚至还说杀人者正是她丈夫富田博士。怎么样，很刺激吧？"

口若悬河的青年脸上现出不无狡黠的微笑，瞧着对方的脸，然后从内兜里掏出一个银色烟盒，相当潇洒地捏出一支牛津牌香烟，啪的一声合上了盖子。

"对了，"听故事的青年一边擦火柴为讲故事的人点烟，一边问，"到此为止，我也大致知道。不过，我很想知道，那位黑田刑警是通过什么方法发现凶手的呢？"

"这起案子简直就是一部侦探小说啊。根据黑田的说法，之所以怀疑是他杀，就因为法医说了句'死者的伤口出血太少'。就是这极其细微之处，让他产生了怀疑。他说，曾经发生在大正某年某月某日某某町的老妇人被害案，也有过类似的情况。有疑点就不能放过，并且，要对该疑点逐一进行尽可能缜密的探究，这是侦探术的座右铭。而这位刑警看来也深得办案精髓，据此推理出了一个假设。某个人——不知是男人还是女人——给这位夫人喝下了毒药，然后将夫人的尸体运到铁轨上，等着火车的车轮将所有痕迹碾压得消失殆尽。假设是这样的话，把尸体搬运到铁轨附近时，必然会留下痕迹。对于刑警来说极其幸运的是，发生轧死事件的前夜一直在下雨，地面清晰地留下了各种各样的足迹。这意味着，只有头天半夜雨停了，到事件发生的凌晨四点几十分之前，路过那附近的足迹才会非常完整地留在地上。因此，黑田刑警像前面说的那样，趴在地上到处闻起来。现在，我画一张现场的俯瞰图给你。"

左右田——讲故事的人——说着从口袋里掏出小笔记本，用铅笔快速画了一张草图。

"铁轨比地面高出一些，两侧的斜面长满了杂草。铁轨和富田博士宅邸后门之间隔着一块开阔的地面，差不多有一个网球场大小，是一片寸草不生、夹杂着小石子的土地。留下了足迹的地方就是这一侧。铁轨另一边，即与博士宅邸相反的方向是一片水田，远处可见工厂的烟囱。东西走向的某町西面尽头，便是博士宅邸及其他几栋文化村式的住宅[1]，你就这样想象，博士宅邸等一长排住宅，几乎与铁轨平行而建。那么，要问趴在地上的黑田刑警，到底在这博士宅邸与铁轨之间的空地上嗅出了什么？原来那块土地上，足有十种以上的足迹交相混杂，并且集中在事发地点，乍一看完全分辨不出来，但经过对足迹逐一分类调查后可知，有几种拖鞋、几种木屐和几种鞋的足迹。然后，与在现场的人数和足迹数进行对比，发现多出了一种归属不明的鞋印足迹。那天早晨，穿鞋的人都是警

---

[1] 文化住宅是日本1920年以后流行的日式和西式结合的建筑，即在日式房屋构造的基础上加入西式餐厅和客厅。

方，那些人之中还没有一个人离开现场，因此有些奇怪。再仔细一查，才知道那组可疑的鞋印是从博士宅邸过来的。"

"你查得真详细啊。"听故事的青年，即松村插嘴道。

"哪里，这还是拜八卦小报所赐呢。自从此案发生，他们就连篇累牍地报道，别说，有时候还真起点儿作用。要说从博士宅邸到出事地点之间往返的足迹，一共有四种。第一种是刚才所说的归属不明的鞋印；第二种是来现场时博士穿的拖鞋鞋印，第三种和第四种是博士用人的脚印。仅仅从这些足迹里，找不到死者走到铁轨来的痕迹。那么，夫人当时很可能穿的是小巧的布袜，但现场也没有找到这样的足印。这么说，夫人难道是穿着男人的鞋走到铁轨来的？倘若不是这样，便是符合这些鞋印的什么人，将夫人抱到了铁轨上。二者必居其一。前者当然不可能了。并且，那组鞋印有个微妙的特征，即鞋后跟非常深地嵌入地面。这是拿着什么重物走路的证据。由于东西的重量，脚后跟才会嵌入地面。关于这一点，黑田在小报上大大卖弄了一番，据他所说，人的足迹可以告诉我们很多信息，比如这样的足迹是属于跛脚的人，这样的足迹是盲人的，这样的足迹是孕妇的等。你要是有兴趣，可以去看昨天的八卦小报。

"由于说来话长，细节就省略了，黑田刑警从足迹出发，花费一番苦心进行探查，终于从博士家的檐廊下面发现了一双符合可疑鞋印的皮鞋。不幸的是，用人证明那是著名学者富田博士常穿的鞋。除此之外，还发现了各种小物证。还有，用人的房间和博士夫妻的房间相隔较远，那夜，用人们（是两个女子）由于睡得沉，早上才被喧闹声吵醒，对夜里发生的事毫不知情。博士本人当晚很少见地在家里过夜。

"而且，博士的家庭情况似乎也可以进一步佐证——具体说来就是，富田博士，想必你也知道，是已故富田老博士的女婿。就是说，夫人是个招婿入赘的千金小姐，并患有肺结核。她容貌平平不说，还有着严重的歇斯底里病，因此夫妻关系逐渐变得不和谐。事实上，博士的确偷偷养着外宅，对那个艺伎出身的女人宠爱无比。不过，我并不认为这件事对博士的评价有多大影响。至于歇斯底里这种病，一般人都会受不了的。博士也是如此，或许是这样的不和谐情绪日积月累，最终导致了惨剧。这样推论，还算是条理井然吧。

"可是，还有个难题需要解决，就是在死者怀里找到的那封遗书。通过多方调查，证明那封遗书的确是博士夫人的字迹，但夫人为什么会写出这样言不由衷的遗书呢？刑警自己也说过，这事让他颇费了一番心思。好在经过不懈努力，警方终于发现了几张皱巴巴的废纸。这种纸就是练字用的糙纸，博士就是在这种纸上练习模仿夫人的笔迹。其中一张，是夫人在旅行中写给博士的信，说明凶手以此信为原本，模仿了妻子的笔迹，真是费尽心机。据说这些纸是在博士书房的废纸篓里发现的。

"总之，刑警得出了这样的结论：对博士而言，夫人就是个眼中钉、肉中刺，是妨碍他恋爱的讨厌鬼，是让他抓狂的疯癫女人。让她永远消失，便可一了百了。

"考虑周全的博士,企图使用丝毫不影响自己名誉的方法来实行此计划。他以喝药之名,让夫人喝了某种毒药,等她毒发身亡后,把她扛在肩上,穿上那双皮鞋,从后门运到幸好离家不远的铁轨上。然后,将那封准备好的遗书放进死者的怀里。事故后,胆大包天的凶手便装出非常震惊的样子,赶到了现场。这就是整个作案过程。

"那么,为何博士不和夫人离婚,而出此下策以身犯险呢?关于这一点,某报纸是这样解释的(恐怕是记者个人的见解)。其一是考虑到对已故老博士的情分,害怕受到社会上的谴责;其二,这可能是主要动机,博士胆敢做出如此残忍之事,是为了谋取岳父留给夫人的财产。

"就这样,博士被逮捕,黑田清太郎先生获得盛赞,报社记者得到意外收获,但对于学界则是一大不祥之事。正如你所说,坊间现在传闻四起。但这的确是一起富有戏剧性的事件啊。"

左右田说完,拿起面前的杯子一饮而尽。

"虽说你是因为巧遇该案,感觉有趣才这样投入的,但调查得真是一丝不苟啊。不过,那个名叫黑田的刑警,的确脑瓜子好使,不像个警察。"

"可以算是一个小说家吧。"

"没错,是很棒的小说家,应该说他创作出了超出小说的趣味。"

"可是,我觉得他充其量是个小说家。"

左右田把手伸进背心内兜里找着什么，脸上露出讥讽的微笑。

"你这是什么意思？"

松村透过香烟的烟雾，眨着眼睛反问。

"黑田氏可能是小说家，但算不上侦探。"

"为什么？"

松村吃了一惊，仿佛预料到特别精彩的奇闻逸事，盯着对方的眼睛。左右田从背心内兜里拿出了一张小纸片放在桌子上，问道：

"你知道这是什么吗？"

"这个怎么了，这不是 PL 商会的收据吗？"

松村困惑地反问道。

"不错。这是三等特快列车出租枕头的四十钱收据，是我在案发现场偶然捡到的。我根据它认为博士无罪。"

"怎么可能，你开玩笑吧。"

松村半信半疑地说。

"其实，无论这个证据算不算数，博士都应该是无罪的。富田博士这样的大学者，为了一个歇斯底里的女人，被这个世界所埋葬，他怎么可能傻到这个地步呢？松村君，其实，我今天打算乘坐一点半的火车，趁着博士不在家去一趟他家，有些情况想跟用人了解一下。"

说完，左右田看了一眼手表，摘下餐巾，站了起来。

"恐怕博士自己就能为自己辩护。同情博士的律师们也会为其辩护吧。但是，我现在掌握的证物是其他人所没有的。你说想听我解释，还是先等一等吧。案件需要在进一步调查后才能结案，因为我的推理还存在一些缺陷。为了弥补缺陷，我只好暂时告辞，出一趟远门。服务生，请替我叫一辆车。那么，明天再见吧。"

下

第二天，在号称市里发行量最大的晚报上，刊登了下面这样的长篇投稿。题目是"证明富田博士无罪"，署名是左右田五郎。

  我将与这篇投稿内容相同的书面报告，呈交给担任审理富田博士一案的初审法官。我认为这份报告已经足够了，但考虑到万一基于对博士的误解或其他的理由，使我的报告被暗中束之高阁。而且，因为我的报告会推翻那位刑警有力证明的事实，即便被采用，事后能否会通过当局之手，将富田博士的冤屈公之于世，我也忧心忡忡，故在此以唤起舆论为目的，特寄上这个报告。
  我对博士没有任何个人恩怨，只是通过阅读他的著作，对天资聪颖的博士深感尊敬而已。然而，对于此次事件，眼看着学界的泰斗因错误推断而受牢狱之灾，能够拯救他的，只有我这个偶然在现场获得了一件小证物的人。我深信这一点，故义不容辞地毛遂自荐。切望诸位不要误会。

那么，我是根据什么理由，相信博士无罪的呢？一言以蔽之，司法当局通过刑警黑田清太郎先生的调查，认定博士有罪，未免太不成熟。这是幼稚过头的富于戏剧性的事。如果将大学者那绝不会留下任何蛛丝马迹、绝顶聪明的头脑，与此次所谓的犯罪事实云云做比较，该让鄙人做何感想？对于二者思考深度的天差地别，恐怕我只能禁不住苦笑吧。警方难道真的认为，以博士的聪明才智，会糊涂到留下明显的鞋印，留下模仿笔迹的练习纸，甚至留下残留毒药的杯子，让黑田某某人成就大侦探之名吗？再者说，难道你们认为，如此博学的嫌疑人，想不到中毒的尸体会留下痕迹吗？即便我没有提出任何证据，我也相信博士肯定是无辜的。虽说如此，我并没有愚蠢到凭借以上的推理，便冒冒失失地主张博士无罪。

现在，刑警黑田清太郎先生因赫赫功勋而光彩照人，以至世人皆赞美他简直是日本的福尔摩斯。将处于风光巅峰的黑田先生，一下子打入十八层地狱，我实在于心不忍。说实话，我相信黑田先生在日本的警察同行当中是最为优秀的刑侦干才。此番失败，乃是他比其他人头脑更加聪明惹的祸。他的推理方法并没有错。只是，他在搜集证据时观察不够细致，即在缜密周全这一点上稍逊于我这个书生，我为他深感惋惜。

这个暂且不谈，我想要提供的证物，是下面两个非常普通的东西。

一、我在现场捡到的一张 PL 商会的收据（三等快车配备的枕头租借收据）。

二、作为证据被当局暂时保管的博士的皮鞋鞋带。

就是这两样东西。对于各位读者来说，可能会疑惑这两个东西有什么价值。但是，你们应该知道，在破案人员的眼中，一根头发都能成为重要的犯罪证据。

我是偶然发现的。案发当天，我恰好在现场，坐在一块石头上，旁观法医们的工作时，忽然发现石头下面露出白色纸片的一角。如果当时没有看到纸片上的日期印戳，我多半不会觉得可疑，然而，那印戳仿佛为了博士，给我什么启示似的烙印在视野里。那戳印正是大正某年十月九日，即事件发生之前一天。

我搬开那块将近二十千克重的石头，捡起那张因雨水浸湿快要破裂的纸片。原来，这是一张 PL 商会的收据。这收据激起了我的好奇心。

再说黑田，他在现场搜查时，遗漏了三个证据。

第一，是偶然被我捡到的 PL 商会的收据。如果黑田氏以缜密的注意力搜查，原本是很可能发现的。因为，压在收据上面的石头，一看便知是博士宅邸后面修了一

299

半的下水沟旁堆积的众多石头之一。但那块石头孤零零地被放在远离下水沟的铁路旁边，这对于像黑田先生那样敏感的人来说，可能会具有某种意义。不仅如此，我当时把收据给一位在现场的警官看过，可是他对我的热情不屑一顾，还训斥我不要捣乱，靠边儿待着去。现在我仍然能够从当时在场的几名警官中认出他来。

第二，所谓的凶手的足迹，是从博士家后门来到铁路的，但是并没有返回博士宅邸。关于这一重大疑点，报社记者丝毫没有提及。大概他判断凶手把死者的身体置于铁轨上之后，便沿着铁路绕远路回了家。事实上，并不是没有稍微绕些路就能不留下脚印回博士宅邸的路线。而且符合足迹的皮鞋，就是在博士宅邸内发现的，因此，即便没有返回的脚印，返回的证据也算是完备——他恐怕就是这样推测的。虽说有些道理，可是，这里面难道没有不自然之处吗？

第三，这是大部分人都不会注意的。那就是一只狗的足迹遍布现场，特别是与所谓的凶手的足迹是并行的。要问我为什么会注意到这一点，因为一般来说轧死人后，曾跟在死者附近的狗的足迹，消失在了博士宅邸的后门，由此可见多半是死者的爱犬。而这样的宠物狗却没有来到案发现场，实在很可疑。

以上，我将自认为算是证据的可疑之外，全都做了说明。敏锐的读者，大概已经猜想到我下面要讲述什么了吧。对于那些人来说，或许是画蛇添足，但我必须一直讲到得出结论为止。

那天回家时，我还没有想什么。关于上面所说的三个可疑之处，我也没有深入去思考。在这里，为了引起读者的兴趣，我才有意写得条理清楚而已。直到看到第二天和第三天的早报，我才知道我最尊敬的博士被当作嫌疑人而拘捕，又读了黑田刑警千辛万苦的破案经过，我根据常识判断，确信黑田侦探的侦查一定存在着什么问题。联想到当天目睹的种种，为了解开剩余的疑点，我今天去了博士家，对用人一一询问之后，终于捕捉到了事件的真相。

现在，按照事件的发展顺序，我将推理过程记录如下。

我的出发点是PL商会的收据。事发前日，大概是前天深夜，从特快列车的车窗掉落下来的这张收据，为什么会压在将近二十千克的石头下面？这只能说明，是前夜PL商会的收据从行驶中的列车掉落下来后，有人才把那块石头搬了过来。这石头是从哪里搬来的呢？这么沉重的东西，不可能来自很远的地方。眼下可知，它来自博士家后院为修缮下水沟渠而堆放的石块。这一点，从石块同样被切削成楔形就可以明白。

这就是说，从头天深夜到当天早晨尸体被人发现，有人在这段时间将石头从博士家搬到了事发地。倘若是这样，此人应该会留下脚印。前天晚上下小雨，半夜前后雨停了，所以，足迹不可能被雨水冲刷掉。可是，经过足智多谋的黑田勘查，除了那天早晨在现场的人之外，唯一多出的就是"凶手的足迹"。由此可知，搬运石头的人必然是"凶手"本人。我得出这个结论后，苦思冥想"凶手"是如何搬运石头的。最终，我发现这是一个极其奇巧的诡计。

　　抱着人走路和抱着石头走路的足迹非常相似，足以骗过老牌侦探的眼睛。我注意到的，就是这个偷梁换柱的诡计。试图将杀人嫌疑嫁祸给博士的某个人，穿着博士的鞋子，抱着石头，而不是抱着夫人，走到铁路旁留下了足迹。因此，假设这个可恶诡计的设计者留下了那组足迹，那么，被轧死的博士夫人又是怎样到铁轨上的呢？她的足迹哪儿去了？根据以上推理，我只能遗憾地得出一个结论：博士夫人才是诬陷丈夫的可怕恶魔，是令人战栗的犯罪天才。我脑子里浮现出一个因嫉妒而疯狂的，并患有肺结核——这种病常常使患者头脑变得病态——这种不治之症的心理阴暗的女人。在她眼里，世间的一切都是黑暗的、阴险的。在那黑暗和阴险之中，女人惨白的脸上唯有眼睛射出贼光，她日复一日地想象着如何实现其骇人听闻的计策。想到这里，我不禁毛骨悚然。

第二个疑问是，足迹没有回到博士宅邸。由于死者是穿着鞋去铁轨的，所以没有返回才是正常的。可是，我认为有深入思考的必要。如博士夫人般具有犯罪天才的人，怎么会忘记留下返回博士宅邸的足迹呢？如果没有偶然从火车上飘下来的PL商会的收据，现场还会留下其他能成为线索的痕迹吗？

对于这个疑问，给我提供了解决钥匙的，是第三个疑点——狗的足迹。将这个疑点和博士夫人的失误结合起来思考，我禁不住露出了微笑。我想，夫人原本打算穿着博士的鞋从铁路返回家，然后再选择另一条不会留下脚印的路线去铁轨。然而此时突然被某个东西打乱了计划，那就是夫人的爱犬约翰——名字是我听他家的用人说的——察觉到夫人的异常举动，便跟随夫人来到铁轨并狂吠起来。夫人害怕狗叫声把家人吵醒，进而发现自己不在家，所以必须马上想办法让狗离开。即便家人没有被吵醒，约翰的叫声也会引来附近的许多狗，那可就麻烦了。在这紧急关头，夫人灵机一动，想出利用这个困境既可以弄走约翰，同时也能实行计划的妙计。

通过我今天的探查得知，约翰平日经常被训练帮主人叼东西。很多时候和主人出门的途中，由它先行叼着东西送回家,所以非常轻车熟路。约翰一般都习惯于把东西一直叼进内室才放下。去博士宅邸调查时,我还发现,从后门去内室的檐廊只有一条通道,就是从环绕内院的木板围墙的木门进入,那扇木门就像西式房间的门那样,是扇弹簧门,从里面才能打开。

可以说,博士夫人巧妙地利用了这两点。了解狗的人想必都知道,在这种时候,单纯地赶狗离开是没有用的,必须命令它做什么事,比如把木片扔到远处,让狗捡回来之类的。夫人利用动物的这种心理,把鞋给了约翰,命它叼回家,并暗暗祈祷约翰至少能把那双鞋放到内室的檐廊边——当时,檐廊的挡雨窗户肯定是关着的,因此约翰无法像往常那样把鞋子放进内室。夫人还祈祷约翰会被挡在无法从内推开的木门外面,不会再次返回现场。

以上所述,不过是我将没有凶手返回的鞋印、狗的足迹等情况,与博士夫人的犯罪天才综合起来思考得出的推测而已。我的推理,很可能会受到过于牵强的批评。倒不如说现场之所以没有返回的足迹,其实是夫人的一个疏漏,而狗的足迹,恰恰证明从一开始,夫人就计划好了如何处理鞋子。这样猜想说不定是靠谱的。但是,不管是哪种推测,我都不会改变"夫人的犯罪"这个主张。

那么，这里又有一个疑问，就是那只狗是怎样一次叼一双鞋的？能够解答这个疑问的，就是前面提到的两个证物之一，还未得到说明的"作为证据，被当局暂时保管的博士的皮鞋鞋带"。我启发用人回忆当时看到的情景，他终于想起那双鞋被扣留时，就像剧场的鞋类保管员保管鞋子那样，两只鞋的鞋带是系在一起的，他费了好大的劲才解开。不知黑田刑警是否注意到了这一点。或许发现证物的欢喜冲昏了他的头脑，他才忽略了鞋带。即便没有忽略，他大概也满足于凶手出于某个缘故将鞋带系在一起，藏在檐廊下面的推理。

就这样，可怕的咒夫女喝下了准备好的毒药，躺在铁轨上，想象着从名声显赫的顶峰被驱赶到被众人唾弃的谷底，在牢狱里呻吟度日的丈夫，浮出凄冷的微笑，等着特快列车从自己的身上碾过。关于毒药的容器，我就不知道了。但是，热心的读者，如果仔细搜索那条铁路沿线，说不定会从水田的淤泥中发现点儿什么吧。

那封从夫人怀中发现的遗书，我到现在还没有提及，不用说遗书也和鞋印等证物一样，都是夫人事先制造的伪证。我没有看到遗书，只是自己的猜测，但是如果请笔迹鉴定专家研究，必定会判明是夫人模仿自己的笔迹写成的。并且，里面的内容也发自她内心。至于其他细节，我就不一一提出反证加以说明了。通过以上的陈述，各位读者自然能够想明白。

　　最后，关于夫人自杀的理由，正如各位读者想象的那样，是极其简单的。根据我从博士家的用人口中了解到的情况，正如遗书里所写，夫人的确是个严重的肺病患者。这件事或许可以解释自杀的原因，即夫人因怨恨太深，想要通过自杀，达到从厌世的烦恼中解脱和报复丈夫不忠的双重目的。

　　我的陈述到此结束。现在，我只等着预审法官先生尽早传唤我出庭做证。

　　左右田和松村面对面坐在同一家餐厅的同一张餐桌前。
　　"老兄真是一夜成名啊。"
　　松村以赞美的口吻对朋友说道。
　　"能为学界做出微薄贡献，乃是我最大的喜悦。有朝一日，富田博士如果发表了震惊世界学界的大作，我就向博士提出，希望在署名处，加上'左右田五郎共著'几个金字，应该不会遭到拒绝吧。"
　　左右田这样说着，伸展手指插进乱蓬蓬的长发里，犹如梳子一般梳拢起头发来。
　　"可是，我真没想到，老兄是这般优秀的侦探啊。"
　　"我看还是把侦探改为空想家吧。实际上，我的空想向来是肆意驰骋，不受管束。例如，那个嫌疑人，如果不是我崇拜的大学者，我甚至会设想富田博士就是杀死夫人的罪人，说不定还会把我自己提供的最有力的证据一个不剩地彻底否定呢。你明白了吗，我费尽心机地搜罗所谓的证据，仔细琢磨一下就会发现，几乎都是模棱两可的东西。唯一确凿无误的，就是那张 PL 商会的收据。可是，就连那张收据也是一样，假设我不是从石头下面，而是从石头旁边捡到的，会怎么样呢？"

左右田望着对方一脸懵懂的样子，意味深长地微微一笑。

乱步谈诡计

超越诡计 | 奇特的构思 |《诡计类别集成》目录 | 或然率犯罪

超越诡计

我大概有两年多没有给《新青年》杂志写过一篇小说了。我觉得应编辑之约，向"我的读者"发出呼吁多少有些滑稽。因为所谓"我的读者"，在这本杂志里恐怕已经所剩无几。

这是由于我对于写侦探小说已失去了自信，或者说我已经没有什么东西可以拿出来给专业的侦探小说读者看了。考虑到本人极端懦弱的性格，估计今后也不会恢复这份自信了。但是，近来我稍稍改变了对于侦探小说的看法。

我曾经期盼旧侦探小说犹如黎明前的幽灵般消失不见，代之以更加适合新时代的不同形式的侦探小说。放眼广大的文艺界之后，我认为侦探小说将迎来这样的转型期。

然而，这很可能是我的误判。《新青年》上登载的诸多文章，虽说整体上都在与时俱进，但构成其中一部分的侦探小说与传统的作品相比看不出有明显的变化。近来的侦探小说专栏，的确是篇篇优秀，可从中却找不到能称之为"新"侦探小说的作品。

去年度的新人海野十三先生连载的短篇，无论是其科学性的题材，还是其热情、引人入胜的风格，都堪称近年来一大快事。还有谷崎润一郎先生的长篇大作，以前无古人的题材、勾人心魄的表现力，令读者对每月杂志的发行之日翘首以待。这些都极大地刺激了我的创作欲。不过，这些作品也很难说是"新"侦探小说。

再看看欧美的侦探小说，无论是美国的范·达因，还是英国的威利斯·克劳夫兹，近年来出色的作品之所以受到世人的赞颂，也是凭借其作品中呈现出作者丰富的经验、对侦探小说的倾慕、真诚奇巧的构思以及精妙的文风，绝非"新"侦探小说之故。

在侦探小说界，在詹姆斯·乔伊斯出现之前，我们或许一直在传统侦探小说的范围内，为尽可能写出优秀作品而努力。

欧美作家和评论家屡屡指出，构成侦探小说诡计的元素是有限的。几十年来，各国的作家几乎将这些元素的所有组合使用殆尽，已然没有创造全新诡计的余地了，我也深以为然。而且，与我前面所述不同，缺乏诡计这一点，也让我不禁哀叹侦探小说的穷途末路。当然，这样想兴许是因我少不更事。

过去几年间出现的侦探小说，最震撼我们的是范·达因先生的作品。这一点谁也不会有异议吧。大约三年前，我有幸连续拜读了范·达因先生的三部长篇作品，初次见识了他的风格，当时我就感到，在侦探小说中关于根本趣味的解谜手法，几乎没人超出他之外。不仅如此，范·达因先生使用的诡计，大多是从前某位作家用旧了的手法。

即便如此，他的小说也使我非常着迷。我总是欲罢不能，读完之后还会沉浸其中不能自拔。后来，我又阅读了他的其他作品，更加深了这种体会。

因此我认为，我所谓的"新"侦探小说，倘若暂时无法实现，倘若所有的诡计都被用光了，那也无所谓，只要我们不失去对于侦探小说的倾慕，只要热情不减，即便是"旧"侦探小说，即便诡计重复出现，也应该改换视角，或改变构思，或锤炼表现技巧，姑且为我们所挚爱的侦探小说尽一份绵薄之力。

我们一边轻视诡计，一边又过度依赖诡计。既然是侦探小说，就不可能完全无视诡计。可是，单凭灵感写作侦探小说的时代已经过去了。我们不是应该将重点放在诡计之外的因素上吗？不是应该创作出无论诡计多陈旧，仍旧能够注入足够精神的那种侦探小说吗？换言之，我们不是应该超越诡计吗？

我现在就是这样想的，并且在鞭策自己这颗易变而脆弱的心。我必须继续写侦探小说，必须和这本杂志的、令人怀念的读者们再度结缘。

摘自《新青年》，昭和七年（1932年）

奇特的构思

我想聊一聊以前的侦探小说家，尤其是欧美及盎格鲁-撒克逊裔的作家，是如何想出那些魔术般奇特的诡计的。

我搜集了早期主要出现在欧美侦探小说中的八百多种诡计，于昭和二十八年（1953年）写了一篇《诡计类别集成》，将这八百多种诡计压缩在一百五十页左右的稿纸上，以分门别类的条目编成，因过于专业，故而选取其中一部分，详细写成随笔风格的文章发表在杂志上，比如《冰制凶器》《无脸尸》《隐藏方法的诡计》《或然率犯罪》等。

在这里，我从《诡计类别集成》中挑选了几种与上述几篇不雷同又极为奇特的诡计，详细介绍一下。每篇都是较早期的作品，对于熟悉侦探小说的读者来说并不稀奇，但这些早期作品中反而蕴藏着许多有趣的构思，想必能引发普通读者的阅读兴趣。

一、非人类罪犯

当发生杀人案件时，人们首先会认为是人类作案。但侦探小说的鼻祖爱伦·坡不按套路走，以非人类作案的《莫格街凶杀案》开了先河，令人拍案叫绝。小说描写了侦探一门心思搜查人类罪犯，万万没想到竟是红毛猩猩作案。后来的侦探作家继承了这一构思，几乎所有的野兽、鸟类、昆虫等均能作为罪犯，营造了出人意料之感。与之相反，还有一种让人以为是动物作案，实际上却是人类所为的犯罪手法。以下便是该奇特构思的一个案例。

某个马戏团里，有一名驯兽员专门表演掰开狮子大口，把脑袋伸进去的节目。其惊险度绝无仅有。一天，在观众面前，驯兽员把脑袋伸进狮子口中时，不知何故狮子竟然咔地闭上嘴，咬断了他的脖子，驯兽员瞬间毙命。

习惯于这种表演的狮子竟然咬死了人，着实令人无法理解。经过多番调查，有人说，曾看到那头狮子在咬死人之前，耸着鼻子笑。狮子居然会笑，听起来让人不寒而栗。

最终被逮捕的罪犯是一个人。要说其作案手法并没什么稀奇。马戏团里有个仇视驯兽员的人，为了达到貌似狮子杀掉对方的目的，他想出一个妙招，那就是事先在驯兽员头上偷偷撒些打喷嚏药。当驯兽员把头伸进狮子口中时狮子就会打喷嚏，借此机会让狮子咬死对方。那个罪犯事先往狮子嘴里放打喷嚏药做实验时，狮子笑了。因为鼻子发痒，所以看起来像是在笑。这虽然是三十几年前的英国短篇小说，但把这个思路用在捕物帐[1]里，我想会很有趣，说

---

[1] 以江户时代为背景的日本侦探小说。

不定早已被采用了。

非人类罪犯里面比较少见的是木偶用手枪杀人的构思。某间屋子里立着和人一般大小的木偶。半夜，睡在这间屋子里的男人被枪射杀。门从里面反锁着，没有人进出的痕迹。调查后发现，木偶的右手握着枪，而且刚开过一枪不久。难道是木偶杀了人？

其实真凶仍然是人类，此人制作了一个从木偶正上方的花瓶等物体上，像下雨那样滴水的装置。水滴不间断地落到木偶持枪的手上，几小时后，由于木头遇潮膨胀的原理，木偶手指活动，扣动了扳机。

更奇特的还有太阳杀人案件。当然不是中暑所致。加缪的《局外人》里有因为太阳刺眼而杀人的情节，但此案和那种心理诡计并无关系，是一种纯物理性质的杀人手段。

在密闭的房间里有人被射杀。距离被害者很远的桌上放着猎枪，子弹就来自那把猎枪。但是，完全找不到凶手出入的痕迹。猎枪不可能自己发射子弹，因此事件看似非常不可思议。此时名侦探驾到，指出"这是太阳和水瓶杀了人"，让人愈加百思不得其解。

谜底就是，从玻璃窗射入的阳光照到桌上的水瓶，圆底烧瓶形状的瓶身起到了凸透镜的作用，凸透镜偶然聚光到旧式猎枪的点火孔上，因此射出了子弹。这个点子曾被美国老牌侦探作家波斯特和法国的卢布朗使用过，我也曾在学生时代写过一篇有别于二人构思的拙劣的短篇。从时间上来说，波斯特和我几乎同时，卢布朗则稍晚一些。

二、两个房间

半夜里，A男被B男叫到后者位于大楼一层的事务所。二人把酒言欢，不料B趁A不备，突然扑过来用布堵住他的嘴，将他的手脚绑在一把长椅上。B拿出一个发出钟表嘀嗒声的黑盒子，撂下一句"这是定时炸弹，会在某时某刻爆炸。你马上就没命了"，然后将盒子放到长椅下就走了。A恐惧至极，拼命挣扎，不久失去了意识。因为刚才的酒里放了强效安眠药。

不知睡了多久，A睁开眼发现自己仍然被绑在那间屋子里。他猛然想到那个定时炸弹，还听到从长椅下传来"嘀嗒嘀嗒"的走表声。一看墙上的挂钟，发现还有两分钟就要爆炸了。他拼命挣扎，不知怎么回事，绳子居然解开了。于是他急忙挣脱绳子，只剩三十秒了。他从房间飞奔到走廊。对面有扇通往屋外的门。A记得门外面约有三层石阶，外面就是大街。他撞向门，幸好没有上锁，他便打开门朝外迈出了一步。就在这个瞬间，只听见"啊"的一声惨叫，A掉进了深不见底的洞中。什么时候挖了这么深的洞呢？根本不是那么回事。他以为是在一层，其实已经变成了九层，那扇门并不通向屋外，而是电梯门，他掉进了电梯井。不用说，A摔死了。

罪犯B事先在那座大楼的九层布置了和一层事务所一模一样的房间，然后把喝了安眠药睡着的A扛到九层的房间里，绑在和一层完全相同的长椅上，打开了面前走廊里的电梯门锁。布置两间从地毯到壁纸、桌椅、墙上的画和钟表等所有装饰都分毫不差的屋子，这就是这个诡计的创意。

A 被认定为死于不小心跌落电梯井，罪犯 B 丝毫未受到怀疑。即便人们发现了大楼的一层和九层有两个内装饰完全相同的房间，想要将此与 A 摔死之事相联系，也是极其不易的。这同样是三十几年前的旧作，但其构思神奇有趣，令我记忆犹新。

很久以后，美国的著名侦探小说家卡尔和奎因以其他形式使用了这篇《两个房间》的诡计。特别是奎因，将"两个房间"扩大成"两幢建筑物"，让一幢石造三层楼一夜之间凭空消失了，使得此构思愈加天马行空。

三、消失的列车

英国某位有名的侦探作家创作了一篇十分离奇的故事。夜晚，一趟长长的货物列车从 X 站抵达下一站 Y 站后，丢失了中部的一节车厢。驶出 X 站时明明还存在的车厢，中途一次也没有停车，到达 Y 站时却不翼而飞。那节车厢里装满了昂贵的美术品。这些美术品连同整节车厢一起被盗窃了。一次也没有停车的列车，唯独中部的车厢消失了，从物理角度来看是绝对不可能发生的事。盗窃者究竟是如何做到的呢？读者百思不解，沉迷于这个恐怖的悬疑故事，不能自拔。

作者是如何使这不可能变成可能的呢？原来他发明了极其复杂的把戏。

　　在 X 站到 Y 站之间荒无人烟的大山里，有一条废弃的铁道支线。罪犯就是利用它实施盗窃的。只要设法让想要盗窃的车厢进入那条支线，而后面的车厢不需分离也可正常抵达 Y 站的话，就能够达到目的。于是，他想出了那个诡计。

　　为实现该计谋需要三个同谋，分别由 A 潜入车厢之中，B 守候在支线的分岔之处，C 跳上驶入支线的车厢，踩下刹车。

　　在列车出发前，事先将两端有钩子的长缆绳藏于车厢中。列车一驶出 X 站，A 就将该缆绳两端的钩子挂在目标车厢与前后车厢的连接器上，缆绳则绕在目标车厢的外侧。这样一来，就用粗缆绳将目标车厢和其前后的车厢连接在一起了。

　　接近支线时，A 打开前后车厢的连接器，使前后车厢之间只靠缆绳连接着。在分岔点守候的 B，看到前车的车轮越过支线的交叉点后，急忙放下转轨机，让目标车厢滑入支线。然后，在其后车轮通过交叉点的一刹那，迅速收回转轨机。于是，只有目标车厢滑入支线，后部的几节车厢被粗缆绳牵引着继续行驶在主干线上。这时，等候已久的 C 便跳上滑入支线的车厢，拼命踩下刹车，以便让该节车厢隐没在幽暗的森林之中时恰好能停下来。接下来，他们便能在那里从容地将美术品运出去了。

　　车上的 A，在车厢脱节的瞬间，便跳到前车上，攀住连接器旁边的铁梯子，蜷缩起身体。不久，列车即将驶入 Y 站，随着速度逐渐放慢,被缆绳牵引的后车厢,因惯性而追上前车,哐当一声撞了上去。于是,A不失时机地连接上前后车厢的连接器,将松弛的缆绳解开扔在地上,自己也从列车上跳下来,拽着缆绳溜之乎也。就这样,一节庞大的车厢便在X站和Y站之间消失得无影无踪,奇迹诞生了。

说起列车消失,柯南·道尔想出了有过之而无不及的奇妙诡计。一辆英国常见的私人包租特别快车,在A站到B站之间,犹如幽灵般消失不见了。

B站接到了A站打来的电话,表示那趟列车已经通过了,可是,左等右等也不见那趟列车进站。不久,在那趟列车后面通过A站的列车进入了B站。询问该列车司机之前那趟列车是否发生了什么故障,司机回答途中没有遇到任何问题,就连列车的影子都没有看到。一趟列车竟然凭空消失,仿佛飞上了天,而途中并没有一条支线。

当谜底揭晓时,大家才明白这是一起多人共同犯罪,目的是神不知鬼不觉地葬送包租该列车的名人。虽说在A、B站之间没有支线,但曾经有一条通往矿山的支线,只是很早以前那座矿山就成了废矿,支线也就不需要了,因此,为了不发生差错,便撤去了靠近干线的支线铁轨。所以,警察调查时没有将这条曾经的支线考虑在内。罪犯将计就计,动用了很多人,从别的地方搬来了几条铁轨,趁着夜色,迅速复原了这条通向废矿的支线。然后,同谋事先登上列车驾驶室,用手枪威胁司机,让他全速开往临时修建的支线,同谋和司机在中途跳车逃生，列车则继续朝着废矿冲去。那条支线的终点是一个巨大的竖坑入口，结果列车载着被害者及其随从一起坠入了深深的坑底。那附近是没有一户住家的深山老林，通向废矿的线路两侧是万丈悬崖，从远处也根本看不到急速飞驰的列车。

四、死亡骗局

关于死亡骗局，有几种出人意料的设计。其中之一就是利用职业杀人，并伪装成自杀的诡计。

在某公寓的一个房间里，发现了一具将手枪塞进口中开枪而自杀身亡的尸体。尸体旁边扔着一支手枪。经调查，手枪有开过枪的痕迹，而且手枪上的指纹也只有死者的。该事件自然被当作自杀结了案。因为口中被塞进手枪的人，不可能不反抗，所以很难得出他杀的结论。

然而，真相却是他杀。有一种职业能够极其自然地实施此类他杀，那就是牙医。虽说咽喉科医生也不是做不到，但相比之下牙医更加方便。当牙医给仇恨的对象治疗牙齿时，只需将偷偷带在身上的手枪塞进患者口中开枪即可。由于牙科的患者总是闭着眼睛、张大嘴巴，所以简直是天赐良机。杀人之后，将尸体运到其他城市某个无人的公寓房间里，将沾有受害人指纹的手枪扔在他身旁就行了。这是一个不大有名的英国作家写的一个短篇里的情节。

还有一例，自己明明活着，却让别人以为他已经死了。这是将自己从这个世上抹去的诡计，需要同时具备多种条件才行，相当有难度。比如名叫 A 的男人，大清早倒在暴风雨之中的海岸岩石上。朋友发现后，吃惊地跑上岩石，叫他的名字也不回答，看他脸色苍白，浑身瘫软，就像死了一样。朋友去摸他右手的脉搏，完全摸不到了，于是，朋友惊慌地朝有住家的地方跑，想去通知医生和警察。躺倒在地的 A 目送朋友远去后，若无其事地站起来，消失在现场。随后，人们判定 A 的尸体被海浪卷走了。就这样，A 将自己从这个世上抹去了。

那么，脉搏怎么会停跳呢？这是类似于魔术师耍的小把戏，就是在腋下塞进一个小球样的东西，用胳膊紧紧夹住，用力压迫手臂的动脉。这样一来，手腕的脉搏就消失了。该罪犯使用的就是这种骗术。这个故事来自卡尔写的短篇。

比如河里出现了一具浮尸。即便是解剖，也只能检测出是普通的溺死。然而，这里也存在着他杀的可能。罪犯从那条河里舀来一脸盆水，运到房间里，然后将谋杀的对象诱骗至此，找机会将那人的头强压进洗脸盆，并使其动弹不得。结果，那个人将河水吸入胃里和肺里，窒息而死。然后，罪犯再把那具尸体悄悄投入河中。这是很早以前就经常听说的方法，并不新鲜，但克劳夫兹在其长篇小说中描述了这个方法。在小小的洗脸盆里溺死，这种杀人手段相当奇特。不过，这是小说里的描写，实际上对方只要不是柔弱无力的病人，罪犯便很难得逞。

还有这样的诡计：让对方经常将遇水就会收缩的植物纤维织成的布围在脖子上。若罪犯是一位医生，而对方感觉咽喉痛的话就更加求之不得了。场所最好在热带地区，而且最好是在经过热带地区的轮船上。恰逢热带特有的台风来袭，人们都喜欢置身于暴风骤雨之中。此时，目标人物脖颈上缠绕的布便会强有力地收缩，最终目标人物在挣扎中断了气。这是我在某则犯罪随笔中看到的故事，但我不知道那种植物的名称。

摘自《ALL 读物》，昭和二十九年（1954年）十月号

《诡计类别集成》目录

由于正文中加入了说明,容易导致读者搞不清楚分类的形式,所以在此先以目录的形式列出类别,以便读者对整个条目一目了然。各类别后面的数字是正文中举例的数量。举例总数为821例,除以这个数字,便可知道该类别所占的比例。

一、有关罪犯(或受害者)的诡计(225)

(一)一人两角(130)

1. 罪犯伪装成受害者(47)
2. 共犯伪装成受害者(4)
3. 罪犯伪装成受害者之一(6)
4. 罪犯和受害者为同一人(9)
5. 罪犯伪装成嫁祸于人的第三者(20)
6. 罪犯伪装成虚构人物(18)
7. 替身——两人一角、双胞胎诡计(19)
8. 一人三角、三人一角、两人四角(7)

(二)一人两角之外的意外罪犯(75)

1. 侦探是罪犯(13)

2. 法官、警官、典狱长是罪犯（16）

3. 事件发现者是罪犯（3）

4. 事件记述者是罪犯（7）

5. 儿童或老人是罪犯（12）

6. 残疾人或病人是罪犯（7）

7. 尸体是罪犯（1）

8. 人偶是罪犯（1）

9. 意外的多人犯罪（2）

10. 动物是罪犯（13）

（三）罪犯自我消失（不包括一人两角）（14）

1. 伪装成烧死（4）

2. 其他假死（3）

3. 易容术（3）

4. 消失（4）

（四）异常的受害人（6）

二、有关罪犯出入现场痕迹的诡计（106）

（一）密室诡计（83）

1. 作案时罪犯不在室内（39）

①室内机械装置（12）

②通过窗户或缝隙实施室外杀人（13）

③使受害者自行死于密室内（3）

④密室内伪装成他杀的自杀（3）

⑤密室内伪装成自杀的他杀（2）

⑥密室内的非人类罪犯（6）

2. 作案时罪犯在室内（37）

①门上的机关（17）

②作案时间延后（15）

③作案时间提前——密室内的迅速杀人（2）

④躲在门后的简单方法（1）

⑤列车密室（2）

3. 作案时受害者不在室内（4）

4. 密室逃脱诡计（3）

（二）足迹诡计（18）

（三）指纹诡计（5）

三、有关作案时间的诡计（39）

（一）利用交通工具的时间诡计（9）

（二）利用钟表的时间诡计（8）

（三）利用声音的时间诡计（19）

（四）利用天气、季节等自然现象的诡计（3）

四、有关凶器和毒药的诡计（96）

（一）凶器诡计（58）
1. 特殊刀具（10）
2. 特殊子弹（12）
3. 电流杀人（6）
4. 殴打杀人（10）
5. 压死（3）
6. 勒死（3）
7. 摔死（5）
8. 溺死（2）
9. 利用动物杀人（5）
10. 其他特殊凶器（2）

（二）毒药诡计（38）
1. 吞下毒药（15）

2. 注射毒药（16）

3. 吸入毒药（7）

五、隐藏人或物的诡计（141）

（一）隐藏尸体的方法（83）

1. 暂时隐藏（19）

2. 永久隐藏（30）

3. 移动尸体以隐藏线索（20）

4. 无脸尸体（14）

（二）隐藏活人的方法（12）

（三）隐藏物品的方法（35）

1. 宝石（11）

2. 金币、金条、纸币（5）

3. 文件资料（10）

4. 其他（9）

（四）尸体以及物品的替换（11）

六、其他各种诡计（93）

1. 镜子诡计（10）

2. 视错觉（9）

3. 距离错觉（1）

4. 追赶者与被追赶者的错觉（1）

5. 迅速杀人（6）

6. 人群中杀人（3）

7. "红发会"诡计（6）

8. "两个房间"诡计（5）

9. 或然率犯罪（6）

10. 利用职业犯罪（1）

11. 正当防卫诡计（1）

12. 一罪不二罚诡计（5）

13. 罪犯自己从远处目击作案的诡计（2）

14. 童谣杀人（6）

15. 剧本杀人（6）

16. 来自死者的信（3）

17. 迷宫（4）

18. 催眠术（5）

19. 梦游症（4）

20. 失忆症（6）

21. 奇特的赃物（2）

22. 交换杀人（1）

七、密码符号的种类（小说中的例子37）

（一）符契法

（二）表形法（4）

（三）寓意法（11）

（四）置换法（3）
1. 普通置换法（1）
2. 混合置换法
3. 插入法（2）
4. 光学透镜法

（五）代用法（10）
1. 单纯代用法（7）
2. 复杂代用法（3）
① 平方式密码法（1）
② 计算尺密码法（1）

③圆盘密码法（1）

④自动计算机设定密码

（六）媒介法（9）

八、异常的动机（39）

（一）情感犯罪（20）

1. 恋爱（1）

2. 复仇（3）

3. 优越感（3）

4. 自卑感（4）

5. 逃避（5）

6. 利他犯罪（4）

（二）利益犯罪（7）

1. 遗产继承（1）

2. 逃税（1）

3. 自保防身（3）

4. 保守秘密（2）

（三）异常心理犯罪（5）

1. 杀人狂（2）

2. 为艺术杀人（2）

3. 恋父情结（1）

（四）信念犯罪（7）

1. 宗教信念（1）

2. 思想信念（2）

3. 政治信念（1）

4. 迷信（3）

九、侦破犯罪诡计的线索（45）

（一）物质性线索的智慧（17）

（二）心理性线索的智慧（28）

摘自《续幻影城》，昭和二十九年（1954年）六月号

或然率犯罪

"这样做的话有可能杀死对方,也可能杀不死。只能听天由命了。"即便到不了计算概率那么邪乎的程度,侦探小说里经常描写靠这种手段杀人的故事。尽管属于有预谋的杀人,罪犯却丝毫不会受到惩罚,算是非常狡猾的杀人方法。那么,对于以此类方式杀人的案子,法律上是如何进行裁决的呢?

在西方的侦探小说里,下述方式屡见不鲜。比如在有幼儿的家庭内,A对B心怀杀意,设法让卧室位于楼上的B半夜下楼时,从楼梯上滚落下来。西式楼梯很高,若是碰到要命的部位,很有可能一命呜呼。其手段之一就是,A将幼儿的玩具弹珠(在日本也可以用汽水瓶里的珠子)放在楼梯上容易被踩到的地方。B可能不会踩到那个弹珠,或者即便踩到了也不至于丧命。但是,无论其计划得逞还是以失败告终,A都不会受到丝毫怀疑。因为所有人都会认为那颗弹珠是幼儿白天忘在那里的。

天真无邪的小孩子玩的玻璃珠被当作可怕的杀人工具——这种强烈的反差别具魅力,而屡屡被西方的侦探小说家采用。最近出版的英国作家卡林福德的长篇侦探小说《死后》中也出现了这种方法,令我忍不住会心一笑。

就这样顺利地杀死对方也好，没有杀成也罢，此人都丝毫不必担心受到怀疑。即便失败多次，只要不断地重复同样的方法，总有一天此人会达成目的。我将这种狡猾的杀人方法起名为"或然率犯罪"。因为这不是"必然会"而是"凑巧的话会"的方法。以此为题材的作品自古有之。举例来说，罗伯特·路易斯·史蒂文森的短篇《算不算杀人？》里，描写了巧妙地利用人的好奇心和逆反心理实施的或然率杀人。

那是一个某伯爵向某男爵复仇的故事。二人住在罗马的时候，伯爵漫不经心地对男爵讲述了自己做的一个奇怪的梦。"我昨天晚上做了个很奇怪的梦，梦见了你。我在梦中，看到你进入了罗马郊外的地下墓地（罗马知名的地下墓穴）。我不知道有没有那样的墓地，但在梦中非常清晰地记得去那里的路径和沿途的风景。"他详细地描述了那个梦境，"你在那里下了车，进入那个地下墓地参观。我也跟在你的后面进去了。那是个非常破败而漆黑的地下通道。你在黑暗中，靠着手电光照亮，不停地往前走。我觉得你仿佛要消失在深不见底的地下，十分害怕，屡次劝你说，别往前走了，还是早点回去吧。你却头也不回，一直朝着黑乎乎的深处走去……真是个不可思议的梦啊！"他的这番话给男爵留下了很深的印象。

过了几天，男爵开车去郊外兜风时，偶然路过一条和伯爵梦中见到的景色极其相似的乡间土路。他仔细寻找，果然在那里发现了和梦境中一样的地下墓地。梦和现实不可思议地完全重合。男爵在好奇心的驱使下，不由自主地拿着手电筒进入了墓穴。重复和梦境中完全相同的经历——这种异常的兴致操控了他。他径直朝着墓穴深处走去，冷不丁被什么东西绊了一下，脚下的地面突然消失，他坠入了古井之中，怎样呼救也没有人听见。男爵最终命丧于此。

伯爵就这样实现了复仇。原来他所讲述的梦境全是编造的谎言。实际上在几天前，他曾经去那个墓穴游览过，了解到里面古井的旧围栏早已摇摇欲坠。作者为该作品起了个《算不算杀人？》的疑问句名称。

在日本，谷崎润一郎开了我所谓的"或然率犯罪"之先河。他初期的短篇《途中》即是如此题材。丈夫想要杀死妻子，设想了种种完全不构成犯罪的谋杀方式：他将空调的煤气管阀门安在妻子卧室容易被腿触碰的位置，因为他估计女佣不留神走过阀门时，衣襟有可能将阀门钩开；此外，据说发生车祸时，坐在右侧的人受伤的概率比较大，因此他总是让夫人坐在右侧；等等。他进行了诸如此类看上去并无恶意的各种尝试，最终导致妻子死亡。我读这本书时，曾感慨如此巧妙的杀人方式简直闻所未闻，受其影响，写了《红房间》这个短篇。

《红房间》里的盲人偏执而顽固，比如，当熟人提醒他要靠左边走，不然很危险时，他觉得对方是在捉弄自己，于是故意靠右走，结果掉进了下水道的坑里，摔到了要害部位，丢了性命；再比如，半夜里，载着伤者的汽车司机向路人打听附近有没有医院时，路人明知往右去有家很不错的外科医院，偏偏告诉对方去左边那家兼营内科的庸医开的医院，结果，致使伤者丧失了手术时机而死亡；等等。书中罗列了五六种此类或然率杀人手段。

英国作家菲尔波茨以此题材写了长篇侦探小说《邪恶者的肖像》。为了杀死某人，凶手间接杀死了无冤无仇的那个人的幼子。罪犯与这个孩子毫无关系，所以不用担心被人怀疑。孩子的父亲早年丧妻，这个孩子是他唯一的情感寄托，因此，失去爱子后，他感到万念俱灰，变得破罐破摔，沉溺于颇具冒险性的骑马，结果在山里坠马身亡。于是，间接杀人大获成功。此外，罪犯利用医生的身份，对某个懦弱的男人谎称对方得了不治之症，并逐渐让对方信以为真，致使其忧心忡忡而走上自杀之路。

有一篇美国的普林斯兄弟作家合著的《指男》。主人公是一个心理异常的犯罪者，幼年时便相信神明允许他对自己不喜欢的人进行审判。神明的神谕是"你是个人，难免会犯错误，因此决定权由我来掌握，你只需进行处罚"。因此，该男子从幼年时代直到今天，都在行使这个特权。七岁时，他为了杀死讨厌的乳母，只要夜里在楼梯上放一只旱冰鞋即可。如果上帝认为处罚是错的，乳母就会发现旱冰鞋；若认为处罚是对的，乳母就会踩到旱冰鞋上摔下楼梯。结果，那位乳母摔断颈骨死掉了。少女在街道上玩捉闭眼游戏时，那个男人悄悄将检修井的盖子打开，冷眼旁观。少女便掉进洞里摔死了。上帝接收了少女。男人把某医生工作室里的燃气喷嘴打开了。医生一边抽烟一边走进了房间，立刻被火焰包裹而惨死。

上帝接收了医生。这个男人很喜欢采用地铁里的"处罚"手段。许多人在这里受到了上帝的接纳。他将手包扔到高峰时的地铁站内，于是，有个女人被绊倒而掉下站台，被车轮轧掉了脑袋。他还潜入某间铁匠屋，将大铁锤的把柄弄松。铁匠用它打铁时，被脱落的锤头砸死。诸如此类。

举例暂且到此为止。我想这种"或然率犯罪"，从刑法学以及犯罪学角度深入探究的话，说不定可以成为饶有趣味的课题。人们开玩笑说"不杀死几十人就成不了医生"。这几十名不幸的患者实在不幸，然而这不构成犯罪。这种致人死亡与明显的杀人之间的界限是值得探讨的问题。我认为"或然率犯罪"是介于两者之间的犯罪，但是，要明确地划一条分界线是非常困难的。正因为如此，我们不是才更应该深入地思考这个问题吗？

摘自《犯罪学杂志》，昭和二十九年（1954年）二月号

江户川乱步大事记

1894 年 　10 月 21 日，出生于日本三重县的小康之家，本名平井太郎，是家中长子。

1896 年 　因父亲工作变动搬家，次年再次搬家。成年后也多次搬家，一生搬家 46 次。

1912 年 　父亲破产，家道中落，一度随父下乡垦荒，后独自上东京求学。

1915 年 　在早稻田大学求学期间创作处女作《火绳枪》，未能发表。

1919 年 　25 岁，与读书会上相识的小学教师村山隆子结婚，后为谋生辗转从事过多种工作，常常穷困潦倒。

1923 年 　29 岁，得到《新青年》杂志主编森下雨村赏识，发表《二钱铜币》而正式出道。当时日本几乎没有本土的原创推理小说，乱步创作的《二钱铜币》《一张收据》《致命的错误》等作品的接连发表，标志着日本进入了本土推理小说创作的新时代，同时标志着日本本格派推理的诞生。

1924 年 11 月，从大阪每日新闻社辞职，开始成为专职作家。

1925 年 1 月，《D 坂杀人事件》在《新青年》杂志发表，日本首位名侦探明智小五郎正式登场。明智小五郎在此后的数十年间成为日本家喻户晓的名侦探，《名侦探柯南》里的毛利小五郎以及《金田一少年事件簿》中的明智警视都是在向其致敬。10 月，《人间椅子》在《苦乐》杂志发表，成为日本推理以阴冷诡异、猎奇妖艳为特征的变格派的代表作。

1927 年 作品《一寸法师》被拍成电影，乱步却逐渐对该作品心生厌恶，一度决定封笔，在日本各地流浪。

1936 年 42 岁，开始写作面向青少年的作品，《怪人二十面相》在《少年俱乐部》杂志一经发表便引起读者的热烈反响，乱步的部分面向成人的作品也被改编为适合青少年阅读的版本。

1939 年 二战以来，日本对推理小说的审查日趋严格，作品《芋虫》被禁止发行。

1947 年　53 岁，侦探作家俱乐部成立，乱步成为首任会长。该俱乐部就是后来的日本推理作家协会。

1949 年　55 岁，爱伦·坡逝世 100 周年之际，乱步出版了《侦探小说四十年》，对自己过去的创作做了总结。爱伦·坡是乱步最喜欢的推理作家，江户川乱步这个笔名就是取自埃德加·爱伦·坡的日语谐音。

1954 年　乱步 60 岁寿辰时，用自己的积蓄设立江户川乱步奖，用以鼓励新人进行推理小说的创作。东野圭吾、高野和明、下村敦史等知名作家都是在获得江户川乱步奖后出道的，现在江户川乱步奖已成为日本推理界至高奖项。

1961 年　鉴于多年来对日本推理文坛的卓越贡献，日本天皇授予乱步紫绶褒章。

1965 年　乱步因脑出血病逝，享年 71 岁。江户川乱步作品的大全集在其生前和逝世后各出版了四次，日本至今找不到第二个作家有这样的成就。

读客
悬疑文库
认准读客读悬疑,本本都是大师级。

专注出版中、英、美、日、意、法等世界各国各流派的顶尖悬疑作品。

为读者精挑细选,只出版两种作品:
经过时间洗礼,经典中的经典;口碑爆表、有望成为经典的当代名作。

跟着读客悬疑文库,在大师级的悬疑作品中,
经历惊险反转的脑力激荡,一窥人性的善恶吧。

扫一扫,立即查看悬疑文库全书目,
收集下一本精彩悬疑!